1992 年季先生在中国作家协会鲁迅文学院讲课。

季先生与外国朋友亲切交谈。（摄影：陈平生）

季羡林學術著作選集

本书出版得到了季羡林基金会的部分资助

比较文学与民间文学

薛克翘　编

新世界出版社
NEW WORLD PRESS

图书在版编目（C I P）数据

比较文学与民间文学 / 薛克翘编. -- 北京 : 新世界出版社, 2016.10
ISBN 978-7-5104-5417-2

Ⅰ. ①比… Ⅱ. ①薛… Ⅲ. ①比较文学—文集②民间文学评论—世界—文集 Ⅳ. ①I0-03②I106.7-53

中国版本图书馆CIP数据核字(2015)第222854号

比较文学与民间文学

编　　者：薛克翘
责任编辑：张世林　陈晓云
审　　读：杨汝模
封面设计：贺玉婷
版式设计：张世林
责任印制：李一鸣　黄厚清
出版发行：新世界出版社
社　　址：北京市西城区百万庄大街24号（100037）
总编室电话：+86 10 6899 5424　6832 6679（传真）
发行部电话：+86 10 6899 5968　6899 8705（传真）
本社中文网址：http://www.nwp.cn
本社英文网址：http://www.newworld-press.com
本社电子信箱：nwpcn@public.bta.net.cn
版权部电子信箱：frank@nwp.com.cn
版权部电话：+86 10 6899 6306
印　　刷：北京亚通印刷有限责任公司
经　　销：新华书店
开　　本：710×1000　1/16
字　　数：200千字　　印　张：19.25
版　　次：2016年10月第1版　2016年10月北京第1次印刷
印　　数：1－2000册
书　　号：ISBN 978-7-5104-5417-2
定　　价：60.00 元

《季羡林学术著作选集》编选说明

季羡林先生是北京大学资深教授、著名学者，长期以来，季先生的作品畅销于世，受到社会各界人士的热烈欢迎。但这些作品大多为季先生各时期创作的散文。季先生一生创作出版散文集二十余部，一百五十万字以上，其中有许多精品脍炙人口，他完全可以称得上是一位散文家。但是，季先生毕竟主要是一位学者，他终生笔耕不辍，孜孜以求的是他的学术研究，他对社会的主要贡献也是他的学术成就，散文只是他的一种“余兴”。

季羡林先生是一位百科全书式的学者，他毕生从事的学术研究的对象涉及语言、文学、美学、艺术、宗教、中外文化交流等众多领域。其学术著作大致包括以下内容：印度古代语言、印度历史与文化、中印文化关系、中国文化与东方文化、佛教、比较文学与民间文学、东西方文化比较、糖史、吐火罗文研究等。这些著作都具有很高的学术价值，得到国内外学术界的高度评价。而且，季先生的学术著作，深入浅出，联系实际，独辟蹊径，发人深省，为广大读者所喜爱。

为了便于读者阅读，我们编辑了这套选集。本选集从季羡林先生的学术著作中，精选出论著二百余篇，辑为十二卷，依次为《印度古代语言及吐火罗文研究》（葛维钧编）、《印度历史与文化》（王树英编）、《印度作家作品评论集》（刘建编）、《佛教》（李南编）、《糖史》（葛维钧编）、《中印文化交流》（王树英编）、《中国文化与东方文化》（刘建编）、《东西文化比较》（张光璘编）、《比较文学与民间文学》（薛克翘编）、《学海泛槎——学术回忆录》（薛克翘编）、《回忆中国学人及文化问题新思考》（张光璘编）、《序跋集》（王树英编）。选集所选内容基本涵盖了季先生学术研究的各个领域，所选论文皆为季先生在各学术领域中的代表作。

我们怀着敬仰和缅怀的心情编选这套选集，尽管我们殚精竭虑、费尽心力地收集、编选季羡林先生的文章，但仍难免有遗漏或不当之处，殷切希望得到读者的指教和帮助。

季羡林学术著作选集编辑委员会

2013 年 1 月

目　录

一个故事的演变

这里选出的这个故事是大家都知道的。我自己还在小学里的时候，就在教科书里念到过。内容大概是这样的：一个乞丐要满了一罐子残羹剩饭，他就对着这罐子幻想起来：怎样卖掉这些残羹剩饭，怎样买成鸡，鸡又怎样下蛋，鸡蛋又怎样孵成鸡，鸡又换成马牛羊，终于成了大富翁，娶了太太，生了小孩子。越想越高兴，不禁手舞足蹈。在狂欢之余，猛然一抬脚，把罐子踢了个粉碎，这美丽的梦也就完结。

以后的教科书里是不是还有这故事，我不大清楚；但二十多年前还在小学里的人读到的一定不少。我当时读了，只是觉得好玩，并不知道这个故事的来源，而且连想知道的意思压根儿都没有。倘若这也算是一个遗憾的话，我现在就来把这遗憾填补起来。

在过去，这个故事在中国一定很流行，不然也绝对不会跑到小学教科书里去。至于在什么时候，在什么地方最流行，现在很难确定。我现在只从几部旧的诗话和小说里抄出点材料来。吴兴韦居安著的《梅磵诗话》里有这样一段：

> 东坡诗注云：有一贫士，家惟一瓮，夜则守之以寝。一夕，心自惟念：苟得富贵，当以钱若干营田宅，蓄声妓，而高车大盖，无不备置。往来于怀，不觉欢适起舞，遂踏破瓮。故今俗间指妄想者为瓮算。又诗序云：刘几仲饯

> 饮东坡。中觞闻笙箫声，若在云霄间，抑扬往返，粗中音节。徐察之，出于双瓶。水火相得，自然吟啸。食倾乃已。作《瓶笙》诗记之。刘后村《即事诗》一联云：辛苦谋身无瓮算，殷勤娱耳有瓶笙。以“瓮算”对“瓶笙”甚的。

江盈科著的《雪涛小说》有一段：

> 见卵求夜，庄周以为早计。及观恒人之情更有早计于庄周者。一市人贫甚，朝不谋夕。偶一日拾得一鸡卵，喜而告其妻曰：“我有家当矣！”妻问：“安在？”持卵示之曰：“此是，然须十年，家当乃就。”因与妻计曰：“我持此卵，借邻人伏鸡孵之。待彼雏成，就中取一雌者。归而生卵，一月可得十五鸡。两年之内，鸡又生鸡，可得鸡三百，堪易十金。以十金易五牸，牸复生牸，三年可得二十五牛。牸所生者又复生牸，三年可得百五十牛，堪易三百金矣。吾持此金举债，三年间半千金可得也。就中以三之二市田宅，以三之一市僮仆买小妻。我与尔优游以终余年，不亦快乎！”妻闻欲买小妻，怫然大怒，以手击卵碎之，曰：“毋留祸种！”夫怒，挞其妻，仍质于官曰：“立败我家者，此恶妇也。请诛之！”官司问：“家何在？败何状？”其人历数自鸡卵起至小妻止，官司曰：“如许大家当，坏于恶妇一拳，真可诛！”命烹之。妻号曰：“夫所言皆未然事，奈何见烹？”官司曰：“你夫言买妾，亦未然事，奈何见妒？”妇曰：“固然，第除祸欲早耳。”

官笑而释之。噫，兹人之计利，贪心也。其妻之毁卵，妒心也。总之皆妄心也。知其为妄，泊然无嗜，颓然无起，则见在者且属诸幻，况未来乎？嘻，世之妄意早计希图非望者，独一算鸡卵之人乎！（录自郑振铎《中国文学论集》,《寓言的复兴》）

我们看了这两个故事，或者不能立刻发现两者间的共同点。但倘若我们把篇首谈到的跑到小学校教科书里去的那个故事也拿来比一下，便立刻可以发现这三个是属于同一类型的故事。我们还可以发现《苏东坡诗注》的那个故事只是一个轮廓。为什么那个贫士会对瓮发生幻想呢？瓮有什么可以引起人幻想的地方呢？大概瓮里也盛着米面或类似的东西，倘若拿来卖掉，就可以换到鸡蛋。鸡蛋变成鸡，鸡又可以换到马牛羊，终于成了大富翁。心里一高兴就把瓮踢破了。这些是《苏东坡诗注》故意省掉的呢，还是根本不知道呢？我们不敢说。反正倘若没有中间这许多东西，这个故事很难讲得通。

第二个故事很详细，中间这些步骤一点都没有省掉。但开头照例有的瓮或罐子却不见了。这个市人的幻想就从鸡蛋开始，一直到最后被打破的也就是这鸡蛋。在这里打破鸡蛋的不是他自己，而是他的太太。这个故事虽然同这一类故事的原型很接近，但从省略瓮或罐子这一点看起来，也总算是代表一个新的发展。

我现在要问：这个故事是中国产生的吗？也许有人认为这一问太有点离奇。这个故事流行中国，时间最少也不会少于一千年，终于走进小学教科书里去，读到的人不知有多少千万。为什么会不是中国产生的呢？不但一般人没有怀疑到它的来源，连文人学士也根本没有想到它会不是国货。但事情往往出人意料，这个故事，正如别的国字牌号的东西如国医国乐之流，其中也有外来的东西。我现在从两本梵文的寓言集里把这故事的祖宗译出来。

> 在提毗俱吒那伽罗城里有一个婆罗门名叫提婆舍磨。在春分的时候他的土盘子里乞满了大麦片。于是他拿了这盘子在一个摆满了盘子和罐子的陶器师的小铺里的一个地方，躺在铺上在夜里幻想起来："倘若我卖掉这盛了大麦片的盘子就可以得到十个贝壳，用这钱我可以买盘子和罐子什么的，再拿来卖掉。这样一次一次赚的钱就可以用来买槟榔叶子做成的衣服，终于弄到百万家财，然后我就娶四个太太。在她们里面哪一个最美，我也就最爱哪一个。我这些嫉妒成性的太太立刻就打起架来。我非常生气，就用短棍打起这些太太来。"这样一想，他立刻站起来，把短棍掷出去。盘子被打碎了，许多别的瓶子罐子也被打破了。听了罐子破碎的声音而跑进来的陶器师把这婆罗门骂了一顿，又将他赶出铺子去。所以我说：
>
> 谁要是空想未来而感到狂喜，
>
> 他就要自招侮辱，像这样打碎盘子的婆罗门。
>
> （见《嘉言集》，《和平篇》，第七个故事）

还有一个故事，内容比上面这个详细，译文如下：

在某一个地方，有一个婆罗门，名叫娑跋波俱利钵那。他用行乞得来的吃剩下的大麦片填满了一罐子，把罐子挂在木栓上，在那下面放了一张床，目不转瞬地看着罐子，在夜里幻想起来："这个罐子现在是填满了大麦片。倘若遇上俭年，就可以卖到一百块钱，可以买两头山羊。山羊每六个月生产一次，就可以变成一群山羊。山羊又换成牛。我把牛犊子卖掉，牛就换成水牛。水牛再换成母马，马又生产，我就可以有很多的马。把这些马卖掉，就可以得到很多的金子。我要用这些金子买一所有四个大厅的房子。有一个人走进我的房子里来，就把他最美最好的女儿嫁给我。她生一个小孩子，我给他起了一个名字，叫做苏摩舍摩。因为他总喜欢要我抱在膝上左右摆动着玩，我就拿了书躲到马棚后面的一个地方去念起来。但是苏摩舍摩立刻看见了我。因为他最喜欢坐在人的膝上让人左右摆动着玩，就从母亲怀里挣扎出来，走到马群旁边来找我。我在大怒之余，喊我的老婆：'来照顾孩子吧！来照顾孩子吧！'但是，她因为忙于家务，没有听到，我于是立刻站起来，用脚踢她。"这样，他就从幻想里走出来，真地用脚踢起来。罐子一下子破了，盛在里面的大麦片也成了一场空。所以我说道：

谁要是空想将来，想一些不可知的事情，

他就像苏摩舍摩的父亲，临了落个一场空。

（见《五卷书》第七个故事）

我上面只译了两个故事，其实梵文书里记这样的故事的地方还很多。无论怎样，我们总可以看出来，印度就是这个故事的老家，正像别的类似的故事的老家也多半在印度一样。至于它什么时候在印度产生的，恐怕永远不能确定了。反正一定很早，也许在纪元前几千年就已经有了。在印度本国这故事已经有了无数的演化。后来它又从印度出发几乎走遍了世界，譬如在《天方夜谭》里，在法国拉芳丹的寓言里，在德国格林的童话里都可以找到，它一直深入民间，不仅只在文人学士的著作里留下痕迹。到了中国，它变成我们民间传说的一部分，文人学士也有记叙，上面从《梅磵诗话》和《雪涛小说》里抄出来的两段就是好例子。倘若不知道底蕴，有谁会怀疑它的来源呢？

1946年12月25日

梵文《五卷书》：
一部征服了世界的寓言童话集

倘若我们现在要问：世界上任何国家用任何文字写成的书籍哪一本译成的外国文字最多？这问题大概很多人都能回答：这就是耶稣教的《新约》、《旧约》。但倘若我们再问：仅次于《新约》、《旧约》的是哪一本呢？这恐怕就没有几个人知道了。可是我们一提到里面的故事，就几乎人人都知道，无论他是住在葱茏的椰子林里，是在冰天雪地里，是在一望无垠的大沙漠里，或是在熙熙攘攘的大城市里。这些故事从许多许多年以来就流行各地。上至文人学士的著作，下至民间传说，它们都留下了痕迹。每一个地方的人都以为这些故事是他们自己创作的，根本就没想到还有从外面借来的可能。至于这些故事的老家就只是一本书，而这本书有几百种文字和方言的译本，他们更一点都不知道了。

这本书就是用梵文写成的寓言童话集《五卷书》。

一提到寓言童话，我们就很容易想到印度。因为印度是世界上有无比丰富的寓言和童话的国家。印度人没有空间和时间观念。永恒同一刹那，宇宙同一个小点，在他们看来都没有多大差别。因而印度几乎可以说没有真正的历史。在四五千年的长时间里，我们只找到几个可靠的日期；而这几个日期也还是根据印度以外同印度发生过关系的国家的记载推出来的。譬如说佛教护法大王阿育王的时代就是一个好例子。印度日耳曼人的最老的巨著《梨俱吠陀》，对世界文化来说是一部何等重要的书；但是关于它产生的时期，学者的意见竟相差三千年，一直到现在还埋在一团雾里。

但一说到寓言和童话，世界上任何民族也比不了印度。原因也许就正因为他们没有时间观念和空间观念。别的民族连在幻想的时候也有许多摆脱不掉的束缚；时间一久，距离一大，他们幻想的翅膀就有点追不上了。但印度人却不然。一走到幻想的王国里，他们就显出了自己的身手，仿佛是太空里的飞鸟，大海里的游鱼，任意飞翔游泳，没有一点障碍。说到天，又何止三十三层；谈到地狱，也不止十八层；再说到世界，就在三千大千世界以外还有无量数的世界存在。天帝释住的神宫当然是七宝雕镂，但实际上却并不这样简单。我们得要想象到这七宝有各种的光彩，各种的形态。这种种不同的光彩、种种不同的形态，交互间错盖成一座宝殿。黄金的黄光，珊瑚的红光，毗琉璃的白光，另外还有无量数的光，辉耀在一起。再衬上檐边的七宝铃，上面的七宝网，旁边的七宝池，池旁的七宝树，我们就可以想象这兜率天宫是什么光景了。佛从头顶上向外放光，这我们都还可以想象。但他一放就是无量千万条，用印度人的说法就是有如恒河沙数。上面照澈了三十三天，下面一直照到十八层地狱的最后一层。每一条光的顶上都浮着一朵大莲花，每一朵莲花的上面端坐着一个佛。这个佛还像原来的佛一样又从头顶上放出光来，仍然是无量千万条。上面又有莲花，又有佛，这佛又放光。一直到这里，我的幻想还能跟得上。但倘若像这样再放下光去，我的幻想力就有点乱起来，不能够再组成一副图象了。但印度人还有办法，这才不过是牛刀小试。我们随便看一本佛经，就可以看出，他们的幻想真如万千涌泉，源源不绝。而且一切都生动，美丽，一点也不枯燥。他们既然有这样的本领，所以对他们来说，一切走兽飞鸟都有了人性；一切泉石树木都有了生命。从不知什么时候起，印度人就相信灵魂不灭，就是所谓轮回。一个人做好事，下一生就可以成神；做坏事，就可以成禽兽成饿鬼。人与兽之间根本没有什么区别。在他们的寓言和童话里，一只牛说话，它真地就是在说话，毫不勉强，为什么一只牛不能说话呢？于是在高山上，深林里，小河边，到处都充满了生命。你无论走到什么地方也不会感到孤独和寂寞了。

印度人从什么时候起才有这本领，我有点儿说不上来。反正一定很早。而且我总怀疑，这并不是原来不是印度土人后来侵入到印度去的雅利安人的本领；因为当他们还没侵入到印度去的时候，他们在这方面并没有特殊的表现。恐怕这份本领还只有原来住在印度的土人有。雅利安人到了印度才从他们那里学了来。其后血统混合，也就分不清究竟是谁的了。大概在纪元前很早很早就有许多寓言和童话流行在印度各处。最初当然是民间的，后来文人学士也渐渐注意到这方面，于是有的人就把这些故事集在一块写成一本书；有的把单个的故事采到自己的著作里去。譬如说世界最伟大的史诗《摩诃婆罗多》里面就有很多这样的故事。这样流行在民间的寓言和童话一定很多，可惜有许多我们现在已经不知道了。在现存的寓言童话集里面最有名的就是《五卷书》。

这部书是什么时候写成的呢？我们现在还不能够确定。大概总在纪元后三四世纪的时候。到了第六世纪它已经是一部名著了。最早的那个原本现在已经佚失。其后不知道经过多少次改编和重写。有些旧故事因为不合编者的口味被删掉了，同时却又有新故事加入进来。故事的篇数和长短，叙述的本领都很不一致。但这部书的本来面目却始终保持着：它仍然是一部寓言童话集。这是我们的说法。在印度人眼里，它却有别的用处。它是一部用来教孩子们，尤其是太子们的教科书。他们在这里可以学到许多本领：怎样处世做人，怎样交朋友，怎样打倒敌人。所以在每一个寓言或童话的后面都插入一句格言或谚语，里面当然包含着一个教训或一个警告。故事的本身反而成了解释这格言或谚语的工具了。

我上面说到，《五卷书》的原本已经佚失。但从这原本出来的别本却有很多现在还存在的。其中最著名的就是《说薮》（*Tantrākhyāyika*），安主（Ksemendra）著的《大故事花束》（*Brihatkathāmanjarī*），月天（Somadeva）著的《故事海》（*Kathasaritsāgara*）和一个南印度本。这都是比较老的。把这几个本子拿在一起比较一下，还约略可以推出原本的真象来。至于新的本子，现存的也还不少。在印度最出名的就是欧洲梵文学者称为"简明本"（Textus simplicior）的一种本子。这几乎可以说是一部新作。原本的寓言和童话虽然还留下了不少；但新加进去的却更多。这新加进去的故事有的是从别的书里抄来的，有的大概是根据民间的传说。这书的性质当然仍然是一部寓言童话集；但里面格言和谚语的数量几乎把这本书变成一部格言谚语集了。这书的著者大概是一个耆那教的和尚，时间不能够很确定，总在九世纪至十二世纪之间。

在当时这书曾风行一时。到了1199年另一个耆那教的和尚叫补哩那婆多罗（Pūrṇabhadra）的又根据这书写了一本新书。欧洲梵文学者叫它做“修饰本”（Textus orinatior）。补哩那婆多罗也像以前的许多改编者一样，又加入了许多新的故事，新的谚语。从文字方面来看，他大概利用了不少用方言写成的书；许多方言文法的残余还可以透露出其中的消息来。在他新加入的寓言和童话里面有许多是非常出名的，像义兽和坏人一型的故事就是个好例子。

这两个耆那教和尚改编的《五卷书》流行全印度，可以说是家弦户诵。根据这两个本子又改编出来不知有多少本子。有的用梵文，有的用方言。所用的方言更是五花八门，从喜马拉雅山麓一直到印度最南角，几乎每一个方言都有。我们都知道，印度是世界方言最多的国家，那么《五卷书》方言译本之多也就可以想见了。同时在南印度还流行一个梵文本子。同上面说过的许多本子一样，原书的基干在这里并没有改动，但却加入了许多新的寓言和童话，这些寓言和童话的来源就是本地的泰米尔（Tamil）方言文学。在北方孟加拉流行着一个改编的本子《嘉言集》（*Hitopadeśa*）。这几乎可以说是一本新书，但里面的故事多半取自《五卷书》。这书在印度和在欧洲都非常出名，也有许多译本。我前面已经说到《五卷书》是被印度人看作政治和修身的课本的，在这书里这种倾向更加显明了。

《五卷书》究竟译成了多少方言呢？我们虽然知道有很多很多；但详细数目却不容易调查清楚了。而且译出的时间也非常早。阿拉伯旅行家贝鲁尼（Alberūni）在十一世纪初年已经看到一个印度（Hindi）的译本。至于其他北印中印的印欧语系的方言都有译本，有的甚至于有几个。还有根据译本改编的，数目更无从调查。在南印度非印欧语系的方言里，《五卷书》也同样流行。泰卢固（Telugu），加那勒斯（Kanaresisch），泰米尔，马拉雅蓝（Malayalam）和莫底（Modi）都有译本。我们只是举几个例子，其余的我们也数不清。后来愈走愈远，连马来半岛，接连印度的小国和海里的岛上都成了《五卷书》的势力范围了。

一直到现在，我们虽然已经谈过了无数的《五卷书》的译本，但除了马来半岛和印度附近的小国和岛屿以外，我们还没走出印度。我们的《五卷书》既然在印度那样风行，它一定不会甘心留在印度的，它一定要到外面大世界里来观光一下。在纪元后第六世纪的时候，它已经到了波斯。当时的波斯王呼思罗·艾奴施尔旺（Chosrau Anōscharwān）命令一个叫白尔才外（Burzōe）的医生把《五卷书》译成中世波斯文巴列维（Pehlevi）。大约在590年左右一位叙利亚的诗人名叫布德（Bud）的又把巴列维译本译成叙利亚文。在750年左右又译成阿拉伯文，材料方面也增加了点。这个阿拉伯文译本就成了以后无数欧洲亚洲译本的祖宗。

在第十或第十一世纪的时候，这阿拉伯文被译成了叙利亚文。十一世纪末塞米翁（Symeon）把这阿拉伯译本译成希腊文。从这希腊文本译出的有1583年奴提（Giulio Nuti）的意大利文本，两个拉丁文本，一个德文本和许多斯拉夫语言的本子。到了十二世纪初年又有罗比·哲尔（Robbi Joël）的希伯来文译本。这译本很重要，因为又有许多译本从这里出来，第一个就是卡普瓦（Johannes von Capua）的拉丁文译本。到了十五世纪德国人佛尔（Anton von Pforr）把拉丁文译成德文。在这以后的几百年中，这德译本不知重印过多少次。对德国文学的影响非常大，已经有很多学者论到过了。但它的影响还不只限于德国，从这里又生出了丹麦文、冰岛文、荷兰文等译本。于是《五卷书》也就跟着侵入到北欧去。1493年出现了一个西班牙文译本，大体是根据卡普瓦的拉丁文译本和佛尔的德译本。1548年这西班牙文本子又译成意大利文。这意大利文本子在1556年转成法文。同时在1553年另外一个意大利人名叫多尼（Doni）的写成了一个新译本。这新译本后来又译成英文，译者是诺斯（Thomas North）。以上说的是那阿拉伯文译本走过的第一条路。

另外它还走了第二条路。十三世纪的时候，伊里亚查（Jacobben Eieazar）把阿拉伯文译成希伯来文。这本子影响不大。但在1142年完成的波斯文译本却非常重要。从这本子里产生出来许多东土耳其语的译本，有的是直接翻译的，有的是改编的。一位波斯诗人用一种很雕饰的艺术文体把这书重写了一遍。这重写的本子又成了无数欧亚语言译本的根据。在东方译成的语言有土耳其文、察哈台文、乔治文和哥卢斯文。这本书甚至又走回印度去，结果留下了无数的印度方言的译本。在西方萨希德（David Sahid）和宫尔珉（Gaulmin）在1644年把它译成法文，从这个法译本里生出了很多的德译本、瑞典文本和英文本。另外还有一个法文译本是从土耳其文本子译出来的。这法文本又译成德文、荷兰文、匈牙利文和马来文。

最后，我们还要提到的是一个直接从阿拉伯文译本译出来的西班牙文本子。时间大概是在十三世纪中叶。其余的本子还很多，我们在这里不能一一列举了。我们上面说到的只是在梵文语言学建立以前的情形。自从十九世纪初年梵文语言学成立以后，欧美梵文学者们直接从梵文原文译出来的本子也非常多。我们在这里也不能详细论列了。

就这样，梵文《五卷书》穿了种种不同的文字的衣服走遍了世界。它的足迹达到每一个偏僻的角落里。在这种情况下，它当然会到处留下足迹，无论是在文人学士的著作里，或是在民间的传说里。欧洲中世纪的故事集像《罗马事迹》(*Gesta Romanorum*)里已经收入了《五卷书》里的寓言。其他许多著名的寓言家和童话家像薄伽丘(Bocaccio)、斯特拉帕罗拉(Straparola)、乔叟(Chaucer)和拉芳丹(La Fontaine)都借用过《五卷书》里的寓言和童话。德国格林兄弟的童话集，虽然是采自民间；但里面也有不少的《五卷书》里的童话。甚至欧洲各处的民间传说都受了《五卷书》的影响。有一些流行民间的寓言和童话，父老相传，已经不知经过多少代，经过多少年了。里面充满了地方色彩。有的学者甚至想从里面窥测民族的特性。无论谁也不会想到这是外来的。但读过《五卷书》的人却能把这些寓言和童话的来源清清楚楚地找出来。它们虽然改了装，但本来面目却是无论如何也改不掉的。在辽远的非洲，虽然一直到现在我们还没发现《五卷书》的直接译本；但在黑人间流行的寓言和童话里也有《五卷书》的痕迹。譬如说住在东非的斯瓦希里(Suaheli)族里就流行着一个没有心和耳朵的驴子的故事。

一直到现在，我们只谈到别的国家；但是在我们中国怎样呢？虽然《五卷书》从来没有译成中文过，它在我们中国的影响却同在别的国家一样大。这原因也很简单。中印两国很早就有交通，而且一直没有断过。从印度来中国的商人都喜欢把他们在印度或中亚听到的故事讲述一下，而听过的人又往往高兴再讲给别人，于是就辗转传布开去。时间一久，这些故事就渐渐染上中国的色彩。有的把外国姓名改成中国姓名，有的把里面同中国国情不合的地方渐渐改得适合了，终于仿佛在中国生了根似的，再也没有人想到它们不是中国的了。譬如说那一个乞丐踢破罐子的故事，我们都知道。中国许多地方的民间传说里都有这个故事。有的文人学士也就把它写到书里去，像《苏东坡诗注》和《雪涛小说》里都有。还有一个驴蒙虎皮的故事，我们在小学教科书里都读到过。有些地方民间也流行这故事。至于两只鸟用一条树枝架着一个乌龟的故事，我们也都知道。这些故事的老家也就是梵文的《五卷书》。

十九世纪中叶德国东方语言学家本发伊曾把梵文的《五卷书》译成德文。在那篇著名的长序里，他把这些故事走遍世界留下的痕迹都寻了出来，因而建立了所谓比较文学史。他说：世界上所有的童话的老家都是印度，希腊却是一切寓言的故乡。这样说法我们现在很难同意了。但无论如何，世界上所有的民族里产生寓言和童话最多的就是印度，现在流行世界各地的寓言和童话很少不是从印度传出来的。这是一般学者都承认的。

我在开头曾说过，世界上任何国家用任何文字写成的书籍以耶稣教的《新约》、《旧约》译成的外国文字最多。但论到真正对民众的影响，恐怕《新约》、《旧约》还要屈居第二位。世界上的民族，不管皮肤是什么颜色，不管天南地北，从一千多年以来，不知道有多少千万人听过《五卷书》里的故事了。从这里他们得到了他们所需要的快乐。它把人们从现实的纷扰里带到一个童话的国土里去。在这里一切都是自由的，一切都是活生生的。人与兽和谐地住在一起。连山林树石小河都仿佛有了生命，到处流动着一片生机。人们平常时候被抑压下去的幻想在这里又抬起头来，他们又可以到月的国，虹的国，兽的国，甚至植物的国里去遨游。他们的心灵又可以得到暂时的解放。等他们再回到现实世界里来的时候，虽然现实世界仍然是现实世界，仍然是死板纷乱；但他们的心灵究竟解放过一次，他们又有了生力来担当这些死板和纷乱了。世界上还有第二本书有这样的力量么？

1946年12月27日

一个流传欧亚的笑话

我在德国的时候，常听到一个笑话，说：有一个人出门旅行，一天夜里到一个旅店里去住宿。但屋子全住满了人，没有办法只好同一个黑人同屋住。夜里当他正在酣睡的时候，黑人偷偷地起来，把他的脸全用墨抹黑了，偷了他的东西溜走了。第二天早晨，当他起来的时候，他发现黑人同自己的东西都不见了。他于是大惊，满屋子里左找右找，希望能在壁橱里柜子里找到黑人和自己的东西。正在忙乱的时候，蓦地在镜子里看到自己的影子，脸上黑黑的，他于是一下子怔住了，自己问自己："黑人原来在这里，可是我到什么地方去了呢？"

正像许多别的笑话，这个笑话的"版本"也不少，原因就是当一个人说笑话的时候，他往往想方设法说得生动，捉住听者全部的注意力，然后才能得到预期的效果。这样一来，每个人就随了自己的幻想力和口才替笑话添上许多枝叶和点缀。所以，上面这个笑话，我听过许多次，每次都有点不同。我上面写的只是一个大体的轮廓而已。

但仅从这大体的轮廓上也就可以看出来中国也有同样的笑话，至少是属于同一类型的。中国从什么时候就有，我现在还没有推究出来。反正在明朝就有了。刘元卿的《应谐录》(见《续说郛》)里面有下面一个故事：

僧 在

一里尹管解罪僧赴戍，僧故黠。中道夜沥，里尹致沉醉。鼾睡已，取刀髡其首，改绁己缧，反绁尹项而逸。凌晨里尹寤，求僧不得，自摩其首髡，又缧在项，则大诧惊曰："僧故在是，我今何在耶？"夫人具形宇宙，冏然不识真我者，岂独里尹乎！

我们一看就知道，这两个故事是属于一个类型的，唯一的不同就是：在欧洲"本"里是一个黑人，在中国则是一个和尚而已。这两个故事之间的密切关系已经用不着再来证明。但这关系也并不简单，大体说来，有四个可能。第一，这两个故事是在欧洲和中国各不相谋地产生的。内容虽然相同，但这只证明人类心灵的活动有时候可以非常相似，不一定是互相抄袭。第二，这故事原来产生在中国，后来流传到欧洲去。第三，这故事的产生地是欧洲，中国是从那里借来的。第四，这故事的老家既不是中国，也不是欧洲，而是第三个地方。中国同欧洲都是从那里抄来的。这四个可能都有道理。

但据我自己的看法，我总觉得第四可能的可能性最大。夸大一点说，创造一个笑话同在自然科学或精神科学上发见一个定律同样地难。倘若有人不相信的话，他可以试一试去创造一个笑话。所以第一个可能恐怕很难成立。同时我又想到，在中国同欧洲流行的许多寓言和童话都不是在中国或欧洲产生的，而是来自印度。所以我觉得第二个和第三个可能也都不就是事实。剩下的只有第四个可能了。我上面提到印度，但我并不是说这个笑话的老家一定就是印度。到现在我还没发现在印度有这个笑话。我只是说这个笑话可能产生在欧洲和中国以外的第三个地区而已。

我写这篇东西，并没有什么用意；当然更不能在这里创立“比较笑话学”。不过我总觉得这个笑话的两个“本”都很有意思。而且，笑话虽然是“小技”，但从他们辗转流传的痕迹里也还可以看出更深的意义，正如从一粒沙子里可以看出宇宙。所以就刺刺不休地写了一大篇，并且将来还预备多写，倘若再有新材料发现。

1947年4月28日

从比较文学的观点上看寓言和童话

喜欢听故事和喜欢说故事几乎可以说是人类的天性。我想，我们每个人都有甜蜜的回忆，回忆到童年时候，祖母、母亲或年老的佣妇，在饭后黄昏的时候，向我们娓娓地说一个动听的故事。故事里面的主角可能是一个乌鸦，也可能是一个狐狸。这都没有关系，反正我们的眼睛总会被故事吸引得发出惊奇的光，梦都已经飞到我们头上，却硬撑着不到屋里去睡。

一个人固然是这样，一个民族又何尝不然呢？当一个民族年轻的时候，她同样也对故事有特别的爱好，对古希腊民族的天才，我们都赞美不置。古希腊人不但在哲学、科学、艺术、文学方面有极伟大的贡献，在说故事方面，他们也显露了他们的本领。普通一座荒山，他们会使它充满了生气，他们从幻想里请出一群神仙住在上面，替他们安排好家庭，娶太太，生孩子，间或还闹点桃色事件。一朵美丽的花，他们也给它生命，使它成为女神的后身。我每次读希腊的寓言和神话，都会幻想到古希腊时代的情景。金发的牧童驱了羊群在开着水仙花的清泉旁边徘徊。清泉的波影里晃动着女神的美丽如花的面孔。那时候的世界里只有美丽和谐，到处是金色的喜悦的光。

我们中国的古代，虽然不能像希腊那样引起人们的金色的幻想，但也表现了值得骄傲的想象力。我们的祖先也创造了许多美丽的故事。在古代的文学作品，像《诗经》、《山海经》、《楚辞》等里面，我们可以找到很多。

我们在这里只举出希腊同中国来作例子，其他民族也莫不皆然。我们走遍了世界，处处都可以证明我在开头说的那一句话：喜欢听故事和喜欢说故事是人类的天性。人类既然有这样一个天性，所以世界上就产生了无量数的故事和神话。其中有许多神话和故事是只限于一个民族的，这些我们当然要看作是一个民族的产品。但也有许多故事，尤其是我们题目里面提到的两种：寓言和童话，在世界上不同的地方，不同的民族里都能找到。我现在举几个例子：第一个是曹冲称象的故事，这我们在小学教科书里都念到过。据我所知道的，中国最早的记载是在《三国志》里，我现在把原文引在下面：

> 邓哀王冲，字仓舒。少聪察歧嶷。生五六岁，智意所及，有若成人之智。时孙权曾致巨象，太祖欲知其斤重，访之群下，咸莫能出其理。冲曰："置象大船之上，而刻其水痕所至，称物以载之，则校可知矣。"太祖大悦，即施行焉。(《魏志》，贰拾)

但是在印度，我们也发现了同样的故事：

> 天神又复问言："此大白象，有几斤两？"群臣共议，无能知者。亦募国内，复不能知。大臣问父。父言："置象船上，着大池中，画水齐船，深浅几许。即以此船，量石着中，水没齐画，则知斤两。"即以此智以答。(《杂宝

藏经，弃老国缘》，《大正大藏经》，卷4，449b。）

第二个例子我想举古希腊的伊索寓言里的狼与鹤的故事，我现在把译文写在下面：

一个狼的嗓子里卡上了一块骨头。他于是用一个很大数目的钱雇了一只鹤，让她把头伸到他嘴里去，把骨头衔出来。当这鹤把骨头衔出来，要求付钱的时候，狼却露出他的利齿，说："怎么，你能从一个狼的嘴里平安地把头抽出来，你得到的报酬已经很大了。"

当你替坏人做事情的时候，不要想得到什么报酬，只要能不受损害，就应该感谢了。

同样的故事在印度也有。我现在把巴利文《本生经》第三百零八个故事，叫做《慧鸟本生》的译在下面：

古时候，当跋罗哈摩达多王在波罗痆斯国内治世的时候，菩萨生在雪山边国，为啄木鸟。有一个狮子吃肉，把骨头卡在嗓子里。嗓子肿起来，不能再吃东西，而且痛得难忍。这个鸟出来寻食的时候，落在一条枝上，看到他，便问道："朋友，你有什么痛苦么？"他说了这件事，鸟说："朋友，我可以把这骨头衔出来；但我不敢把我的头伸到你的嘴里去，怕你会吃掉我。""朋友，不要害怕，我不会吃掉你，救我的命吧！"鸟说："好吧！"让他躺下，但心里却想“谁知道他会作出什么事来呢？”为了防他闭嘴起见，用一根小棍支住他的上下颚，然后才进去，用嘴咬住骨头的尖。骨头掉出来，不见了。把骨头弄出来以后，把头从他嘴里缩回来，用嘴把小棍挑掉，立刻飞到树枝上去。

狮子病好了。有一天捉了一只水牛吃。鸟想：“我现在要试试他。”于是坐在一个高枝上，同他谈起话来，说了第一首伽陀：

我们曾用全力替你做过一件事，

兽中之王，我们向你敬礼，给我们什么报酬都行。

狮子听了，说第二首伽陀：

从我这样一个永远喝血的残暴的东西的牙缝里，你能活着逃出去，这已经很够了。

鸟听了，说了两首伽陀：

一个忘恩负义的人，

不会报恩的——替他做了的事全白做。

做了好事，也得不到友谊。

不应怨恨和咒骂。

同样的例子我最少还可以举出几百来，现在我们限于篇幅，只能举这两个了。中国同印度，希腊同印度，都隔得非常远，为什么同样的故事会在两地都产生呢？这我觉得只有两个可能：第一是，两地各自产生，不一定就是抄袭；第二是，同一个来源。

我们先说第一个可能。干脆说一句，我觉得这根本不可能，因为创造一个真正动人的故事，同在自然科学上发现一条定律一样的困难。两个隔着几万里的民族哪能竟会创造出同样一个故事来呢？

第一个可能既然不可能，那只剩下第二个可能了，就是，不论中间隔着多大的距离，只要两个国家都有同样的一个故事，我们就要承认这两个故事是一个来源。譬如我们在现在的非洲黑人部落里听到一个美的寓言或童话，而这个美的寓言或童话也可以在两千多年以前的希腊古书里找到，那我们也只能相信，这个寓言或童话只有一个来源，或在现代非洲，或在古代希腊。一个民族创造出那样一个美的寓言或童话以后，这个寓言或童话绝不会只留在一个地方。它一定随了来往的人，尤其是当时的行商，到处传播，从一个人的嘴里到另外一个人的嘴里，从一村到一村，从一国到一国，终于传遍各处。因了传述者爱好不同，他可能增加一点，也可以减少一点；又因了各地民族的风俗不同，这个寓言或童话，传播既远，就不免有多少改变。但故事的主体却无论如何不会变更的。所以，尽管时间隔得久远，空间距离很大，倘若一个故事真是一个来源，我们一眼就可以发现的。

那么，我们现在要问，世界上的寓言和童话的来源是只限于一个民族呢，还是每个民族都能产生美的故事而向外输送呢？关于这问题，德国十九世纪大梵文学家本发伊有一个很有趣的学说。他说："世界上一切童话和故事的老家是印度，一切寓言的老家是希腊。"他这学说，虽然当时也有人赞成；但我们现在再看，就觉得不十分对了。我们不能确定说，哪一个民族是世界上一切寓言和童话的来源；因为每个民族都喜欢说故事和听故事，这是人类的天性。不过，我们仍然可以说，哪一个民族的天才和环境最适宜产生故事。说到这里，我们就想到印度。印度可以说是有产生故事的最好条件。他们信仰灵魂轮回，今生是人，下一生说不定就成了畜类。他们创造寓言和童话，一点也不必费力，人与兽没有多大区别，兽一样可以说人话，做人的事情。同时，印度人虽然没有时间观念，但却有丰富的幻想，他们的幻想可以上天下地地飞，没有什么东西可以限制住他们。在这样条件之下，他们创造了无数的美丽动人的寓言和童话。我们虽然不能说世界上所有的寓言和童话都产生在印度，倘若说它们大部分的老家是在印度，是一点也不勉强的。

现在我们再回头看我上面举的两个故事。曹冲称象的故事毫无可疑地是来自印度，我们只要想一想，象这东西产生的地方，就可以明白了。关于第二个鹤与狼的故事，或者还可以有点疑问。但倘若我们比较一下印度与希腊这两个民族天才之所在，我觉得我们毋宁认为印度是这个故事的老家，虽然我们目前还没有坚确的证据。

1947年10月3日北京大学

附记：

今年夏天，济南青年会举办学术讲演，我曾用同样的题目讲过一次。当时并没有什么稿子，只是一边想一边说而已。回到北平来，觉得这样一个题目也还有趣，于是把以前片段的思想整理了一下，写成这篇东西。内容同以前讲的多少有点改变。以前举的例子我这里都没有用，这里的两个例子都是新的。至于为什么这样改，也不一定有什么理由，只是觉得这样比较好而已。当时我在讲的时候天气正热，汗流不止。现在写成了，抬头看窗外，满眼秋色，柳树梢已经微有黄意了。我怅望着淡远的秋空，心里若有所感。

10月6日羡林记

1986年7月26日《北京晚报》刊载了王庆祝同志的《"以舟量物"始于何时？》，文中提到南宋人吴曾《能改斋漫录》讲燕昭王以舟量大豕重量的故事。结论是："可见，早在曹冲称象大约五百年前，就有人以舟量物了。"《能改斋漫录》的记载，陈寅恪先生在《三国志曹冲华陀传与佛教故事》里已经提到，他说："然皆未得其出处。"最近看到日本动画片《聪明的一休》中也有类似的故事。可见这个故事传播之广。曹冲不必实有其事，燕昭王的故事更不必实有其事，这个故事只说明民间传说和寓言流传的情况。

1986年8月25日羡林又记

柳宗元《黔之驴》取材来源考

柳宗元三戒之一的短寓言《黔之驴》我想我们都念过的。我现在把原文写在下面：

> 黔无驴。有好事者，船载以入。至则无可用，放之山下。虎见之，庞然大物也，以为神，蔽林间窥之。稍出近之，慭慭然莫相知。他日，驴一鸣，虎大骇，远遁。以为且噬己也，甚恐。然往来视之，觉无异能者。益习其声，又近出前后，终不敢搏。稍近益狎，荡倚冲冒。驴不胜怒，蹄之。虎因喜，计之曰："技止此耳。"因跳踉大㘎，断其喉，尽其肉，乃去。噫！形之庞也，类有德；声之宏也，类有能。向不出其技，虎虽猛，疑畏卒不敢取。今若是焉，悲夫！

我们分析这篇寓言，可以看出几个特点：第一，驴同虎是这里面的主角；第二，驴曾鸣过，虎因而吓得逃跑；第三，驴终于显了它的真本领，为虎所食；第四，这篇寓言的教训意味很深，总题目叫"三戒"，在故事的结尾还写了一段告诫。

我们现在要问：柳宗元写这篇寓言，是自己创造的呢？还是有所本呢？我的回答是第二个可能。

在中国书里，我到现在还没找到类似的故事。在民间流行的这样的故事是从外国传进来的。我们离开中国，到世界文学里一看，就可以发现许多类似的故事。时代不同，地方不同；但故事却几乎完全一样，简直可以自成一个类型。我们现在选出几个重要的来讨论。第一个我想讨论的是出自印度寓言集《五卷书》，原文是梵文，我现在把译文写在下面：

> 在某一座城市里，有一个洗衣匠，名字叫做叔陀钵吒。他有一条驴，因为缺少食物，瘦弱得不成样子。当洗衣匠在树林子里游荡的时候，他看到了一只死老虎。他想道："哎呀！这太好了！我要把老虎皮蒙在驴身上，夜里的时候，把它放到大麦田里去。看地的人会把它当做一只老虎，而不敢把它赶走。"他这样做了，驴就尽兴地吃起大麦来。到了早晨，洗衣匠再把它牵到家里去。就这样，随了时间的前进，它也就胖起来了，费很大的劲，才能把它牵到圈里去。
>
> 有一天，驴听到远处母驴的叫声。一听这声音，它自己就叫起来了。那一些看地的人才知道，它原来是一条伪装起来的驴，就用棍子、石头、弓把它打死了。（第四卷，第七个故事）

看了这个故事，我们立刻可以发现，它同《黔之驴》非常相似：第一，这里的主角也是驴。虎虽然没出台，但皮却留在驴身上；第二，在这里，驴也鸣过，而且就正是这鸣声泄露它的真象，终于被打死；第三，这当然也是一篇教训，因为梵文《五卷书》全书的目的就是来教给人“统治术”(Nīti)或“获利术”(Arthaśāstra)的。

在另一本梵文的《嘉言集》里，也有一个同样的故事。下面是译文：

在诃悉底那补罗城里，有一个洗衣人，名叫羯布罗毗腊萨。他有一条驴，因为驮重过多，已经没有力量，眼看就要死了。于是洗衣人就给它蒙上了一张虎皮，把它放到在一片树林子旁边的庄稼地里去。地主从远处看到它，以为真是一只虎，都赶快逃跑了。它就安然吃起庄稼来。有一天，一个看庄稼的人穿了灰色的衣服，拿了弓和箭，弯着腰，隐藏在一旁。这个发了胖的驴从远处看到他，想：“这大概是一条母驴吧？”于是就叫起来，冲着他跑过去。这看庄稼的人立刻发现，它只是一条驴，跑上来，把它杀掉了。所以我说：

这条笨驴很久地沉默地徘徊着，它穿了豹皮，它的鸣声终于杀了自己。(第三卷，第三个故事)

这个故事同《五卷书》里的故事几乎完全一样，用不着我们再来详细分析讨论。另外在印度故事集《故事海》里面还有一个故事，也属于这一系。我因为手边没有梵文原本，只好从英文里译出来，写在下面：

某一个洗衣人有一条瘦驴。因为想把它养肥，于是给它披上了一张豹皮，把它放到邻人的地里去吃庄稼。

当它正在吃着的时候，人们以为它真是一只豹子，不敢赶跑它。有一天，一个手里拿着弓的农人看到它。他想，这是一只豹子；因为恐惧，他于是弯下腰，向前爬去，身上穿了块毛毡。这条驴看见他这样爬，以为他这是一条驴。因为吃饱了庄稼，它就大声叫起来。农人才知道，它是一条驴。他转回来，一箭射死这个笨兽。它自己的声音陷害了自己。（Tawney-Penzer, *The Ocean of Story*, Vol. Ⅴ, p.99－100）

这个故事的内容同上面两个故事一样，用不着来多说。有一点却值得我们注意。在《嘉言集》里面，散文部分说的是老虎皮（vyaghracarman），在最后面的诗里却忽然改成豹子皮（dvīpincarman）。在《故事海》里，全篇都说的是豹子（英文译本是panther，梵文原文不知道）。这是什么原因呢？我觉得这有两个可能：第一，印度故事里面的散文同诗有时候不是一个来源，诗大半都早于散文。诗里面是豹，到了散文里面改成虎，这是很可能的；第二，梵文的Vyaghra和dvīpin，平常当然指两种不同的动物；但有时候也会混起来，所以dvīpin也可以有虎的意思。我自己倾向于接受第二个可能。

我们现在再来看另外一个也是产生在印度的故事。这个故事见于巴利文的《本生经》里，原名《狮皮本生》（*Siha camma Jātaka*），是全书的第一八九个故事。我现在从巴利文里译出来：

古时候，当跋罗哈摩达多王在波罗痆斯国内治世的时候，菩萨生在一个农夫家中。长大了，就务农为业。同时有一个商人，常常用驴驮了货物来往做生意。他无论走到什么地方，总先把驴身上的包裹拿下来，给它披上一张狮子皮，然后把它放到麦子地里去。看守人看见了，以为它真是一只狮子，不敢走近它。有一天，这个商人停留在一个村子门口，在煮他的早饭。他给驴披上一张狮子皮，便把它赶到麦子地里去。看守人以为它是一只狮子，不敢走近它。他就跑回家去告诉别人。全村的人都拿了武器，吹螺，击鼓，大喊着跑到地里来。这驴因为怕死，大声叫起来。菩萨看见它不过是一条驴，说第一首伽陀：

这不是狮子的，不是虎的，也不是豹的鸣声。

只是一条可怜的驴，蒙上了狮子皮。

同村的人现在也知道，它只是一条驴了。于是把它的骨头打断，拿了狮子皮，走了。商人走来，看见驴已完了，说第二首伽陀：

这驴吃麦子本来可以安安稳稳地吃下去的，

它只是蒙了狮子皮，一叫就弄坏了自己。

正在说着，驴就死了。商人离开它，走了。

这个故事大体上同上面谈过的几个差不多，这里面的主角仍然是一条驴，而且这条驴也照样因了自己的鸣声而被打死。但同上面谈的故事究竟有了点区别，这条驴子披的不是虎皮，而是狮子皮，狮子皮是上面那几个故事里面没有的。披的皮虽然有了差别，但两个故事原来还是一个故事，我想，这是无论谁都承认的。我们现在不知道，这两个之中哪一个较早。我们只能说，原来是一个故事，后来分化成两系：一个是虎皮系；一个是狮皮系。在印度，《驴皮本生》就是狮皮系故事的代表。

倘若我们离开印度到遥远的古希腊去，在那里我们也能找到狮皮系的故事。在柏拉图的《对话》（*Kratylos*）（411a）里，苏格拉底说："我既然披上狮子皮了，我的心不要示弱。"这只是一个暗示，不是一个故事。一个整体的故事我们可以在《伊索寓言》里找到：

> 一条驴蒙上一张狮子皮，在树林子里跑来跑去。在它游行的时候，他遇到很多的笨兽，都给它吓跑了。它自己很高兴。最后它遇到一只狐狸，又想吓它；但狐狸却听到它的鸣声，立刻说："我也会让你吓跑的，倘若我没听到你的鸣声。"

在这故事里，这条驴仍然是因了鸣叫而显了真象。除了这个故事以外，在法国拉芳丹（La Fontaine）的寓言里，也有一个同样的属于狮皮系的故事，标题叫《驴蒙狮皮》（*L'âne vêtu de la peau du lion*）。我现在把它译在下面：

> 一条驴蒙了狮子的皮，
> 到处都引起了恐怖。
> 虽然是一个胆怯的畜生，
> 却让全世界都震动了。

不幸露出了一角耳朵，
泄露了它的欺骗和错误。
马丁又来执行他的任务。
不知道这是欺骗和奸诈的人们，
看到马丁把狮子赶到磨房里去，
都吃惊了。
无论什么人都可以在法兰西大呼，
让人人都熟悉这寓言。
一身骑士的衣服，
占骑士武德的四分之三。

这个故事是用诗写成的，比以前讨论的都短。在这里，不是驴的鸣声泄露了秘密，而是它的耳朵，这是同别的故事不同的地方。

我们从印度出发，经过了古希腊，到了法国，到处都找到这样一个以驴为主角蒙了虎皮或狮皮的故事。在世界许多别的国家里，也能找到这样的故事，限于篇幅，我们在这里不能一一讨论了。这个故事，虽然到处都有，但却不是独立产生的。它原来一定是产生在一个地方，由这地方传播开来，终于几乎传遍了全世界。我们现在再回头看我在篇首所抄的柳宗元的短寓言《黔之驴》的故事，虽然那条到了贵州的长耳公没有蒙上虎皮，但我却不相信它与这故事没有关系。据我看，它只是这个流行世界成了一个类型的故事的另一个演变的方式。驴照旧是主角，老虎在这里没有把皮剥下来给驴披在身上，它自己却活生生地出现在这故事里。驴的鸣声没有泄露秘密，却把老虎吓跑了。最后，秘密终于因了一蹄泄露了，吃掉驴的就是这老虎。柳宗元或者在什么书里看到这故事，或者采自民间传说。无论如何，这故事不是他自己创造的。

1947年10月7日晚

“猫名”寓言的演变

在中国的民间故事里有一个故事的类型非常别致有趣。这类故事的主要特点是：先从一件东西说起，一件一件地说下去，前后的次序一点也不牵强，看起来很自然，但结果绕一个弯子又回到原来的东西上，或者扯到一件同原来的东西绝不相容的、放在一起让人只觉得滑稽的东西上。我不知道专家们怎样称呼这个类型，我想替它起一个名字，叫做“循环式”。这类故事的起源当然也很早。但以前的我们不清楚了，我现在只预备从明朝说起，明刘元卿的《应谐录》里记载了一个短的寓言：

> 齐奄家畜一猫，自奇之，号于人曰“虎猫”。客说之曰：“虎诚猛，不如龙之神也。请更名曰龙猫。”又客说之曰：“龙固神于虎也。龙升天须浮云，云其尚于龙乎？不如名曰云。”又客说之曰：“云霭蔽天，风倏散之，云固不敌风也。请更名曰风。”又客说之曰：“大风飙起，维屏以墙，斯足蔽矣。风其如墙何？名之曰墙猫可。”又客说之曰：“维墙虽固，维鼠穴之，墙斯圮矣。墙又如鼠何？即名之曰鼠猫可也。”东里丈人嗤之曰：“噫嘻！捕鼠者固猫也。猫即猫耳，胡为自失其本真哉！”（《续说郛》弓第四十五）

这个寓言虽然由刘元卿记载了下来，但据我看它的来源一定是流行在民间的故事。也许在民间已经流行了很多年，才遇到一位朋友把它写了下来。这个寓言的主角是猫，结果却经过了虎、龙、云、墙，把猫同老鼠扯在一处。由虎说到龙，由龙说到云，由云说到墙，这次序非常自然，一点也不牵强；但终于说成“鼠猫”，成了一个很幽默的讽刺。世界上无论哪一国的寓言，里面都多半包含着一个道德教训，这个寓言也有一个道德教训，就是：一个人不应该失掉了“本真”。

在日本也有一个相似的寓言。我不知道源出哪一本书，我看到的只是王真夫先生的译文，题目叫做《日本古笑话》，见1943年7月《艺文杂志》创刊号。我现在就把译文抄在下面：

> 有一个人非常好胜，养了一只猫，也想给它起一个最伟大的名字。想了好久，起了一个“天”字。朋友听得，说道：“天也争不过雨云呀！”“那么就唤作雨云吧！”“雨云也争不过风呀！”“那么唤作风吧！”“风还是争不过窗纸呀！”“那么唤作窗纸吧！”“窗纸争不过老鼠呀！”“如此说来，还是唤作猫吧！”

我们一看就可以知道，这个寓言同中国的那一个非常相似。只有几处有点区别，譬如一开头不说虎、龙，而只说天，由天说到云；不说墙，而说窗纸，最后一句：“如此说来，还是唤作猫吧！”远不如中国鼠猫两个字含蓄而又幽默。但这些区别都很小。这里的主角仍然是猫，也是要替猫起一个名字。所以这个寓言很可能是从中国流传过去的。

中国虽然能把这个寓言输出去，但输出的可惜也不是国货。同许多别的流传在民间的故事一样，这个寓言的老家大概也是印度。在梵文故事集《故事海》里我们找到一个类似的寓言。我手边没有梵文原文，我只能从陶尼（Tawney）和彭策（Penzer）的英译本里把这个故事译出来（第五册109页）。

> 从前一个隐士拾到一只从鹰爪里掉出来的小老鼠，觉得很可怜，于是就运用神通力把它变成一个少女，带到自己隐居的地方去。当他看到她已经长大了的时候，他想替她找一个有力的丈夫。他先把太阳喊来，对太阳说："娶这个女孩子吧！我想把她嫁给一个有力的丈夫。"太阳回答说："云比我还有力，他一会的工夫就可以把我遮起来。"隐士听了，把太阳放走，又把云喊了来，让他娶她。云回答说："风比我还有力，只要他高兴，他可以把我吹到天空里任何地方去。"隐士听了，又把风喊了来，仍然向他做同样的建议。风回答说："山比我更有力，因为我不能够移动他们。"这个隐士听了，就把喜马拉雅山喊来，想把女子嫁给他。山回答说："老鼠比我更有力，因为它们能够在我身上挖洞。"
>
> 这隐士听了这些聪明的神们的回答，就喊来一只林鼠，对它说："娶这个女孩子。"它回答说："请你告诉我，她怎样钻进我的穴子里去。"隐士说："它最好还是变成一只老鼠。"于是他又把她变成老鼠，嫁给那只雄鼠。

这个寓言同流传在中国和日本的那一个“猫名”寓言内容有点差别。这里面主角不是猫，而是老鼠，猫在这里根本没有露面，当然更谈不到起什么名字。这寓言的中心故事是老鼠招亲。从老鼠说起，经过太阳、云、风、山，终于还是回到老鼠。

在别的用梵文写成的故事书里也有这样一个寓言。譬如说在《五卷书》里就可以找到，《五卷书》最早的形式是《说薮》，在这里面已经有这样一个寓言了。美国梵文学者爱哲顿（F.Edgerton）构拟出来的所谓原始《五卷书》里当然也有，而且同《说薮》里的那一个几乎完全一样。我现在从梵文里把《说薮》里的那一个寓言译出来：

一个苦行者在恒河里洗澡。正开始漱嘴的时候，一个从鹰爪里逃出来的小老鼠掉在他手里。这苦行者把它放在一棵无花果树的下面，又洗了洗澡，就想回到他的隐居的地方去。他忽然想到那个小老鼠。他自己想：“我把那个失掉了父母的小老鼠忘掉了，真有点残忍。”这样想过，他就又走回去，运用神通力把小老鼠变成一个少女，带回家去，交给他的没有子女的老婆，说道：“亲爱的，把这个女孩子好好地养大！”时间渐渐过去，女孩子已经十二岁了。这仙人想把她出嫁，因为：

一个在父亲的房子里看到月信的女子应该被人看作是一个婆萨里（Vasali）；按传统的说法婆萨里不是首陀罗（Śūdra）女子。所以我想把她嫁给一个平等的男人，因为：

两个人资产相当，门户相当，可以结婚，可以做朋友，一个富一个穷就不行。

想过以后，他把太阳喊了来，对他说道：“娶这个女孩子！”这一个永远用自己的眼睛看一切事情的世界的保护者（太阳神）说：“云比我更有力，仙人，因为我虽然出来，但他可以把我遮起来。”苦行者觉得这话有道理，就把云喊了来，对他说道：“娶我的女孩子！”云也有同样的理由：“风比我更有力，他能够把我吹散，吹到任何地方去。”苦行者就把风喊了来：“娶我的女孩子！”但是风却说：“仙人，山比我更有力，因为我一点也不能动摇他。”苦行者于是就把一个山喊过来：“娶我的女孩子！”山说：“我们确是不能动摇，但是老鼠却有办法。他们能够在我们身上钻一百个洞。”苦行者沉思了一会，喊过一只雄鼠来，对他说道：“娶我的女孩子！”雄鼠说：“那不行。我怎样把她带进我的洞穴里去呢？”苦行者觉得这话有道理，于是就运用神通力把她变成原来的样子。

在《五卷书》里，这个寓言最早的形式就是这样。在晚出的由耆那教的和尚补哩那婆多罗改编的《五卷书》里，这个寓言也被收进去，但内容同风格都有点差异了。开头先来一段相当长的描写，把恒河里的水的动荡，鱼的跳跃和因这跳跃而起的泡沫，浪潮的变幻都描绘了一番，以下接着写在这河边上的苦行者的情形，他们的衣服，他们吃的东西。再以下才是正文。这一段长的描写只用了几个离合释（Samāsa，英文叫做Compound），这表现出一种纯粹艺术诗（Kāvya）的风味。我们上面译出的《说薮》里的那个寓言已经不能够代表原来流行在民间的形式，已经是文人学士的作品，这里这一个更离民间形式远了。在女孩子到了十二岁的时候，隐士想替她找一个丈夫。在上面译的寓言里紧接着有两首诗，但在补哩那婆多罗的改订本里却有十一首。这当然都是后加的。这也是文人学士的成绩，他们故意引用这样许多诗来表示他们的渊博。在上面译出的那个寓言里的第一首诗的意思是，在女孩子有月经以前就应该结婚。但在补哩那婆多罗的改编本里这点很简单的意思却引用了九首诗来表达。下面这一首诗可作代表：

> 所以应该把女孩子嫁出去，趁她还没有月经的时候。
> 一个八岁的女孩子的出嫁是可以赞美的。

这样的诗虽然与本文没多大关系，但我们从这里可以看出古代印度人对女子结婚的看法，也是非常有趣的。

同《故事海》里的那个寓言一样，在《五卷书》这一个寓言里，主人也不是猫，而是一只小老鼠。在这里也是从太阳说起，也是经过了云、风、山，最后说到老鼠，完成了这个“环”。这两个寓言同中国和日本的“猫名”寓言，初看起来，似乎有很大的差别；但倘一仔细研究，就可以看出来，它们都属于同一个类型：“循环式”，而且印度很可能就是这个寓言的老家。印度寓言里的主角是老鼠，由老鼠想到猫，于是中间不知经过了多少演变，在中国和日本，猫就变成了主角。虽然老鼠已经降为配角，但它在这里仍然占一个位置。这一点据我看就能暗示出中国的"猫名"寓言和印度的"老鼠结婚"寓言的关系。此外在印度寓言里的云，在中国寓言里也出现了。这也可以给我们一点研究这两个寓言间相互关系的线索。我们研究比较文学，往往可以看出一个现象：故事传布愈广，时间愈长，演变也就愈大；但无论演变到什么程度，里面总留下点痕迹，让人们可以追踪出它们的来源来。正像孙悟空把尾巴变成旗杆放在庙后面一样，杨二郎一眼就可以看出来，这座庙是猴儿变的。

我上面只谈到这个寓言在中国、日本和印度演变的情形。在别的国家也可以找到同样的寓言。因为别的学者已经谈到，我在这里就不谈了。

1948 年 3 月 24 日

《列子》与佛典

——对于《列子》成书时代和著者的一个推测

《列子》是一部伪书，自来学者少有异议。自唐柳宗元，宋高似孙、黄震、朱熹、叶大庆，明宋濂，清姚际恒、钱大昕、钮树玉、姚鼐、何治运、俞正燮、吴德旋、汪继培，下至章炳麟、陈三立、梁启超、顾实、马叙伦、陈文波、冯友兰、王德箴[1]，有的认为《列子》本有其书，只是经过了后人的增窜；有的认为全书都是伪造的。怀疑的程度虽然不同，但大家都认为《列子》是一部伪书。只有很少数的人读到《列子》而没有怀疑，像梁刘勰，宋洪迈，元刘埙，明王世贞，清褚人获[2]等。另外还有两家，虽然也承认《列子》不是出于列御寇之手，但大体上却是替《列子》辩护的：一是《四库全书总目提要》二十八子部道家类；一是日本学者武内义雄[3]。可惜这些替《列子》辩护的学者们的意见都太空虚，不能让人心服。

替《列子》辩护既然难成立，我们回头再看怀疑《列子》的学者的意见。统观这些学者，我觉得他们每个人都举出了很坚实可靠的证据，但他们却只证明了一点，就是:《列子》是一部伪书。至于这部书究竟伪到什么程度，换句话说，就是：这部书究竟是在哪一年著成的？著者究竟是谁？虽然他们有的也多少说到过，但我总觉得理由都太空洞，或者只是想象之辞。钱大昕说："恐即晋人依托。"[4]姚鼐以为《列子》里面有汉魏以后人的附益，也许张湛就有所矫入。

何治运举出了许多证据，说《列子》出于《尔雅》、《易纬》，在佛法入中国和两汉“圣学昌明”之后，没有确定说什么时候[5]。俞正燮说：

> 《列子》晋人王浮葛洪以后书也，以《仲尼篇》言圣者，《汤问篇》言火浣布知之。

这理由似乎不大充足。《仲尼篇》言圣者，最多只能证明《列子》出于佛法入中国之后；《汤问篇》言火浣布也只能证明《列子》出于火浣布输入以后，都不能证明《列子》是王浮葛洪以后的书。大概王浮葛洪都是制造伪书的专家，所以俞正燮就想到他们身上去了。章炳麟先说《列子》作于佛法初兴之世，后来又说：

> 《列子》书汉人无引者。王何嵇阮下及乐广，清谈玄义，散在篇籍，亦无有引《列子》者。观张湛序，殆其所自造。湛谓与佛经相参，实则有取于佛经尔。

他说《列子》可能是张湛伪造的，实在是一个大胆的假设，发前人所未发；但可惜并没能举出具体的证据，只是一个揣测而已[6]。陈三立以为季汉魏晋之士，看了佛典以后，就杨朱之徒所依托的，增窜而成《列子》。马叙伦举了二十个事例证明《列子》是伪书，连刘向的《叙录》也是伪造的。他的结论是：

> 魏晋以来，好事之徒，聚敛《管子》、《晏子》、《论语》、《山海经》、《墨子》、《庄子》、《尸佼》、《韩非》、《吕氏春

> 秋》、《韩诗外传》、《淮南》、《说苑》、《新序》、《新论》之言，附益晚说，成此八篇，假为向叙以见重。

他最后说：

> 夫辅嗣为《易》注多取诸老庄，而此书亦出王氏，岂弼之徒所为与？

陈文波在他的论文《伪造列子者之一证》里举出了几个前人没有注意到的证据，他先说《列子》"颇似魏晋时之出产品"，又说"晋人或有见于《庄子》之寓言，于是杂凑群书，以成《列子》"。以上这些说法都太笼统。

我们上面谈到，学者们对于《列子》成书年代的意见既然都未免有点空泛，那么我们是不是还有办法把这部书著成的年代更精密地确定一下呢？我觉得我们还有办法，而且办法也许还不止一个。我现在只根据中译的佛典来试一试。

张湛在《列子序》里说：

> 然其所明，往往与佛经相参。

章炳麟已经怀疑到，并不是《列子》与佛经相参，而是《列子》钞佛经。我也有同样的感觉，我觉得张湛在这序里不打自招地说出了《列子》一部分取材的来源。关于《列子》与佛典的关系，以前有许多学者谈到过。高似孙说：

> 至于“西方之人，有圣者焉，不言而自信，不化而自行”。此固（故）有及于佛，而世犹疑之。[7]

朱熹说：

> 又观其言“精神入其门，骨骸及其根，我尚何存？”者，即佛书四大各离，今者妄身尚在何处之所由出也。他若此类甚众，聊记其一二于此，可见剽掠之端云。

叶石林说：

> 《列子》《天瑞》、《黄帝》两篇皆其至理之极尽言之而不隐，故与佛书直相表里。[8]

王应麟说：

> 《列子》言西方之圣人，西极之化人，佛已闻于中国矣。[9]

明宋濂举出许多《列子》与佛典相合的例子。清何治运以为《周穆王篇》的西极化人和《仲尼篇》的西方圣人就是指的佛。龚自珍[10]和杨文会[11]也有同样的意见。章炳麟和陈三立都指出《列子》与佛典的关系。马叙伦说的尤其详尽。他先指出西方之人就是佛，最后又说：

> 又如《天瑞篇》言天地空中之一细物，有中之最巨者。《周穆王篇》言西极之国，有化人来，入水火，贯金石，反山川，移城邑，乘虚不坠，触实不硋，千变万化，不可穷极，既已变物之形，又且易人之虑。《汤问篇》言其山高下周旋三万里，其顶平处九千里，山之中间相去七万里，以为邻居焉。其上台观皆金玉，其上禽兽皆纯缟，珠玕之树皆丛生，华实皆有滋味。食之皆不老不死，所居之人皆仙圣之种。一日之夕，飞相往来者不可数焉。此并取资于浮屠之书，尤其较著者也。

这些意见有的都很中肯；但类似上面举出的这些记载散见佛典，我们虽然可以说，《列子》剽掠了佛典，我们却不能确切地指出剽掠的究竟是哪一部，因而也就不能根据上面这些证据推测出《列子》成书的年代。反过来说，倘若我们能够在《列子》里找出与佛典相当的一段，而且能够指出钞袭的来源，我们也就能够推测《列子》成书的时代。这种例子，在《列子》里并不是没有，下面我就举出一个来。

《列子·汤问篇》五有这样一段：

> 周穆王西巡狩。越昆仑，不至弇山，反还。未及中国，道有献工人名偃师，穆王荐之，问曰："若有何能？"偃师曰："臣唯命所试。然臣已有所造，愿王先观之！"穆王曰："日以俱来，吾与若俱观之！"翌日，偃师谒见王。王荐之曰："若与俱来者何人邪？"对曰："臣之所造

能倡者。”穆王惊视之，趋步俯仰，信人也，巧夫！锁其颐，则歌合律；捧其手，则舞应节；千变万化，惟意所适。王以为实人也，与盛姬内御并观之。技将终，倡者瞬其目而招王之左右侍妾。王大怒，立欲诛偃师。偃师大慑，立剖散倡者以示王：皆傅会革木胶漆白黑丹青之所为。王谛料之：内则肝胆心肺脾肾肠胃，外则筋骨支节皮毛齿发，皆假物也，而无不毕具者，合会复如初见。王试废其心，则口不能言；废其肝，则目不能视；废其肾，则足不能步。穆王始悦而叹曰：“人之巧乃可与造化者同功乎？”诏贰车载之以归。夫班输之云梯，墨翟之飞鸢，自谓能之极也。弟子东门贾禽滑厘闻偃师之巧，以告二子。二子终身不敢语艺，而时执规矩。

在西晋竺法护译的《生经》（*Jātaka-nidāna*）卷三《佛说国王五人经》二十四里有一个相同的故事：

时第二工巧者转行至他国。应时国王喜诸技术。即以材木作机关木人，形貌端正，生人无异，衣服颜色，黠慧无比，能工歌舞，举动如人。辞言：“我子生若干年，国中恭敬，多所馈遗。”国王闻之，命使作技。王及夫人，升阁而观。作伎歌舞，若干方便。跪拜进止，胜于生人。王及夫人，欢喜无量。便角瞚（宋元明本作眨）眼，色视夫人。王遥见之，心怀忿怒。促敕侍者，斩其头来：“何以瞚眼，视吾夫人？”谓有恶意，色视不疑。其父啼泣，泪出五（宋元明本作数）行。长跪请命："吾有一子，甚重爱之。坐起进退，以解忧思。愚意不及，有是失耳。假使杀者，我共当死。唯以加哀，原其罪釁。"时王恚甚，不肯听之。复白王言："若不活者，愿自手杀，勿使余人。"王便可之，则拔一肩榍，机关解落，碎散在地。王乃惊愕："吾身云何嗔于材木？此人工巧，天下无双，作此机关，三百六十节，胜于生人。"即以赏赐亿万两金。即持金出，与诸兄弟，令饮食之，以偈颂曰：

观此工巧者　多所而成就
机关为木人　过逾于生者
歌舞现伎乐　令尊者欢喜
得赏若干宝　谁为最第一[12]

我们比较这两个故事，内容几乎完全相同，甚至在极细微的地方都可以看出两者间密切的关系，譬如《列子》里说："倡者瞬其目而招王之左右侍妾。"《生经》里就说："便角睮眼，色视夫人。"但这两个故事间的关系究竟应该怎样去解释呢？看了这两个故事这样相似，我想无论谁也不会相信这两个故事是各不相谋的独立产生的，一定是其中的一个钞袭的另外一个。现在我们就看，究竟哪一个是钞袭者。

首先我们要追究，这个故事的老家究竟是在什么地方，是印度呢？还是中国？在中文译本里，整个故事叫做《佛说国王五人经》，这个机关木人的故事只是其中一部分。《佛说国王五人经》讲的是五个王子的故事：第一个智慧（Prajñāvanta），第二个工巧（Śilpavanta），第三个端正（Rūpavanta），第四个精进（Vīryavanta），第五个福德（Punyavanta）。每个王子各有所长，正如他的名字所表示的。每个王子都找到机会显他的本领，结果还是福德王子占了第一。这五个王子显本领就用五个故事来叙述，我们上面钞的机关木人的故事是属于第二个工巧王子的。这五个小故事合起来成了一个大故事，就是《佛说国王五人经》。这个大故事在印度很流行。除了《佛说国王五人经》以外，保存在中文《大藏经》里的还有《佛说福力太子因缘经》（*Buddhabhāsitapunyabalāvadāna*，《大正新修大藏经》第173号，南条文雄《目录》第953号）。在用混合方言写成的*Mahāvastu*里也有这个故事（ed.Senart第三本第33-41页）。不但在印度，在中亚也可以找到这故事，譬如在吐火罗文A方言（焉耆文）的残卷里就可以找到（Sieg und Siegling, *Tocharische Sprachreste*, I.Band, Berlin und Leipzig 1921, p.1-14）。有一点我在这里先要声明：整个大故事的内容和结构虽然差不多都一样，但每个王子的故事有时候却多少有点差别。属于第二个工巧王子的机关木人的故事，我一直到现在除了在《生经》、《佛说国王五人经》里找到以外，在别的地方还没有发现类似的故事。但这个小故事既然嵌在那个大故事里面，所以我相信，它的老家也一定就是印度。[13]

我们上面已经说到，《列子》与《生经》里机关木人的故事绝不会是各不相谋的独立产生的，一定是其中的一个钞袭的另外一个。现在我们既然确定了印度是这个故事的老家，那么，《列子》钞袭佛典恐怕也就没有什么疑问了。

我们现在再看，在中文《大藏经》里除了竺法护的译文以外，是不是还可以找到别的与《生经》机关木人的故事相类的故事。倘若有的话,《列子》也许并不是钞袭竺法护。但据我浅见所及,在竺法护以前并没有任何相同或相似的译文。所以我们现在还可以再进一步说,《列子》里这个故事不但是从佛典里钞来的,而且来源就正是竺法护译的《生经》。

这一点弄清楚,我们再来看竺法护的译本。在所有古代的经录里面,竺法护译的《生经》都有著录。

梁僧祐《出三藏记集》卷二:

《生经》五卷或四卷[14]

隋法经《众经目录》卷三:

《生经》五卷[15]

隋彦悰《众经目录》卷一:

《生经》五卷或四卷[16]

唐静泰《众经目录》卷一:

《生经》五卷或四卷一百七纸[17]

唐道宣《大唐内典录》卷二:

《生经》五卷太康六年正月十九日译,或四卷见《聂道真录》[18]

从上面的著录来看,译者毫无问题。至于译出的时间据道宣《大唐内典录》是太康六年,相当公元285年。我们也没有理由怀疑这个记载。

写到这里,我觉得我们对《列子》成书的时代可以作一个比较确切的推测了:《列子》既然钞袭了太康六年译出的《生经》,这部书的纂成一定不会早于太康六年(公元285年)。陈文波曾指出《列子》钞《灵枢经》。《灵枢经》据说是钞自皇甫谧所集的《内经·仓公篇》。陈文波就认为《灵枢经》之出世当在皇甫谧时。据《晋书》五十一《皇甫谧传》，皇甫谧死在太康三年（公元282年）。所以，就我们现在所发现的材料来说，《列子》钞的最晚的一部书就是《生经》。

关于《列子》注者张湛的身世，我们知道的极少。唐殷敬顺《列子释文》也只说：

> 张湛，字处度，东晋光禄勋，注此《真经》。

《晋书》又没有传，生卒年月不详。我们唯一可根据的就是他的《列子序》。我现在钞一段：

> 湛闻之先父曰：吾先君与刘正舆、傅颖根皆王氏之甥也。并少游外家。舅始周，始周从兄正宗辅嗣皆好集文籍。先并得仲宣家书，几将万卷。傅氏亦世为学门。三君总角，竞录奇书。及长，遭永嘉之乱，与颖根同避难南行。车重各称力，并有所载。而寇虏弥盛，前途尚远。张谓傅曰："今将不能尽全所载，且共料简世所希有者，各各保录，令无遗弃。"颖根于是唯赍其祖玄父咸子集。先君所录书中有《列子》八篇。及至江南，仅有存者，《列子》唯余《杨朱》、《说符》目录三卷。比乱正舆为扬州刺史，先来过江。复在其家得四卷。寻从辅嗣女婿赵季子家得六卷，参校有无，始得全备。

这序里面提到的人名，在正史里面大半都可以找得到。傅颖根就是傅敷，《晋书》卷四十七《傅玄传》附有他的传，说他：

永嘉之乱，避地会稽。

与张湛序相合。又据《三国志·魏志》卷二十一《王粲传》：

献帝西迁，粲徙长安。左中郎将蔡邕见而奇之。时邕才学显著，贵重朝廷，车骑填巷，宾客盈坐，闻粲在门，倒屣迎之。粲至，年既幼弱，容状短小，一坐尽惊。邕曰："此王公孙也。有异才，吾不如也。吾家书籍文章，尽当与之。"

《三国志·魏志》卷二十八《钟会传》附《王弼传》裴注：

《博物记》曰：初王粲与族兄凯俱避地荆州。刘表欲以女妻粲，而嫌其形陋而用率。以凯有风貌，乃以妻凯。凯生业，业即刘表外孙也。蔡邕有书近万卷，末年载数车与粲。粲亡后，相国掾魏讽谋反，粲子与焉。既被诛，邕所与书悉入业。业字长绪，位至谒者仆射。子宏，宏字正宗，司隶校尉；宏，弼之兄也。

《魏氏春秋》曰：文帝既诛粲二子，以业嗣粲。

也与张湛序相合。以上两件事都证明他的序与史实相符。但我们却不能因为他说到的几件事都可靠，就认为序里所有的话全可信。关于钞录《列子》一段，我觉得就绝不可信。张湛的序要我们相信，《列子》这部书是他祖父在永嘉之乱逃难时钞录下来的，原本当然更早。永嘉之乱大概是指的永嘉五年（公元311年）晋怀帝的被虏。我们上面已经说到，《列子》的成书不会早于太康六年（公元285年）。永嘉五年上距太康六年只有二十六年。我们绝对不能相信，在《生经》译出后短短二十几年内，在当时书籍传播困难的情况下，竟然有人从里面钞出了一段凑成一部《列子》。而且据张湛的暗示，这书藏在王家不知已经藏了多少年，这更是绝不可能的。我以为，这都是张湛在捣鬼。但他为什么这样做呢？最合理的推测就是，《列子》本文完全是张湛伪造的。为了灭迹起见，他写了这篇序，以史实为根据，加入一段童话般的故事，目的在惑乱读者。

归纳起上面所说的来看，我们可以立一个假设:《列子》这部书是彻头彻尾一部伪书[19]，刘向的《叙录》[20]，《列子》本文，《列子序》和《列子》注都出于张湛一人之手，都是他一个人包办的。我希望将来能够找到更多的材料证成这一个假设[21]。

1948年12月4日初稿
1949年2月5日改作毕

注释:

1 柳宗元，见《柳河东集》卷四，《辩列子》。高似孙，见《子略》，顾颉刚校，第58页。黄震，见《慈谿黄氏日抄》卷五十五，《读诸子》:《列子》。朱熹，见《朱子全书》卷五十八。叶大庆，见《考古质疑》卷三（见《海山仙馆丛书》）。宋濂，见《诸子辨》，顾颉刚标点，第三版，第15—16页。姚际恒，见《古今伪书考》，顾颉刚校点，第54—56页。钱大昕，见《十驾斋养新录》卷十八，《释氏轮回之说》。钮树玉，见《匪石先生文集》卷下，《列子跋》。姚鼐，见《惜抱轩文后集》卷二，《跋列子》（见《四部备要》）。何治运，见《何氏学》卷四，《书列子后》。俞正燮，见《癸巳存稿》卷十，《火浣布》说。吴德旋，见《初月楼文续钞》，《辨列子》。汪继培，见《列子张注》八卷，附《释文》二卷，汪继培序（见《湖海楼丛书》）。章炳麟，见《蓟汉昌言》卷四。陈三立，见《东方杂志》第十四卷第九号，《读列子》。梁启超、顾实，见霍世休《唐代传奇文与印度故事》，《文学》中国文学研究专号第1053页注8。马叙伦，见《国故》第1—3期，《列子伪书考》（又见《天马山房丛书》）。陈文波，见《清华学报》第一卷第一期，《伪造列子者之一证》（又见《古史辨》第四册）。冯友兰，见《中国哲学史》下册，第619页。王德箴，见《先秦学术思想史》，第51页。

2 刘勰，见《文心雕龙》卷四，《诸子》。洪迈，见《容斋续笔》卷十二，《列子书事》。刘埙，见《隐居通议》卷十九，《列子精语》。王世贞，见《读列子》。褚人获，见《坚瓠续集》卷四。

3 江侠庵编译《先秦经籍考》中，《列子冤词》。

4 钱大昕《十驾斋养新录》说，释氏轮回之说出于《列子》，非常可笑。

5 马叙伦《列子伪书考》说："何治运以为出郭璞后人所为。"不知何据。

6 梁任公、顾实、霍世休也有同样的揣测。见霍世休《唐代传奇文与印度故事》二。霍氏说，他曾著《〈列子·汤问篇〉质疑》一文，不知写成了没有。

7 黄震、沈濂（《怀小编》卷三，"西方之人"）、王世贞、顾颉刚都怀疑"西方之人"不是指的佛。

8 马端临《文献通考》卷二百十一，《经籍考》三十八，子，道家引叶氏语。

9 《困学纪闻》卷十。

10《定庵文集补编》卷二，撮录《列子》。

11《冲虚经发隐》。

12《大正新修大藏经》(下面缩写为(大)), 3, 88a。E.Chavannes法译文见 *Cinq Cents Contes et Apologues*, Tome III.P.166–175。季羡林德译文见*Zeitschrift der Deutschen Morgenländischen Gesellschaft*, H.2, 1943。

13 关于机关木人的传说请参阅C.H.Tawney和N.M.Penzer, *The Ocean of Story*, Vol. III, p.56 ff.。

14 (大)55, 7b。

15 (大)55, 128a。

16 (大)55, 154a。

17 (大)55, 186c。

18 (大)55, 233a。

19 这并不是一个新意见，参阅注6。但真正找到确凿的证据恐怕还是第一次。

20 僧徒也有伪造刘向文的，参阅俞正燮《癸巳类稿》,《僧徒伪造刘向文考》。

21《民彝》杂志一卷三期有一篇文章《读〈列子·汤问篇〉》，我还没能看到。

附记：

此文初稿曾送汤用彤先生审阅，汤先生供给了我很多宝贵的意见，同时又因为发现了点新材料，所以就从头改作了一遍。在搜寻参考书方面，有几个地方极得王利器先生之助，谨记于此，以志心感。

2月5日美林记于北京大学图书馆

三国两晋南北朝正史与印度传说

陈承祚《三国志》间采印度故事，陈寅恪师既为文论之矣[1]。兹又得一例证，非但见于《三国志》，而且见于《晋书》、《陈书》、《魏书》、《北齐书》、《周书》。惟迹象颇隐晦，骤视之殊不能定其为外来影响。谨论列如下，或亦读史者之一助也。

《三国志·魏书·明帝纪》裴注引孙盛曰：

> 闻之长老：明帝天姿秀出，立发委地。

《三国志·蜀书·贰先主纪》：

> （先主）身长七尺五寸，垂手下膝，顾自见其耳。

《华阳国志·陆刘先主志》：

> （先主）长七尺五寸，垂臂下膝，顾自见耳。

《晋书·叁武帝纪》：

> 中抚军聪明神武，有超世之才，发委地，手过膝，此非人臣之相也。

《陈书·壹高祖纪》：

（高祖）身长七尺五寸，日角龙颜，垂手过膝（《南史·玖陈本纪上》，第玖同）。

《陈书·伍宣帝纪》：

及长，美容仪，身长八尺三寸，手垂过膝（《南史·拾陈本纪下》，第拾同）。

《魏书·贰太祖纪》：

（太祖）弱而能言，目有光曜，广颡大耳（《北史·壹魏本纪》，第壹同）。

《北齐书·壹神武纪》：

（神武帝）目有精光，长头高颧，齿白如玉（《北史·陆齐本纪》，第陆同）。

《周书·壹文帝纪》：

及长，身长八尺，方颡广额，美须髯，发长委地，垂手过膝，背有黑子，宛转若龙盘之形，面有紫光，人望而敬畏之(《北史·玖周帝纪上》,第玖同)。

羡林按:自古创业开基之王或其他大人(梵文mahāpurusa,佛典译为大人或大丈夫)多有异相,史籍所载,其例不胜枚举。其事之可信与否,姑置不论。但既为大人,则在一般人心目中,必有异于常人者,即姿貌亦然。于是就其姿貌上稍特异之点从而夸大之,神化之,遂演为种种传说,浸假而形成一固定信仰。此信仰之起源,当必甚早。皇古之世,或已肇端。《荀子·非相篇》所记圣人怪异状貌必即民间信仰之反映。先秦典籍中亦间有相者故事厕杂其间。秦以后典籍中关于大人姿貌之记述约可分为三类型。

《史记·项羽本纪》:

舜目盖重瞳子,又闻项羽亦重瞳子,羽岂其苗裔耶?

《高祖本纪》:

高祖为人隆准而龙颜,美须髯,左股有七十二黑子。[2]

《孔子世家》:

(孔子)生而首上圩顶,故因而名曰丘云。

关于“重瞳子”、“隆准”、“龙颜”，各家注释，虽多歧异；但无若何神秘之处，则可断言。[3]至左股有七十二黑子，亦非事实上绝不可能者。故《史记》所述诸大人之像貌当颇近事实，此第一类型也。

至纬书兴，则所记大人状貌多奇异怪诞，为事实上绝不可能者。如《尚书》纬帝命验：

> 禹身长九尺有只（六？），虎鼻河目，骈齿鸟啄，耳三漏，载成铃，怀玉斗。[4]

《春秋》纬合诚图：

> 伏羲龙身牛首，渠肩达掖，山准日角，奯目珠衡，骏毫翁鬣，龙唇龟齿，长九尺有一寸，望之广，视之专。[5]

司马贞补《史记·三皇本纪》：

> 女娲氏，亦风姓，人身蛇首。
> 炎帝神农氏，人身牛首。

盖颇受纬书影响，与史迁迥异。《论衡·骨相篇》：

> 传言：黄帝龙颜，颛项戴午，帝喾骈齿，尧眉八彩，舜目重瞳，禹耳三漏，汤臂再肘，文王四乳，武王望阳，

周公背偻，皋陶马口，孔子反羽。

亦多与纬书相通之处。此第二类型也。

以上所引《三国志·魏书·明帝纪》、《蜀书·先主纪》、《华阳国志·刘先主纪》、《晋书·武帝纪》、《陈书·高祖纪、宣帝纪》、《魏书·太祖纪》、《北齐书·神武纪》、《周书·文帝纪》则属第三类型。所谓垂手过膝，目能自顾其耳，据医学家云，为事实上绝不可能者，如此则与第一类型异。但又不似纬书之荒诞诡异，如此则又与第二类型异。中国古籍中绝无迹象可寻，其故何哉?

考天竺佛典往往载世尊三十二大人相（dvātnpsan mahapurusalahsanāni）及八十种好（asityanuvyañjanāni），此本天竺固有信仰[6]，婆罗门教及耆那教亦有类似传说，不独佛教为然也。惟佛典记述独详。后汉竺大力共康孟详译《修行本起经》已有三十二相之名[7]；惟语焉不详。至译出较晚诸经，如吴支谦译《太子端应本起经》[8]、西晋竺法护译《普曜经》[9]、后秦佛陀耶舍共竺佛念译《长阿含经》[10]、东晋瞿昙僧伽提婆译《中阿含经》[11]、刘宋求那跋陀罗译《过去现在因果经》[12]、后秦鸠摩罗什译《大智度论》[13]、隋阇那崛多译《佛本行集经》[14]、唐地婆诃罗译《方广大庄严经》[15]、唐玄奘译《大般若波罗蜜多经》等[16]，则一一胪列，次第井然矣。至八十种好，《修行本起经》[17]已著其名，《大智度论》[18]、《佛本行集经》[19]、《方广大庄严经》[20]、《大般若波罗蜜多经》[21]及少数晚出经典更详举其目。三十二相之次第因佛教宗派之不同而异[22]，相与好之间亦多重复之处；但三十二相中有二相，其一为sthitāvavanatajānupralambabāhuh[23]，中文译文：

修臂（《太子瑞应本起经》）

修臂（《普曜经》）

平立垂手过膝（《长阿含经》）

大人身不阿曲，身不曲者，平立申手以摩其膝（《中阿含经》）

平住两手摩膝（《过去现在因果经》）

平住两手摩膝（《大智度论》）

太子正立不曲，二手过膝（《佛本行集经》）

垂手过膝（《方广大庄严经》）

如来双臂修直䐈圆，如象王鼻，平立摩膝（《大般若波罗蜜多经》）

另一相为suśukladantah，中文译文：

齿白齐平（《太子瑞应本起经》）

齿白（《普曜经》）

齿白鲜明（《长阿含经》）

大人四十齿，牙平，齿不疏，齿白，齿通味第一味（《中阿含经》）

齿白齐密而根深（《过去现在因果经》）

齿白齐密而根深（《大智度论》）

四牙白净（《佛本行集经》）

齿自如军图花（《方广大庄严经》）

如来齿相四十，齐平，净密，根深，白逾珂雪（《大

般若波罗蜜多经》)

八十种好中有三好，其一为 śukladaṃṣṭraḥ，中文译文：

如来诸齿方整鲜白（《大般若波罗蜜多经》）[24]

其一为 pīnāyatakamah，中文译文：

如来耳厚广大修长轮埵成就（《大般若波罗蜜多经》）

其一为 bhramara-sadṛśa-keṣaḥ，中文译文：

如来头发绀青，如黑蜂（《大般若波罗蜜多经》）*

巴利文佛典中亦有三十二相（dvāttimsamāhapurisalakkhanāni）之详目。

所谓垂手过膝相即巴利文之 ayam hi deva kumāro thitako vā anonamanto ubhohi pāni-talehi jannukāni parimasati parimajjati etc[25]，所谓齿白鲜明相即巴利文之

ayam hi deva kumāro susukkadātho etc.[26]

---

* 此处原缺梵文，现补出。中文译文据梵文勘正。——编者注

中亚古代语言译经中亦有相好之记述；惟多为断简残篇，不能窥其全豹。古于阗文佛典残卷中存第一至第六相，见E.Leumann, *Buddhistische Literatur*, p.116−122.E.Sige及W.Siegling校订之吐火罗文残卷（*Tocharische Sprachreste*, Berlinund Lelpzig 1921）212b 6−213a 7存第一至第三十二相，291−292存第九至第三十二相，惟残缺漫漶，颇多滞碍难通之处。垂手过膝相为第九相，213a 1残存三字sne nmālune kapśiñño ā//// 相当梵文之anavanata，中文《中阿含经》之“身不阿曲”。291b 5残存四字（kä）lymām kanwem sinās täpäkyā//// 相当梵文之sthita-jānu-。齿白鲜明相为第二十四相，213a 6 sokyo ā（r）ky（am）śānkari与梵文之suśukladantah完全相当。

综上所论，可见相好传说传播之广，亦可见《三国志》、《晋书》、《陈书》、《魏书》、《北齐书》、《周书》所记诸帝形貌多非事实，而实有佛教传说杂糅附会于其间。至陈承祚独将天竺大人相好加诸先主之身，其故亦有可得而言者。《华阳国志·陆刘先主志》：

> 布同先主曰：大耳儿最叵信者也。
>
> 公曰 ：大耳翁未之觉也。

可见先主之耳或实较常人稍大，传者从而神化之，史家又附会天竺传说，遂谓顾自见其耳矣。至先主之臂是否长于常人，除上所引《三国志·蜀书·先主纪》外，史无明文，无从参证。意者先主之臂本不异常人。惟先主为创业开基之雄主，史家乃以天竺传说大人三十二相中极奇特之一相加诸其身，以见其伟大耳。其后史书于帝王姿貌记述，遂多采天竺相好传说以杂糅其间，《晋书·武帝纪》、《陈书·高祖纪、宣帝纪》、《魏书·太祖纪》、《北齐书·神武纪》、《周书·文帝纪》皆是也。生理上绝不可能之垂手过膝相竟数数见于中国正史，始作俑者，岂即陈承祚乎？此外中国相法颇受天竺影响，当另为文论之，兹不赘。

1949年2月18日稿

注释：

1　《三国志曹冲华陀传与印度故事》,《清华学报》第六卷第一期。

2　《论衡·骨相篇》引此段。

3　参阅泷川龟太郎:《史记会注考证·二项羽本纪、高祖本纪》。

4　见马国翰:《玉函山房辑佚书》。

5　同前。类此之例散见纬书中，不能一一列举。

6　《智度论》八十八:“随此间阎浮提中天竺国人所好，则为现三十二相。”

7　《大正大藏经》，卷3，461a。

8　同上书，卷3，474。

9　同上书，卷3，496。

10　同上书，卷1，5。

11　同上书，卷1，493—494。

12　同上书，卷3，627。

13　同上书，卷25，681。

14　同上书，卷3，692—693。

15　同上书，卷3，557。

16 同上书，卷7，960。

17 同上书，卷3，461a。

18 同上书，卷25，684。

19 同上书，卷3，696。

20 同上书、卷，557。

21 同上书，卷7，460—461。

22 参 阅 W.Couvreur, *Le caractère sarvāstivādin-vaibhāsika des fragments tochariens A daprès les marques et épithètes du Bouddhā*, Muséon, tome LIX 1-4。

23 *Māhavyutpatti*:sthitānavanatapralambabāhutā ; *Lalitavistara*: sthito'navanatapralambabāhuh.

24 其余诸经译文从略。

25 *The Dīgha-nikāya*, ed.By T.W.Rhys Davids and J.Estlin Carpenter PTS, 1903, vol.II.p.17.cf.vol.III.p.143.

26 同上书，vol.II.p.18.

印度文学在中国

羡林按：这是二十多年前写的一篇文章。记得是讲课时发给同学作参考用的。观点当然是当时的观点，材料也是当时的材料。现在重读一遍，觉得尽管已经过了那样长的时间，但是里面的材料还是很有用的。而且在这方面还没有见什么人作更进一步的研究。这样一来，我保留这一篇东西就不仅仅是敝帚自珍了。最近几年来，印度朋友对中印文化关系的研究表现出令人欢欣鼓舞的热情。他们翻译了不少的中国文学作品，现代的有，古典的也有，比如曹植的《洛神赋》之类。但是关于文学方面的系统的著作却还没有见到。因此，我就把这篇文章检了出来，加上了一点新材料，只在个别地方作了一点很小的修改，整个的框架以及观点都保留原样，发表出来，供中外志同道合的学人参考。同时还希望，能有更多的人在这方面做更多的工作。这方面的材料很多，倘加以搜集、整理与研究，会对增强中印两国人民的友谊，促进两国人民的互相了解起很大的作用。我检查自己的旧笔记，发现我搜集的材料还有不少。我以前曾写过一些这类的文章。现在在这方面的兴趣更是浓烈未衰。倘有适当的机会，当再整理发表。

1980年1月26日记

中国同印度这两个伟大的国家，国境毗连；我们做了几千年的好邻居、好朋友。在这漫长的时间内，我们几乎在文化的各个领域内都进行了交流的工作。文学也是其中的一部分。

文学这一部分，正像其他的部分一样，交流的头绪是非常复杂的，问题是很多的。我在这里只想谈一下印度文学在中国所起的一些影响。

要想追本溯源，印度文学传入中国应该追到远古的时代去。那时候的所谓文学只是口头文学，还没有写成书籍。内容主要是寓言和神话。印度寓言和神话传入中国的痕迹在中国古代大诗人屈原的著作里可以找到。《天问》里说：

厥利惟何，而顾菟在腹？

虽然在最近几十年内有的学者把"顾菟"解释成"蟾蜍"[1]，但是从汉代以来，传统的说法总是把"顾菟"说成是兔子。月亮里面有一只兔子的说法在中国可以说是由来久矣了。

但是这种说法并不是国产，它是来自印度。从公元前一千多年的《梨俱吠陀》起，印度人就相信，月亮里面有兔子。梵文的词汇就可以透露其中的消息。许多意思是月亮的梵文字都有śaśa(兔子)这个字作为组成部分，譬如śaśadhara和śaśabhrt，意思是"带着兔子的"；śaśalaksana，śaśalaksmana和śaśalaksman，意思都是"有兔子的影像的"。

此外，印度神话寓言里面还有许多把兔子同月亮联系起来的故事，譬如巴利文《佛本生经》(*Jātaka*)第三一六个故事。在中译佛经里面，也有不少这样的故事，譬如吴康僧会译《六度集经》，二一，

《兔王本生》；吴支谦译《菩萨本缘经》，六，《兔品》；竺法护译《生经》，三一，《兔王经》；宋绍德慧询等译《菩萨本生鬘论》，六，《兔王舍身供养梵志缘起》，等等。唐朝的和尚玄奘还在印度婆罗痆斯国（今贝拿勒斯）看到一个三兽窣堵波，是纪念兔王焚身供养天帝释的。

除了这一个月兔故事以外，在先秦的书籍里还可以找到其他的一些可能是从印度传来的寓言和神话，《战国策·楚策》里记载的一个狐假虎威的故事就是其中的一个例子。

到了三国时代，中印交通的道路开辟了，来往频繁了，同时佛教已经传入中国；这些都给印度人民创造的一些美丽动人又富有教育意义的故事传入中国提供了有利的条件。于是印度各种类型的故事就大量传入中国。

我只举一个例子。《三国志·魏书》卷二〇《邓哀王冲传》：

> 邓哀王冲，字仓舒，少聪察岐嶷。生五六岁，智意所及，有若成人之智。时孙权曾致巨象，太祖欲知其斤重，访之群下，咸莫能出其理。冲曰："置象大船之上，而刻其水痕所至，称物以载之，则校可知矣。"太祖大悦，即施行焉。

我们在小学教科书念到的曹冲称象的故事，来源就在这里。虽然这个故事已经写入正史，而且同一个具体的人联系起来；但是它仍然不是国货，它的故乡是印度。元魏吉迦夜共昙曜译《杂宝藏经》卷一《弃老国缘》里面就有这样一个称象的故事。它也许在后汉时代就已经从口头上流传到中国来了。我现在把《杂宝藏经》

原文抄在下面以资比较：

> 天神又复问言："此大白象，有几斤两？"群臣共议，无能知者。亦募国内，复不能知。大臣问父。父言："置象船上，着大池中。画水齐船，深浅几许。即以此船，量石着中。水没齐画，则知斤两。"即以此智以答。[2]

到了六朝时代，印度神话和寓言对中国文学影响的程度更加深了，范围更加广了。在这时候，中国文学史上出现了一类新的东西，这就是鬼神志怪的书籍。只要对印度文学稍稍涉猎过的人都能够看出来，在这些鬼神志怪的书籍里面，除了自秦汉以来中国固有的神仙之说以外，还有不少的印度成分。这情况，中国伟大文学家鲁迅在他的《中国小说史略》里早就指出来过。

从内容方面来看，这些鬼神志怪的故事里面有一些对中国来说是陌生的东西，最突出的是阴司地狱和因果报应。我们当然不能说，在佛教输入以前，中国就没有阴间的概念。但是这些概念是比较渺茫模糊的、支离破碎的。把阴间想象得那样具体，那样生动，那样组织严密，是印度人的创造。连中国的阎王爷都是印度来的"舶来品"。

六朝时代有许多小说，全部书都谈的是鬼神的事情，譬如荀氏《灵鬼志》、祖台之《志怪》、《神怪录》、刘之遴《神录》、《幽明录》、谢氏《鬼神列传》、殖氏《志怪记》、曹毗《志怪》、《祥异记》、《宣验记》、《冥祥记》等等。这些书，只要一看书名字，就可以知道内容。其中的《宣验记》和《冥祥记》主要是谈因果报应。里面宣传，信佛得善报，不信得恶报。有一些故事已经中国化了，有的正在化的过程中，有的才开始，印度气息还十分浓厚。谁也不会相信，它们与印度无关。

我在这里举一个例子，说明印度故事中国化的过程。《宣验记》里记载了一个故事：

> 有鹦鹉飞集他山。山中禽兽，辄相爱重。鹦鹉自念："虽乐，不可久也。"便去。后数月，山中大火，鹦鹉遥见，便入水沾羽，飞而洒之。天神曰："汝虽有志意，何足云也！"对曰："虽知不能救，然尝侨居是山，禽兽行善，皆为兄弟，不忍见耳。"天神嘉感，即为灭火。[3]

从这个故事本身我们看不出它是什么来源。说它完全是一个中国故事，也未始不可。但是元魏吉迦夜共昙曜译《杂宝藏经》十三《佛以智水灭三火缘》和吴康僧会译《旧杂譬喻经》二三，都有这样一个故事。为了比较起见，我把《旧杂譬喻经》的那一个故事也抄在下面：

> 昔有鹦鹉，飞集他山中。山中百鸟畜兽，转相重爱，不相残害。鹦鹉自念："虽乐，不可久也，当归耳。"便去。却后数月，大山失火，四面皆然。鹦鹉遥见，便入水，以翅取水，飞上空中。以毛衣润入洒之，欲灭大火。如是往来往来。天神曰："咄！鹦鹉！汝何以痴！千里之火，宁为汝两翅水灭乎？"鹦鹉曰："我由知而不灭也。我曾

客是山中，山中百鸟畜兽，皆仁善，悉为兄弟，我不忍见之耳。”天神感其至意，则雨灭火也。

把两个故事拿来一比较，我们立刻就会发现，《宣验记》其实是抄袭了《旧杂譬喻经》，只是把一些字句润饰得更加简炼而已。印度故事中国化可能有很多方式；但是大体上说起来，不外两大类：一是口头流传，一是文字抄袭。前者可以拿月兔故事作一个例子，而后者的代表就是这一个鹦鹉灭火的故事。

这个故事还有一个变体，也见于《宣验记》：

野火焚山。林中有一雉，入水渍羽，飞故灭火。往来疲乏，不以为苦。

只是把鹦鹉换成了野鸡。这个以野鸡为主的故事，也来自印度。《大智度论》卷十六就有这个故事。唐玄奘《大唐西域记》卷六，拘尸那揭罗国说：“精舍侧不远，有窣堵波，是如来修菩萨行时，为群雉王救火之处。”这里讲的也是雉王，而非鹦鹉。

我觉得这情况可以代表印度故事转化为中国故事的过程。这个过程大概是这样子的：印度人民首先创造，然后宗教家，其中包括佛教和尚，就来借用，借到佛经里面去，随着佛经的传入而传入中国，中国的文人学士感到有趣，就来加以剽窃，写到自己的书中，有的也用来宣扬佛教的因果报应，劝人信佛；个别的故事甚至流行于中国民间。

鹦鹉灭火的故事就是按照这个过程传入中国的。我在这里顺便说一下，它的传播过程还不就到《宣验记》为止。清周亮工《栎园书影》第二卷中又出现了这个故事：

> 昔有鹦鹉飞集陀山。乃山中大火，鹦鹉遥见，入水濡羽，飞而洒之。天神言："尔虽有志意，何足云也？"对曰："尝侨居是山，不忍见耳！"天神嘉感，即为灭火。

《鲁迅全集》五《伪自由书·王道诗话》（实为瞿秋白所作）也引用了这个故事。

印度文学对中国文学的深而广的影响，六朝以后仍然继续发展下去。到了唐代，可以说是又达到一个新的阶段。唐代文学产生了两种崭新的东西：一是传奇，二是变文。而这两种东西都是与印度影响分不开的。

我们先从文体上来看一下这个影响。六朝那些鬼神志怪的故事，一般说都是很短的，每篇只谈一个故事，从头到尾，平铺直叙。但是到了唐初，却出现了像王度的《古镜记》这样的小说。里面有一个主要的故事作为骨干，上面穿上了许多小的故事。这种体裁对中国可以说是陌生的，而在印度则是司空见惯的事。印度古代著名的史诗《摩诃婆罗多》的结构就属于这个类型。作为骨干的主要故事是难敌王（Duryodhana）和坚阵王（Yuddhisthira）的斗争，里面穿插了很多的独立的小的故事。巴利文《佛本生经》（*Jātaka*）是以佛的前生为骨架，把几百个流行民间的故事汇集起来，成了这一部大书。流行遍全世界的《五卷书》（*Pañcatantra*）也是以一个老师教皇太子的故事为骨干，每一卷又以一个故事为骨干，叠床架屋，把许多民间故事搜集在一起，凑成了一部书。中译佛典里的吴康僧会译《六度集经》、吴支谦译《菩萨本缘经》、西晋竺法护译《生经》、朱绍德、慧询译《菩萨本生鬘论》、元魏慧觉等译《贤愚经》等等，都同巴利文的《佛本生经》是一个类型。这种例子在印度文学里是不胜枚举的。我们很难说，唐代传奇文的这种新的结构不是受了印度的影响。

体裁方面另一个特点突出地表现在所谓变文上。变文的结构多半是韵文和散文间错成文。有的地方叙事用散文，说话用韵文；有的地方悲叹用韵文；有的地方描写用韵文；有的地方韵文复述散文的内容。总而言之，就是韵文和散文互相间错。这种体裁也不是中国固有的，而是来自印度。

古代印度的许多著作都是用这种体裁写成的。譬如用混合梵文写成的《大事》(*Mahāvastu*)和《方广大庄严经》(*Lalitavistāra*)都是这样。在这些佛典里面，韵文与散文的关系大别之可以分为两个类型：一是韵文与散文相续成文；二是韵文的内容再用散文重复一遍。上面提到的《五卷书》也是用散文和韵文相间写成的。

中国接受这一种新的体裁，除了通过佛典翻译这一条路以外，可能还通过另一条路，这就是中央亚细亚的古代语言。我现在举一个例子来说明这个情况。《木师与画师的故事》在中译《大藏经》里有好几个异本：比丘道略集《杂譬喻经》八;《经律异相》第四十四卷；义净译《根本说一切有部毗奈耶药事》卷十六等等。这些异本都是用散文写成的，里面没有韵文。吐火罗文里面也有这样一个故事，却是散文和韵文交错。在中印文化的交流中，吐火罗文是桥梁之一。在这种体裁输入中国方面，吐火罗文也可能起了媒介作用。

上面谈的是文体方面的一些影响。在内容方面，影响还更要复杂，更要普遍，更要深刻。虽然唐代的传奇文从主要方面来说继承的和发扬的仍然是六朝以来的中国固有的传统，但是印度的影响却到处可见。上面谈到的阴司地狱和因果报应仍然继续存在。此外还添了许多新的从印度来的东西，其中最突出的也许就是龙王和龙女的故事。

龙这个东西，中国古代也有的。有名的典故“叶公好龙”可以为证。但是龙究竟是一个什么东西呢？谁也没有看到过，谁也说不清。据闻一多的意见，龙只是一种存在于图腾中而不存在于生物界中的神秘虚构的生物。它似乎是蛇，又似乎不是。但是自从佛教传入以后，中译佛经里面的“龙”字实际上是梵文Nāga的翻译。Nāga的意思是“蛇”。因此，我们也就可以说，佛教传入以后，“龙”的涵义变了。佛经里，以及唐代传奇文里的“龙王”就是梵文Nāgarāja，Nāgarāj或Nāgarājan的翻译。这东西不是本国产的，而是由印度输入的。

龙王和龙女的故事在唐代颇为流行，譬如柳宗元的《谪龙说》，沈亚之的《湘中怨》，以及《震泽龙女传》等等都是。其中最著名的最为人所称道的是李朝威的《柳毅传》。不管这些故事多么像是中国的故事，多么充满了中国的人情味，从这种故事的本质来说，它们总还是印度货色。

谈到变文，印度影响就表现得更明显。里面当然也有不少的是讲中国的故事，譬如《伍子胥变文》、《孟姜女变文》、《捉季布变文》、《李陵变文》、《王昭君变文》、《董永变文》等等都是。但是更多的却讲的是印度佛教故事，譬如《太子成道经》、《太子成道变文》、《八相变文》、《破魔变文》、《降魔变文》等等都是。此外还有许多讲经文，例如《金刚般若波罗蜜经讲经文》、《妙法莲华经讲经文》等等，也属于这一类。在变文里面，有一些对以后文学和民间传说产生了很大的影响，譬如《大目乾连冥间救母变文》。在极长的时间内，目连救母的故事流行于中国民间，目连甚至有了中国名字，小说戏剧也取材于这个故事，可见其影响之大了。

印度文学影响唐代文学的内容当然还不限于上面说到的这一些，其他类型的故事也受到了印度的影响。属于梦幻的故事的李公佐的《南柯太守传》和沈既济的《枕中记》，属于离魂一类的陈玄祐的《离魂记》、张荐的《灵怪录》和李亢的《独异志》，属于幽婚一类的戴君孚的《广异记》里的许多故事，里面都或多或少能够找到一些印度色彩。

是不是有整个的故事从印度搬过来的呢？有的，而且数目还不算很少。例子前人已经举出来过，我在这里再举一个新的例子。《太平广记》二八七，引《潇湘记》襄阳老叟。内容大概是这样的：一个人从一个老头那里得了一把神斧，“造飞物即飞，造行物即行”。后来给一个富人造一独柱亭，晚上爬墙去勾引富人的女儿。富人发觉了，要打发他走。他用神斧造了一双木鹤，同富人的女儿乘上，飞走。一个内容很相类的故事见于《五卷书》第一卷第八个故事。我看，这就是中国故事的来源。

就连柳宗元那一篇著名的文章《黔之驴》，我看，恐怕也与印度文学有一些瓜葛。我先把《黔之驴》抄在下面：

黔无驴。有好事者，船载以入。至则无可用，放之山下。虎见之，庞然大物也，以为神，蔽林间窥之。稍出近之，憖憖然莫相知。他日，驴一鸣，虎大骇，远遁。以为且噬己也，甚恐。然往来视之，觉无异能者。益习其声，又近出前后，终不敢搏。稍近益狎，荡倚冲冒。驴不胜怒，蹄之。虎因喜，计之曰："技止此耳。"因跳踉大㘎，断其喉，尽其肉乃去。

据我的看法，这个故事与流行世界的驴蒙虎皮或狮皮的那一个类型的故事是有联系的，而这一个类型的故事来源就是印度。我现在把《五卷书》第四卷第七个故事译抄在下面：

在某一座城市里，有一个洗衣匠，名字叫做叔陀钵吒。他有一条驴，因为缺少食物，瘦弱得不成样子。当洗衣匠在树林子里游荡的时候，他看到了一只死老虎。他想到："哎呀！这太好了！我要把老虎皮蒙在驴身上，夜里的时候，把它放到大麦田里去。看地的人会把它当做一只老虎，而不敢把它赶走。"他这样做了，驴就尽兴地吃起大麦来。到了早晨，洗衣匠再把它牵到家里去。就这样，随了时间的前进，它也就胖起来了，费很大的劲，才能把它牵到圈里去。

有一天，驴听到远处母驴的叫声。一听这声音，它自己就叫起来了。那一些看地的人才知道，它原来是一条伪装起来的驴；就用棍子、石头、弓箭，把它打死了。

这两个故事非常相似。第一，里面的主角都是驴。第二，在《黔之驴》里，老虎亲自出台，在《五卷书》里，老虎虽然没有活着出台，它的皮却蒙到驴身上去了。第三，在两本书里，驴都是因为鸣叫而泄露了真相。第四，这两个故事都有教训意义，在《五卷书》里不必说了，而《黔之驴》本身就是“三戒”之一。

这一故事几乎流行于全世界，形成了一个广大的类型。这里不详细说了。

宋代以后，中印两国的文化交流，特别是宗教方面的往来逐渐减少，代之而起的是贸易方面的往来。在这样的情况下，从表面上看起来，印度文学似乎是已经停止对中国文学发生影响。但是，倘若仔细观察研究，情况并不是这样子。这影响不但仍然存在，而且是更深入，更细致了。

元代的戏曲可以说是中国文学史上一枝奇丽的花朵。很多杂剧取材于唐代的传奇，像马致远的《黄粱梦》取材于《枕中记》，郑德辉的《倩女离魂》取材于《离魂记》，尚仲贤的《柳毅传书》取材于《柳毅传》，这都是最著名的例子。因此我们也可以说，印度文学间接影响了元代的戏剧。

有没有直接的影响呢？少数的学者倾向于肯定的答复。他们想证明，某一“型”的中国戏剧是受了印度的影响，譬如“赵贞女型”。也还有人想证明，某一个杂剧受了印度的影响，譬如《陈巡检梅岭失妻记》。但是，我们必须承认，这些证明都是缺乏根据的。

明代是中国长篇小说开始发扬光大的时期。最著名的长篇小说之一《西游记》里面就有大量的印度成分。要想研究孙悟空的家谱，是比较困难的。不可否认，他身上有中国固有的神话传统；但是也同样不可否认，他身上也有一些印度的东西。他同《罗摩衍那》里的那一位猴王哈奴曼（Hanumān）太相似了，不可能想象，他们之间没有渊源的关系。至于孙悟空跟杨二郎斗法，跟其他的妖怪斗法，这一些东西是中国古代没有的；但是在佛经里面却大量存在。如果我们说，这些东西是从印度借来的，大概没有人会否认的。

同以前一样，在明代也有印度故事整个地搬到中国来的。我只举一个例子。明刘元卿《应谐录》里面记载了一篇短的寓言，说一家人有一只猫，起个名字叫“虎猫”。有人建议说，虎不如龙，不如叫“龙猫”。又有人建议叫“云猫”，叫“风猫”，叫“墙猫”，最终叫成“鼠猫”。这样一个故事在世界各处都可以找到，但是大家都公认，它的故乡是印度。在梵文故事集《说海》（*Kathāsaritsāgara*）里有这样一个故事；在《五卷书》里也有这样一个故事。它从印度出发，几乎走遍了全世界。东方的中国和日本也留下了它的足迹。

自从西方的殖民主义侵入东方以后，中印两个国家都逐渐沦为殖民地或半殖民地。我们的经济发展受到了阻碍，我们的文化发展受到了破坏。在殖民主义的枷锁下，我们自顾不暇，几千年来的文化交流的古老传统几乎陷于停顿了。

一直到二十世纪初年，当我们两国的民族复兴的运动逐渐高涨的时候，我们这两个老朋友才又有了机会恢复以前的友谊。两国人民彼此关心对方的民族解放运动就是这一个新友谊的基础。

和尚诗人苏曼殊在1909年4月曾写信给他的朋友，说他译了印度女诗人佗露哆（Taru Dutt）的诗篇。在同一年，他又写信告诉他的朋友，说他准备同一位印度的梵文学者共同翻译印度古代最伟大的诗人迦梨陀娑的长篇抒情诗《云使》。是否已经译成，不得而知。

1924年，印度近代爱国主义的大诗人泰戈尔到中国来访问。这在当时是轰动一时的事情。绝大多数的报纸和杂志都有专文介绍泰戈尔的生平、思想和作品。《小说月报》特别出了《泰戈尔号》（第十四卷第九号、第十号）和临时增刊（第十五卷第四号，《欢迎泰戈尔先生！》*Welcome to Mr. Rabindranath Tagore!*）。在这些专号和临时增刊里，中国的作家们详尽地介绍了泰戈尔，给他写了传，分析了他的思想，选译了他的作品。在他来华前后，中国可以说是有一股泰戈尔热。他的许多作品都译成了汉文，譬如《园丁集》、《飞鸟集》、《新月集》等诗集，《邮政局》、《牺牲》、《齐德拉》、《春之循环》等戏剧一时都有了中译本。

既然有了这样多的译本，影响当然也就不会很小。但是他的影响究竟有多大呢？我还是借用已故诗人徐志摩的话来说明这情况吧。他说：

> 在新诗界中，除了几位最有名神形毕肖的泰戈尔的私淑弟子以外，十首作品里至少有八九首是受它直接或间接的影响的。这是很可惊的状况，一个外国的诗人，能有这样普及的引力。[4]

熟悉当时文坛情况的人就会承认，徐志摩的话一点也没有夸大。当时最流行的是那一种半含哲理半抒情的小诗。这些小诗的蓝本就是泰戈尔的《园丁集》、《飞鸟集》和《新月集》。

一直到死，泰戈尔都是中国人民忠实的朋友。第二次世界大战以前，正当中国人民处境最困难的时候，他却对中印两国人民的未来唱出了他的热烈而真挚的希望：

> 正像早晨的鸟儿，在天还没有完全破晓的时候，就唱出了和宣告了太阳的升起。我的心在歌唱，宣告一个伟大的未来的到临——这个伟大的未来已经很迫近我们了。我们一定要准备好来迎接这个新的世纪。

诗人的希望今天可以说是都已经实现了。

中国近代的伟大作家新文化运动的主将鲁迅很重视印度文学。他对汉译佛典中文学气味比较浓的那一部分进行过精细的研究。在他所著的《中国小说史略》里，他一再指出印度文学对于中国文学的影响。他指出《汉武帝内传》窃取了佛教的东西；他指出，吴均《续齐谐记》里的阳羡鹅笼的故事说的是一个中国书生，但是在晋人荀氏的《灵鬼志》里也记载了这个故事，这里不是一个中国书生，而是一个来自外国的道人。他用这一个例子来说明印度故事中国化的过程。他还把僧伽斯那撰、萧齐天竺三藏求那毗地译的《百喻经》(《痴华鬘》)，加以断句付印。所谓“百喻”，实际上就是一百篇短的寓言和故事，名称虽是佛经，却是印度人民的创作，由佛教僧徒加以汇集利用。他之所以喜欢它者，原因也正在此。在《〈痴华鬘〉题记》里他写道：

> 尝闻天竺寓言之富，如大林深泉。他国艺文，往往

蒙其影响。即翻为华言之佛经中，亦随在可见。

可见他对印度寓言估价之一斑。

此外，熟悉汉译佛典的人都会发现，鲁迅在运用词汇时有时候很受佛典的影响。这种例子很多，不能一一列举。我在这里只举一个。《〈华盖集〉题记》里有这样几句话：

我知道伟大的人物能洞见三世，观照一切，历大苦难，尝大欢喜，发大慈悲。

这里面很多词儿不是明明白白地从佛典里面借来的吗？

另外一个民主斗士同时也是白话诗人和古典文学研究者的闻一多也很重视印度文学。在他的文章里，他曾着重指出了印度文学对中国文学的影响。他还曾译过印度爱国女诗人奈都夫人（Sarojini Naidu）的诗。

小说家和梵文学者许地山对印度文学有特殊的爱好。他的许多小说取材于印度神话和寓言，有浓重的印度气息。他根据英文翻译过一些印度神话，像《太阳底下降》（*The Descent of the Sun*）和《二十夜间》（*A Digit of the Moon*）等等。他也曾研究过印度文学对于中国文学，特别是对中国戏剧的影响。他的结论我们虽然不能全部同意，但是其中有一些意见是站得住的，这一点大家都会承认。此外，他还写过一部书，叫做《印度文学》。篇幅虽然不算多，但是比较全面地讲印度文学的书在中国这恐怕还是第一部。它从吠陀文学讲起，一直讲到近代文学，印度文学史上主要的作品和作家，主要的流派都讲到了。对想从事于印度文学研究的人来说，是一部有用的书。

小说家沈从文有时候也取材于印度的寓言文学。他利用这些材料主要是通过汉译的佛经。《五卷书》第一卷第十六个故事的内容是：两个天鹅和一个乌龟做朋友。天旱的时候，两个天鹅让乌龟咬住一个木棒，它俩各叼一头，准备把乌龟运到有水的地方去。后来乌龟不遵约言，张嘴说话，从天空里掉下来，摔死。这个故事当然也是印度人民的创作，通过佛经传到中国来。沈从文把它涂上了地方的色彩。写成了一篇寓言小说。在他的一部叫做《月下小景》的短篇小说集里，除了第一篇以外，其余的都取材于汉译佛典。供他取材的书有：《长阿含经》、《杂譬喻经》、《智度论》、《法苑珠林》、《五分律》、《生经》、《大庄严论》、《太子须大拿经》等。在这部书的题记里，他说："这些带有教训意味的故事，篇幅虽极短，却常在短短篇章中，能组织极其动人的情节"。

以上举的只能算是几个例子，近代中国文学中的印度影响并不止此。然而仅从这几个例子中我们已经可以看到，从公元前几百年起，一直到近代，印度文学对于中国文学影响一直是持续不断。它就像是一条河流，有时经过深山，有时经过密林，有时流在光天化日之下，有时又潜流于地中，有时波涛汹涌，有时又潺潺细流，就这样，流下来流下来，一直流到现在。

然而现在情况却大大地改变了。

1947年，印度获得了独立；1949年，中国解放。多少年来套在我们两国人民脖子上的殖民主义的枷锁，终于给我们挣断了。长期阻挠着我们进行文化交流和和平往来的绊脚石去掉了。我们之间几千年长久的古老的友谊又在新的基础上获得了新的内容和新的意义。

八年多以来，我们两国的政府和人民利用各种形式来进行文化交流的工作。虽然我们做这工作已经做了几千年；但是从交流的规模上来看，从交流的范围上来看，从交流的意义上来看，这八年多的工作可以说是空前的。

在文学的交流方面，我们也做了不少的工作。两国的文学家互相访问，报告本国的文学方面活动的情况，交流文学研究的意见，把彼此访问时所见所闻以及个人的一些体会和感想写成文章，写成书。很多印度诗人以无比的热情歌颂了新中国，歌颂了中印两国人民的友谊。中国诗人也同样以无比的热情歌颂了这种万古长青的友谊。这种文章和诗歌在两国人民中广泛地传播开来，大大地增强了两国人民的友谊和互相了解。

但是最足以表现文学方面交流工作的加强的还是翻译。八年多以来，印度方面翻译了大量的新中国的文学作品，受到了广大的印度人民的欢迎。中国方面也翻译了大量的印度文学作品，同样受到广大的中国人民的欢迎。

中国方面翻译印度文学作品的范围是很广的。印度古代著名的史诗《摩诃婆罗多》(*Mahabharata*)，我们有了选译本，是直接从梵文里翻译过来的。印度最伟大的诗人迦梨陀娑(Kalidasa)的杰作《沙恭达罗》(*Sakuntala*)在解放前已经有八九个中译本，但是都不是从梵文直接译的。解放后又出了一个从梵文译出来的本子，而且还搬上了中国舞台。把《沙恭达罗》搬上中国舞台这一件事情是值得重视的。这是一个空前的尝试，而且事实又证明，这是一个成功的尝试。它引起了印度方面的重视，受到了中国人民的欢迎，是很自然的。迦梨陀娑的另一部杰作抒情诗《云使》（*Meghaduta*）也翻成了汉文。此外，梵文古典名著译成汉文的还有首陀罗迦的《小泥车》，戒日王的《龙喜记》，都是从梵文译过来的。

在近代和现代的作家中，泰戈尔仍然受到重视。他的作品有的有了新译本，有的出了改订本，譬如《吉檀迦利》、《新月集》、《我的童年》、《沉船》等等。印度近代现实主义作家普列姆·昌德（Prem Chand）过去几乎没有介绍过，现在我们也出了他的短篇小说集，很多篇是直接从印地文里译过来的。其他近代印度作家的作品译成汉文的还有：萨拉特·钱达·查特吉的《嫁不出去的女儿》、克里山·钱达尔的《钱达尔短篇小说集》、阿巴斯的《阿巴斯短篇小说集》、查托巴迪雅亚的《我歌唱人类》、巴达查理亚的《饥饿》、巴伦·巴苏的《新兵》、马尼克·班纳济的《帕德玛河上的船夫》、巴尔文·迦尔琪的《第一个微波》、穆·拉·安纳德的《苦力》和《印度童话集》，以及其他作家的一些作品。

从上面这一个并不完全的叙述里，我们已经可以看到，在解放后短短的八年多以内，我们在翻译印度文学作品方面，的确是做了不少的工作。

但是我们必须指出，这还只是一个开始。现在中国人民对于印度文学的兴趣一天一天地加强。访问过印度的人们对印度文学艺术歌舞音乐都赞不绝口；在中国有机会接触到印度文学艺术歌舞音乐的人们同样是赞口不绝。去年，当《两亩地》、《流浪者》等印度影片在中国上映的时候，街上走路的人嘴里哼的都是印度歌曲。同时周恩来总理又号召我们向其他国家学习，学习他们的文学艺术和科学技术，学习他们的优秀的文化传统来充实我们的社会主义文化。这更提高了我们学习的热情。在我们学习的对象中，印度占一个显著的地位，而印度的文学艺术在我们可能向印度学习的东西中又占一个显著的地位。

在这样的情况下，我们相信，将来还会有更多的优秀的印度文学作品译成中文。据我所知道的，现在已经有人在那里从事《摩诃婆罗多》和《罗摩衍那》(*Rāmāyana*)的研究和翻译，已经有人在那里专门研究和翻译泰戈尔的作品，已经有人在那里研究和翻译名闻世界的寓言集《五卷书》(*Pañcatantra*)。

我们中印两国人民在文学方面相互学习已经两千多年了。如果拿一棵古老的树干来比拟这古老的传统的话，我们就可以说，这棵树干上曾经开过无数的灿烂的花朵；但是这棵树并没有老，在中国解放后，它又返老还童了，它将来开出的花朵还会更多，还会更灿烂。瞻望前途，我们充满了无限的信心。

1958年1月10日

注释：

1 见闻一多：《天问释天》，《清华学报》第九卷第四期，1936年1月。

2 《大正新修大藏经》，卷4，449b。

3 鲁迅：《古小说钩沉·宣验记》。

4 《小说月报》第十四卷第九号。

印度寓言和童话的世界“旅行”*

古代印度有一部非常著名的寓言和童话集，叫做《五卷书》，原文是梵文。在印度，这一部书有很多不同的本子，内容也不完全一样。最古的一个本子写成的年代大约是在公元后四世纪到六世纪。到了六世纪中叶，一个叫白尔才外的医生，受呼思罗·艾奴·施尔旺国王之命，把这一部书译成了波斯中世语言巴列维文。到了570年左右，巴列维文的译本被译成了古代叙利亚文。又过了大约一百八十年，到了750年左右，从巴列维文产生了一个阿拉伯文译本，译者是伊本·阿里·穆加发。译者在翻译过程中，加进了一些新东西，所以它不是一个纯粹的译本。现在这一部《卡里来和笛木乃》就是根据这一部阿拉伯文译本译过来的。

这一部阿拉伯文译本，由于文字优美，就成为阿拉伯古代散文的典范，在阿拉伯文学史上，是一本很重要的作品。但是它的重要意义还不仅仅限于这一点，它在世界文学上，也发生了非常巨大的影响。通过它，这一部古代印度名著几乎走遍了全世界，把印度古代人民大众创造的这一些既有栩栩如生的幻想又有周密深刻的教育意义的寓言和童话带到世界各个角落去。从亚洲到欧洲，又从欧洲到非洲，不管是热带寒带，不管当地是什么种族，说的是什么语言，它到处都留下了痕迹。这些寓言和童话，

---

* 本文为《卡里来和笛木乃》中译本前言。该书由人民文学出版社1959年3月出版。

一方面在民间流行，另一方面，又进入欧洲的许多杰作里去，像意大利薄伽丘的《十日谈》、法国拉芳丹的《寓言》、德国格林的《童话》、英国乔叟的《坎特伯雷故事》等等里面都可以找到印度《五卷书》里的故事。过去有人作过统计，除了天主教和耶稣教的《旧约》和《新约》以外，世界上任何国家的任何文学作品也没有被译成这样多的语言。

这些寓言和童话为什么具有这样大的魔力呢？

要想回答这个问题，我们必须对这一部书作一些细致深入的分析。

这一部书里面的寓言和童话，是古代印度的人民大众创造出来的。在编写成书以前，早就流行民间。后来经过一而再再而三的整理和编纂，不可避免地会有许多新的成分加进来，其中有一些可能出自文人学士之手；但这只占极小的一部分，并不能掩盖人民创造所留下来的那一些特点和色彩。

这些寓言和童话究竟古到什么程度呢？现在还很难说。古代希腊著名的《伊索寓言》，大概是公元前六世纪写成的。其中有不少的寓言也见于《五卷书》。据学者们的意见，这些寓言的老家不是希腊，而是印度。因此，我们可以说，《五卷书》里面最古的故事，早在公元前六世纪就已经存在了。另一方面，既然这一个阿拉伯文本是根据巴列维文译过来的，而巴列维文本译成的时代是公元后六世纪，那么这里面的故事创造成的时代不会晚于公元后六世纪。

笼统一点说，这些寓言和童话都是在奴隶社会和封建社会里创造出来的。创造人基本上是奴隶社会和封建社会里的被压迫的人民大众。

从内容上来看，这些寓言和童话的主人翁多半都是飞禽走兽。但是它们的思想感情却是人的思想感情，它们说的话也是人话。这些飞禽走兽实际上就是人的化身。

正如古希腊的《伊索寓言》，这部书里的每一个寓言和童话都有一个道德教训，有一个伦理的解释。譬如第一个画眉与大象的故事（5—6页），就是要说明，“有才智的人能运用众人的智慧，获得千军万马所得不到的成功。”

但是，我们却不能忘记，故事内容与道德教训之间，却不一定有必然的联系。我们上面已经说到，这些故事基本上是人民大众创造的。在创造的时候，他们心目中可能有一个道德意义，他们可能是想通过一个故事说明一个问题。但是故事创造出来以后，许多人、许多教派都来利用这一些故事。同一个故事可能见于许多书籍：佛教的《本生经》引用它，把它附会成如来佛前生的故事；耆那教徒又把它附会成教主大雄前生的故事。在这一部书里同这样一个道德教训联系在一起，在那一部书里又同那样一个道德教训联系在一起。这些故事仿佛变成了工具，供抱有不同目的的人达到自己的目的之用。

因此，我们今天分析这些故事，决不能根据加在上面的那一些道德教训，而应该根据故事本身。

读这些寓言和童话，给人最深的一个印象就是，创造这些故事的人民，对待人生的态度是肯定的、积极的、对待生活中可能遭遇到的一些喜怒哀乐的态度是实事求是的。他们的思想里面有不少的素朴的唯物论和素朴的辩证法。这同印度正统哲学所代表的倾向，是完全不同的。印度正统的宗教哲学把人生几乎全部否定掉；它把人生看做幻象，像水泡、像影子、像电光火花一样地虚幻，因而消极退缩，远离实际。那些宗教家和哲学家，虽然生活在地球上，天天要吃饭穿衣；然而他们的思想却并不停留在地球上。而是飞入三十三天，纠缠在一些根本不存在的、在劳动人民眼中看起来极端可笑的问题上。

这原因怎样解释呢？我觉得，那种脱离实际想入非非的哲学是吃了饭没有事做的人想出来的，是奴隶社会和封建社会上层分子的产品，目的是麻醉劳动人民，巩固他们的统治，求得自己的所谓解脱，与老百姓的关系是不大的。统治阶级也创造了一些幻想丰富的神话故事；然而这些幻想多半是消极的，它的目的只在把地上的统治搬到天国里去，把暂时的统治永久化。

可是这一些寓言和童话呢，既然出自老百姓之手，老百姓每天要操心吃操心喝，每天要劳动，不劳动就没有饭吃，因此他们创造出来的故事就多半会停留在地上，决不会上天；这些故事也就会反映他们的愿望和要求，反映他们的喜怒哀乐。他们要解决现实生活中一些十分具体的问题。他们不会想到什么解脱，也不会把人生看成是幻象，是水泡，是影子，是电光火花。

但这并不等于说，老百姓没有幻想能力。就从这一些短小的寓言和童话里，也可以看到他们的幻想实在是很丰富多采的。然而这些幻想都是积极的，他们幻想消除实际生活中一些不公平的现象，一些黑暗面。这些幻想充分表现了他们的正义感和反抗性。

我们都知道，奴隶社会中主要矛盾的双方是奴隶和奴隶主，封建社会中主要矛盾的双方是农民和地主。奴隶和农民这一些老百姓都是处在被压迫的地位。他们同压迫者斗争，由于时代条件的限制，遭到失败时候居多。因此，他们创造的故事中，就有很多是弱者与强者斗争而获得胜利的故事。譬如第5页到第6页讲了一个画眉与大象的故事。大象力量极大，但是画眉求援于白襟老鸦和乌鸦，就战胜了大象。第55页到第56页讲了一个乌鸦杀死毒蛇的故事。第56页到第58页讲到一个螃蟹用计杀死了一个凶狠毒辣骗了许多鱼吃的鸬鹚。第59页到第61页讲到一只小兔子用计谋把一只大狮子骗到一口井里淹死。第76页到第79页讲了一个海鸥与海怪斗争的故事，结果是海怪失败。第100页到第102页讲到一群鸽子给猎人网住，结果一齐飞起，把网带走。第100页到第115页讲的是鸽子、老鼠、羚羊和乌鸦的故事，四个都是弱者，但是却同心协力，战胜了强敌。第119页到第121页讲到一只小兔骗了大象。类似的故事还可以举出一些来。这些故事十分具体生动地说明了，强者并不可怕。只要弱者同心协力，想出好的办法，他们照样可以把强者杀死。对弱者说来，这无疑是一个巨大的鼓舞。这些故事可以启发被压迫者的斗志，坚定他们的决心。世界各国人民之所以这样热爱这些故事，原因大概就在这里吧。

此外，很多故事还可以教给人一些处世做人的道理，趋吉避凶的方术。譬如第43页到第44页讲了一个猴子拔木钉的故事，就是要告诉人安守本分，不要去做非分的事。第50页狼与大鼓的故事，就是要告诉人，耳听为虚，眼见为实。第63页三尾鱼的故事，教给人防患于未然。第69页上的傻鸭子，最初把水中的月影误认为鱼，到后来看到了真鱼，又误认为月影；这是讽刺经验主义。第81页到第82页讲到猴子捉了萤火虫来烤火，一只雀飞来警告它们，说那不是火，只是一只萤火虫，终于惹烦了猴子，把它杀死；也是要告诉人，不要多管闲事。第82页到第84页讲了一个二人分钱的故事，就是要说明，骗人终于骗了自己。

故事都是简短朴素的故事，道理也都是平平常常的道理；但是里面却包含着不少人生经验的综合，人民大众智慧的结晶。这并不是说，这些道理今天看起来都是可以肯定的。由于时代条件的限制，其中不可避免地也会有一些消极的东西。譬如安分守己，少管闲事，这可能就是消极的东西。关键在于，所谓闲事是指的什么。路见不平，拔刀相助，在旧社会里，也许积极性还要大一些。但是，不管怎么样，这都是古代印度和阿拉伯人民在实际生活中，穷年累月，不知碰了多少钉子，吃过多少苦头，才摸索出来的。对付当时那样的社会，有一定的用处。有一些甚至到了今天也还没有完全失掉它的意义。

我觉得，这也可以算是各国人民热爱这些故事的重要原因之一。

这一部书是不是只有精华而没有糟粕呢？也不是的。它既然产生在那样的社会里，而且又经过文人学士的整理和补充，其中有一些消极的成分和不健康的东西，这是完全不可避免的。其中比较突出的是宿命论、对金钱的崇拜赞扬和对劳动的轻视。

在奴隶社会和封建社会里，那些劳动人民，一方面看到人类在对大自然的斗争中有时候简直是束手无策；另一方面，他们又看到，有些人四体不勤五谷不分，而享受却非常好，吃的是山珍海味，穿的是绫罗绸缎，另一些人终年辛苦，结果却是食不果腹，衣不蔽体；这些现象他们无法解释，只好推之于命运。第40页到第41页讲到的那一个旅行者，躲来躲去，终于还是给一堵墙砸死。第136页引用俗话说："二人同谋一事，有道德的，先成功；若是道德相同，有毅力的先成功；若是毅力相同，有命运的先成功。"第157页又说："无论大小事务，总逃不出定命。"这种宿命论的色彩在很多故事里都可以找到。

对金钱的赞颂也在很多故事里可以找到。譬如从第100页开始的那一个鸽子、老鼠、羚羊和乌鸦的故事里的那一只老鼠，原来把鼠洞挖在一堆黄金上，它因而就有了非凡的力量，能够跳得很高，去偷吃教士的食物。后来客人把黄金挖走，它也就失掉了跳跃的能力，给教士的手杖打伤。在那样的社会里，"有钱买得鬼上树"，只要有钱，什么事情都能干。人们这样歌颂金钱，也就不足怪了。

至于对劳动的轻视，在这部书里也可以找到。譬如王子和旅伴的故事（第196页到第202页），一方面强调命运的决定性，另一方面又卑视劳动。农夫一天的劳动只得到代价一元，而美少年一天的美丽就得五百元，商人做了一天生意竟获利一千元。这一个故事，梵文原本没有。很可能就是巴列维文或阿拉伯文译者加进来的；有这样的不能代表劳动人民的思想感情的东西，也就不足怪了。

上面谈到的这一些缺点，有一些是不可避免的，有一些又出于后来增补者之手，并不能掩盖本书的优点。因此这一部书才能在这样长的时间内流行于这样广大的地区，成为世界文学史上最流行的书籍。

我上面的分析限于本书里面的寓言和童话。我前面已经谈到过，这些寓言和童话基本上是被压迫的人民创造出来的；因此，我就把重点放在这上面。至于每一段故事前国王大布沙林和哲学家白得巴的谈话，这是出于编纂者之手的。不管这个编纂者出身于什么阶级，他编纂本书的目的是为统治者国王服务，是为了巩固他的统治。他也像佛教徒、耆那教徒等等一样，把现成的民间故事拿来，加以编排整理，联系上一些道德教训，教给国王统治人民的诀窍。书里面这一位哲学家说的话，我们都应该从这个角度上来看，我在这里不作进一步的分析了。

在形式方面，这一部书也有一些特点，譬如大故事套小故事这样一种形式，对于其他国家的文学也有过一些影响。但是同内容比起来，这毕竟是次要的。所以我在这里也就不多谈了。

在过去，世界上许多国家都有这一部书的译本。有些国家甚至一而再再而三地翻译，苏联在几年以前还出版了一个译本。我国只在解放前出过一个原文和译文都极为成问题的译本（卢前重译的《五叶书》），这不能不说是一个缺陷。现在有了这个从阿拉伯文译过来的本子，这个缺陷就弥补起来了。这也是一件十分值得祝贺的事情。

1959年2月16日

《西游记》里面的印度成分

吴承恩《西游记》中有印度成分，过去已经有人说到过。比如陈寅恪先生[1]曾经详细论证了玄奘三个弟子故事的演变。孙悟空大闹天宫的故事，出自《贤愚经》卷一三《顶生于像品》六四。猿猴故事出自《罗摩衍那》第六篇工巧猿那罗造桥渡海的故事。猪八戒的故事出自唐义净译《根本说一切有部毗奈耶杂事》卷三《佛制苾刍发不应长因缘》。这个故事发生在印度憍闪毗国，“憍”“高”音相似，遂讹为“高老庄”。沙僧的故事出自《慈恩法师传》卷一玄奘度长八百里的莫贺碛的记载。所谓“出自”，当然并非完全抄袭，只是主题思想来自那里，叙述描绘，则自然会有所创新。

年来在浏览汉译佛典时，我自己也做了一些《西游记》来源的笔记。现在选取几个写在下面。

萧齐外国三藏僧伽跋陀罗译《善见律毗婆沙》卷第二有这样一段记述：

> 尔时罽宾国中有龙王，名阿罗婆楼（Aravāla）。国中种禾稻，始欲结秀，而龙王注大洪雨，禾稻没死，流入海中。尔时大德末阐提（Mājjhantika）比丘等五人，从波吒利弗国（Pataliputra）飞腾虚空，至雪山边阿罗婆楼池中下，即于水上行住坐卧。龙王眷属童子入白龙王言：“不知何人，身着赤衣，居在水上，侵犯我等。”龙王

闻已，即大瞋忿。从宫中出，见大德末阐提，龙王忿心转更增盛。于虚空中作诸神力，种种非一，令末阐提比丘恐怖。复作暴风、疾雨、雷电、霹雳、山岩崩倒，树木摧折，犹如虚空崩败。龙王眷属童子复集一切诸龙童子，身出烟竟，起大猛火，雨大砾石，欲令大德末阐提恐怖。既不恐怖而便骂言："秃头人！君为是谁？身着赤衣。"如是骂詈，大德颜色不异。龙王复更作是骂言："捉取打杀！"语已更唤兵众，现种种神变，犹不能伏。大德末阐提以神通力蔽龙王神力，向龙王说："若汝能令诸天世人一切悉来恐怖我者，一毛不动。汝今更取须弥山王及诸小山掷置我上，亦不能至。"大德作是语已，龙王思念："我作神力，便已疲倦。"无所至到，心含忿怒，而便停住。是时大德知龙王心，以甘露法味教化示之，令其欢喜归伏。龙王受甘露法已，即受三归五戒。与其眷属八万四千俱受五戒。(《大正大藏经》，卷24，685a-b)

这里讲的是高僧末阐提同恶龙斗法的故事。《西游记》里也讲到东海龙王。同孙悟空只是文斗，没有武斗。龙王这东西本身就不是国货。叶公好龙的"龙"，同以后神话小说中的龙，龙女或龙王，完全是两码事。后者来源于印度，梵文nāga，意思就是"蛇"，所说龙王者实际上就是蛇王。

我再举一个类似的例子。唐义净译《根本说一切有部毗奈耶药事》卷第九：

尔时世尊告金刚手药叉:“汝可共我诣无稻芊龙王宫中。”“唯然！世尊！”尔时如来，与金刚手药叉，到龙王宫中。于时无稻芊龙王，既见世尊到于宫里，便即瞋怒，念起害心，发诸烦恼，上升虚空，降注雹雨，并诸土块。于时世尊知龙瞋怒，便即运想，入慈心定。既入定已，所注土雹，于如来上，变为沈檀多摩罗末香等，如云而下。时龙即见不害世尊，便即放轮及诸兵器，寻即化为四色莲华，空中而下。是时无稻芊龙王遂放烟云。尔时如来以神通力，亦放烟云。于是龙王贡高狂慢因斯除息，遂便入宫，止息而住。尔时世尊便作是念:“由二种因。能得降伏一切恶龙:或令怕惧。或令瞋怒。然此龙王合受怕惧。”作是念已。告金刚手药叉曰:“汝可恼触此恶龙王。”尔时药叉受如来教，以金刚杵，击破山峰。其山既倒，压半龙池。是时龙王忧愁怕惧，即欲逃窜。尔时世尊入火界定，令其十方，悉皆火聚。是时龙王逃走无路，唯世尊足立之处，寂静清凉。是时龙王诣世尊所，顶礼双足，而白佛言:“世尊！何故恼乱于我？”佛即答言:“我是法王。岂得恼汝！我若不获如此胜慈，早已灭没。唯留空名。”尔时世尊以千辐轮辋缦吉祥无畏之手，摩龙王顶，便即告言:“贤首当知，汝由清净饮食供养声闻，并施贤瓶，盛满净水，合于三十三天中生。由邪愿故，受傍生身，害诸众生，而自活命。此身灭后，当堕地狱。”时彼龙王便即白言:“唯愿世尊示我所作！”佛告龙王:“汝于我所，归依三宝，受清净戒，住摩揭陀一切人众，宜施无畏。”时彼龙王白佛言：“世尊！我今受清净戒。”时龙妻子，并诸眷属，合掌顶礼，而白佛言：“世尊！我等亦愿归依三宝，受清净戒。”无稻芉龙王复白佛言：“我等诸龙，多有怨害。又有龙王名箭。唯愿世尊与受净戒，令发慈心。”[2]

看过《西游记》的人立刻就可以发现，类似上面这样僧魔斗法的故事，在《西游记》里真可以说是俯拾即是。《西游记》八十一难几乎都是这些东西。在汉译佛典里面这样的故事，也可以说是俯拾即是。每次花样虽然多少有点翻新，但结局都同末阐提比丘斗龙和如来佛斗龙差不多，我在这里不一一列举了。两者这样相似，难道可能是独立产生的吗？我们如果不承认它们之间的渊源关系，那无论如何也说不过去的。

但是还有更相似的例子。失译人《佛说菩萨本行经》卷中：

时阿阇世王往至佛所，头面作礼、长跪白佛：“国界人民为恶龙疫鬼所见伤害，死者无数。唯愿世尊大慈大悲怜愍一切，唯见救护，禳却灾害。”佛即可之。尔时世尊明日晨朝，着衣持钵，入城乞食，诣于龙泉。食讫洗钵。洗钵之水澍（注）于泉中。龙大瞋恚，即便出水，吐于毒气，吐火向佛。佛身出水灭之。复雨大雹，在于虚空，化成天花。复雨大石，化成琦饰。复雨刀剑，化成七宝。化现罗刹，佛复化现毗沙门王，罗刹便灭。龙复化作大象，鼻捉利剑。佛即化作大狮子王，象便灭去，适作龙

> 象。佛复化作金翅鸟王，龙便突走。尽其神力，不能害佛，突入泉中。密迹力士举金刚杵打山。山坏半堕泉中，欲走来出。佛化泉水，尽成大火，急欲突走。于是世尊蹈龙顶上。龙不得去，龙乃降伏。长跪白佛言："世尊！今日特见苦酷。"佛告龙曰："何以怀恶苦恼众生？"龙便头面作礼，稽首佛足，长跪白佛言："愿见放舍！世尊所敕，我当奉受。"佛告龙曰："当受五戒，为优婆塞。"龙及妻子尽受五戒，为优婆塞，慈心行善，不更霜雹。风雨时节，五谷丰熟。诸疫鬼辈尽皆走去，向毗舍离。摩羯国中人民饱满，众病除愈，遂便安乐。[3]

我们拿这一段同《西游记》孙猴子大闹天宫时同杨二郎斗法的故事比一比，立刻就可以发现，这两个故事简直太相似了。《西游记》第六回里描绘：孙猴子被杨二郎打败了，想靠自己的变化神通逃跑，他先变成麻雀儿，杨二郎就变成雀鹰儿，扑上去捉猴子。猴子连忙变化大鹚老，二郎就变作大海鹤。猴子变作鱼，淬入水内，二郎就变作鱼鹰儿。猴子变作水蛇，二郎就变作朱绣顶的灰鹤。猴子变作花鸨，二郎见他变得低贱，便现原身，用弹弓把它打个龙钟。猴子又滚下山去变作一座土地庙儿，大张着口，似个庙门；牙齿变作门扇，舌头变作菩萨，眼睛变作窗棂，只有尾巴不好收拾，竖在后面，变作一根旗杆。二郎想用拳先捣窗棂，后踢门扇。猴子一见跳窜。此时托塔李天王高擎照妖镜，与哪吒伫立云端。猴子逃到灌江口二郎的老家，摇身变作二郎爷爷的模样。最后还亏老君丢下金钢套，打中猴子，猴子终于被二郎的细犬咬住被擒。

这个故事同《菩萨本生经》里的这个故事多么相似啊！连细节都完全一样。《西游记》里托塔李天王站在云端，《菩萨本生经》里佛化作毗沙门天王。毗沙门天王就是托塔李天王。如果说《西游记》里猴子与二郎斗法的故事源于佛典，有什么理由可以反驳呢？

在这里，我再举一个例子。唐义净译《根本说一切有部毗奈耶药事》卷一五：

> 复次，大王！乃往古昔，菩萨尔时在不定聚，于大海中，作一龟王。复于后时，有五百商人，乘船入海。乃被海兽打破船舶。其龟取五百商人，置于背上，渡出海中。尔时商人皆悉安稳，全其身命。[4]

《根本说一切有部毗奈耶破僧事》卷第一一：

> 佛告诸苾刍："汝等谛听。我于往昔在不定聚，于大海中而作龟身。于诸龟中而复为王。后于异时，有五百商人，乘舡入海，到于宝所。采种种宝。既获宝已，而还本国。于其中路遇摩羯鱼，非理损舡。诸商人皆悉悲号，同声大叫。时彼龟王闻此叫声，从水而出，诣商人所作是言："汝等勿怖！宜上我背。我今载汝，令得出海，身命得全。"于是众商一时乘龟而发趣岸。人众既多，所载极重。住于精进，心不退转，受大疲苦。既已度毕，

> 便于岸上展头而卧。去身不远，有诸蚁城。其中一蚁渐次游行。闻龟香气，前至龟所。乃见此龟舒颈而卧。身既广大，复不动摇。蚁即速行，至于本城。呼诸蚁众，共数八万，同时往彼。是时彼龟睡重如死，都不觉知。蚁食皮肤，困乏未觉。渐食精肉，方始觉知。乃见诸蚁，遍身而食。便作是念："我若动摇回转身者，必当害蚁。乍可弃舍身命，终不损他。"作是念已，支节将散，要处穿穴。便发愿言："如我今世以身血肉济诸蚁等，令得充足。于当来世证菩提时，此诸蚁等皆以法味令其充足。"[5]

这两个故事实际上是一个故事，只是第二个增添了诸蚁食龟的内容。《西游记》第九十九回通天河里的老鼋不就是这里的大龟吗？其间的渊源关系非常明确，还有什么可以怀疑的呢？

要想在汉译佛典中找类似上面的例子，那还多得很。我在这里不再列举了。这些例子已经足够说明《西游记》中许多故事是取自印度的。世界上几个古老的有高度文化的民族在文学创作方面都各有其特点。印度的特点就是幻想丰富，这一点连鲁迅也是承认的。他在《集外集·〈痴华鬘〉题记》中说："尝闻天竺寓言之富，如大林深泉，他国艺文，往往蒙其影响。"因为印度人民有这样的特点，从渺茫的远古以来，他们就创作了无数的寓言、童话、小故事，口头流传在民间。印度的统治者利用这些故事来教育自己的儿子、接班人，比如《五卷书》、《嘉言集》都属于这一类。印度的每一个宗教也都想利用这些故事来宣传自己的教义。婆罗门教和印度教这样做，耆那教是这样做，佛教也是这样做。我们在佛典中发现大量的民间故事。《本生经》搜采了五百多个民间故事、寓言、童话。用一套很简单很单调的模子来编造释迦牟尼的前生的故事。连名闻全球的印度两大史诗《摩诃婆罗多》和《罗摩衍那》的故事都可以在佛典中找到。此外，在很多的佛经中都有不少的小故事间杂其间。

这些故事不但流行于国内，还逐渐传到国外去。世界上许多流行民间的寓言、童话、小故事等等，其来源都是印度。寓言、童话等等是最容易传播的，而且传播有时候并不靠写本，而是通过口头。古代希腊有许多著名的寓言，比如《伊索寓言》也有些是来自印度。当然，这个问题也并不是这样简单。很长时间以来，一直是有争论的。有的学者主张源于印度，有的学者又主张源于希腊。但是总的趋势是印度来源说占了上风。在中国也有类似的争论。比如《西游记》中最著名的孙悟空的来源就引起过争论。有人说他来自印度，至少是部分来自印度，有人说他纯粹是国产无支祁。陈寅恪主张前者，鲁迅对这个问题似乎倾向于后者。他在《中国小说史略》中说："明吴承恩演《西游记》，又移其神变奋迅之状于孙悟空，于是禹伏无支祁故事遂以堙昧也。"我的意见是，不能否认孙悟空与《罗摩衍那》的那罗与哈奴曼等猴子的关系，那样做是徒劳的。但同时也不能否认中国作者在孙悟空身上有所发展、有所创新，把印度神猴与中国的无支祁结合了起来，再加以幻想润饰，塑造成了孙悟空这样一个勇敢大胆、敢于斗争、生动活泼的、为广大人民所喜爱的艺术形象。勤劳智慧的中华民族是一个有很高创造力的民族。又博取他人之长，加以补充发扬，化为自己的东西。一部中国文化史可以充分说明这个问题。一直到现在，我们汉语词汇中还有不少带“胡”字带“洋”字的东西，比如“胡琴”、“胡萝卜”、“洋琴”等等，所谓“胡”者即“洋”也。连菠菜、石榴、土豆、老玉米都是外来的。难道这些东西吃下去就不能增加营养吗？

话又收回来，再谈到《西游记》，情况也是如此。这部著名小说有一个逐渐演变的过程。我在这里不详细讨论，过去胡适、郑振铎等对这个问题作过一些探讨。印度的许多民间故事寓言童话很早就传入中国。《西游记》是写唐僧取经的，是与佛教有直接关系的。“近水楼台先得月”，它吸收了一些印度故事，本来是很自然的，毫不足怪的，但吴承恩和他的先驱者，决不是一味抄袭，而是随时随地都有所发现，有所创新。鲁迅在《中国小说史略》中说：“故虽述变幻恍忽之事，亦每杂解颐之言，使神魔皆有人情，精魅亦通世故，而玩世不恭之意寓焉。”这就是《西游记》的发展和创新。我对《西游记》同印度传统故事之间的关系就作如是观。

1978年12月26日

注释：

1 《〈西游记〉玄奘弟子故事之演变》，《国立中央研究院历史语言研究所集刊》，第二本，第二分册，1930年，第157-160页。

2 《大正大藏经》，卷24，40b-c。

3 同上书，卷3，116b-c。

4 同上书，卷24，70c。

5 同上书、卷，155b-c。

《罗摩衍那》在中国

印度两大史诗之一《罗摩衍那》写成或纂成以来，至今至少已有将近两千年的历史了。它在印度、亚洲以及世界其他地区的影响之巨大、之深人，是众所周知的。至于对中国的影响，过去学者们多半强调,《罗摩衍那》没有译成汉文，言外之意就是说，它对中国影响不大,至少对汉族影响不大。实际上并不是这样子。最近有一些学者，特别是研究云南少数民族文学的同志们，对于这个问题作了一些深入的探讨，得到了可喜的成果。我自己也对《罗摩衍那》在中国传播的情况以及它的影响，搜集了一些资料，形成了一些看法。现在介绍给大家。

为了有利于把中国境内的各异本同梵文原文的《罗摩衍那》进行对比，我在这里先把罗摩的故事介绍几句。《罗摩衍那》的精校本虽然长达将近两万颂，但基干故事是比较简单的。十头罗刹王罗波那肆虐，欺凌神人。大神毗湿奴化身为四，下凡生为十车王的四个儿子。长后憍萨厘雅生子罗摩,小后吉迦伊生子婆罗多，另一后须弥多罗生子罗什曼那和设睹卢衹那。罗摩娶遮那竭王从垄沟里拣起来的女儿悉多为妻。十车王想立罗摩为太子。小后要挟他，放逐罗摩十四年，立自己的儿子婆罗多为太子。罗摩、悉多和罗什曼那遵父命流放野林中。十车王死，婆罗多到林中来恳求罗摩回城即国王位。罗摩不肯。十头魔王劫走了悉多，把她劫到楞伽城。罗摩同猴王须羯哩婆联盟，率猴子和熊罴大军，围攻楞伽城。神猴哈奴曼立下了奇功。后来魔王被杀。罗摩同悉多团圆，流放期满，回国为王。

梵文《罗摩衍那》整个故事的梗概就是这样。巴利文本《本生经》461内容大同小异，最显著的差异是：悉多是十车王女，与罗摩是兄妹，二人后来结婚。

现在我就把目前能够找到的资料和我的一些分析的结果和看法，按汉、傣、藏、蒙、新疆的顺序，简要叙述如下。

一 《罗摩衍那》留在古代汉译佛经中的痕迹

中国古代译佛经为汉文的佛教僧侣，包括汉族、少数民族以及印度僧侣在内，确实对《罗摩衍那》这一部史诗是熟悉的，不过可能因为它与宣传佛教无关，所以他们只在译经中翻译过它的故事，提到过它的名字，而没有对全书进行翻译。陈真谛译《婆薮槃豆法师传》说："法师托迹为狂痴人，往罽宾国。恒在大集中听法，而威仪乖失，言笑舛异。有时于集中论毗婆沙义，乃问《罗摩延传》，众人轻之。"马鸣菩萨造、后秦鸠摩罗什译的《大庄严经论》卷第五说："时聚落中多诸婆罗门，有亲近者为聚落主说《罗摩延书》，又《婆罗他书》，说阵战死者，命终生天。"《罗摩延书》就是《罗摩衍那》。

这里讲的只是书名，书里面的故事怎么样呢？

关于这个问题应该分两部分来谈。第一部分是《罗摩衍那》全书的骨干故事；第二部分是书中插入的许多零碎的小故事，其中包括寓言和童话。

首先谈本书的骨干故事。骨干故事比较简单，已如上述。唐玄奘译的《阿毗达磨大毗婆沙论》第四十六卷里说:“如《逻摩衍拏书》有一万二千颂,唯明二事:一明逻伐拏(罗波那)将私多(悉多)去,二明逻摩将私多还。”同这个骨干故事相当的故事在汉译佛典中可以找到。我在这里抄上两个。

《杂宝藏经》第一卷第一个故事,《十奢王缘》:

> 昔人寿万岁时,有一王,号曰十奢,王阎浮提。王大夫人生育一子,名曰罗摩。第二夫人有一子,名曰罗漫。罗摩太子有大勇武那罗延力,兼有扇罗,闻声见形,皆能加害,无能当者。时第三夫人生一子,名婆罗陀。第四夫人生一子,字灭怨恶。第三夫人,王甚爱敬而语之言:“我今于尔所有财宝都无吝惜。若有所须,随尔所愿。”夫人对言:“我无所求。后有情愿,当更启白。”时王遇患,命在危惙。即立太子罗摩代己为王,以帛结发,头着天冠,仪容轨则,如王者法。时小夫人瞻视王病,小得瘳差,自恃如此,见于罗摩绍其父位,心生嫉妒,寻启于王,求索先愿:“愿以我子为王,废于罗摩。”王闻是语,譬如人噎,既不得咽,又不得吐。正欲废长,已立为王;正欲不废,先许其愿。然十奢王从少已来,未曾违信。“又王者之法,法无二语,不负前言。”思惟是已,即废罗摩,夺其衣冠,时弟罗漫语其兄言:“兄有勇力,兼有扇罗,何以不用,受斯耻辱?”兄答弟言:“违父之愿,不名孝子。然今此母,虽不生我,我父敬待,亦如我母。弟婆罗陀,极为和顺,实无异意。如我今者,虽有大力

扇罗，宁可于父母及弟所不应作，而欲加害？”弟闻其言，即便默然。时十奢王即徙二子，远置深山，经十二年，乃听还国。罗摩兄弟即奉父敕，心无结恨，拜辞父母，远入深山。时婆罗陀先在他国，寻召还国，以用为王，然婆罗陀素与二兄和睦恭顺，深存敬让，既还国已，父王已崩。方知己母妄兴废立，远摈二兄。嫌所生母所为非理。不向拜跪。语己母言：“母之所为，何其悖逆，便为烧灭我之门户。”向大母拜，恭敬孝顺，倍胜于常。时婆罗陀即将军众至彼山际。留众在后，身自独往。当弟来时，罗漫语兄言：“先恒称弟婆罗陀义让恭顺，今日将兵来，欲诛伐我之兄弟。”兄语婆罗陀言：“弟今何为将此军众？”弟白兄言：“恐涉道路，逢于贼难，故将兵众，用自防卫，更无余意。愿兄还国，统理国政。”兄答弟言：“先受父命，远徙来此。我今云何辄得还返？若专辄者，不名仁子孝亲之义。”如是殷勤苦求不已，兄意确然，执志弥固。弟知兄意终不可回，寻即从兄索得革屣，惆怅懊恼，赍还归国，统摄国政。常置革屣于御坐上。日夕朝拜问讯之义，如兄无异。亦常遣人到彼山中，数数请兄。然其二兄以父先敕十二年还，年限未满，至孝尽忠，不敢违命。其后渐渐年岁已满，知弟殷勤，屡遣信召。又知敬屣如己无异，感弟情至，遂便还国。既至国已，弟还让位而与于兄。兄复让言：“父先与弟，我不宜取。”弟复让言：“兄为嫡长，负荷父业，正应是兄。”如是展转互相推让。兄不获已，遂还为王。兄弟敦穆，风化大行。

道之所被，黎元蒙赖。忠孝所加，人思自劝。奉事孝敬婆罗陀母。虽造大恶，都无怨心。以此忠孝因缘故，风雨以时，五谷丰熟，人无疾疫，阎浮提内，一切人民炽盛丰满，十倍于常。(《大正大藏经》，卷4，447a)

《六度集经》第五卷第四十六个故事：

昔者菩萨为大国王，常以四等育护众生，声动遐迩，靡不叹懿。舅亦为王，处在异国，性贪无耻，以凶为健，开士林叹。菩萨怀二仪之仁惠，虚诬谤讪，为造訧端，兴兵欲夺菩萨国。菩萨群僚佥曰："宁为天仁贱，不为豺狼贵也。"民曰："宁为有道之畜，不为无道民矣。"料选武士，陈军振旅。国王登台，观军情猥，流泪涕泣交颈曰："以吾一躬、毁兆民之命。国亡难复，人身难获。吾之遁迈，国境咸康，将谁有患乎？"王与元后俱委国亡。舅入处国，以贪残为政，戮忠贞，进佞蛊，政苛民困，怨泣相属，思咏旧君，犹孝子之存慈亲也。王与元妃处于山林。海有邪龙，好妃光颜，化为梵志，讹叉手箕坐，垂首静思，有似道士惟禅定时。王睹欣然，日采果供养。龙伺王行，盗挟妃去。将还海居，路由两山夹道之径。山有巨鸟，张翼塞径，与龙一战焉。龙为震电，击鸟堕其右翼，遂获还海。王采果还，不见其妃，怅然而曰："吾宿行违殃咎邻臻乎？"乃执弓持矢，经历诸山，寻求元妃，睹有荥流，寻极其原，见巨猕猴而致哀恸。王怆然曰：

“尔复何哀乎？”猕猴曰：“吾与舅氏并肩为王。舅以势强，夺吾众矣。嗟乎无诉！子今何缘翔兹山岨乎？”菩萨答曰：“吾与尔其忧齐矣。吾又亡妃，未知所之。”猴曰：“子助吾战，复吾士众，为子寻之，终必获矣。”王然之曰：“可！”明日猴与舅战，王乃弯弓擩矢，股肱势张。舅遥悚惧，播徊进驰。猴王众反，遂命众曰：“人王元妃迷在斯山。尔等布索。”猴众各行，见鸟病翼，鸟曰：“尔等奚求乎？”曰：“人王亡其正妃，吾等寻之。”鸟曰：“龙盗之矣。吾势无如，今在海中大洲之上。”言毕鸟绝。猴王率众，由径临海，忧无以渡。天帝释即化为猕猴，身病疥瘙，来进曰：“今士众之多，其逾海沙，何忧不达于彼洲乎？今各复负石杜海，可以为高山，何但通洲而已。”猴王即封之为监，众从其谋，负石功成。众得济度，围洲累沓。龙作毒雾，猴众都病，无不仆地。二王怅愁。小猴重曰：“令众病瘳，无劳圣念。”即以天药，传众鼻中。众则奋鼻而兴，力势逾前。龙即兴风云，以拥天日，电耀光海勃怒，霹雳震乾动地。小猴曰：“人王妙射。夫电耀者，即龙矣。发矢除凶，为民招福，众圣无怨矣。”霆耀电光，王乃放箭，正破龙胸。龙被射死，猴众称善。小猴拔龙门钥，开门出妃，天鬼咸喜。二王俱还本山。更相辞谢，谦光崇让。会舅王死，无有嗣子，臣民奔驰，寻求旧君。于彼山阻，君臣相见。哀泣俱还，并获舅国。兆民欢喜，称寿万岁。大赦宽政，民心欣欣，含笑且行。王曰：“妇离所天，只行一宿，众有疑望，岂况旬朔乎？

还于尔宗，事合古仪。”妃曰：“吾虽在秽虫之窟，犹莲华居于淤泥。吾言有信，地其圻矣。”言毕地裂。曰：“吾信现矣。”王曰：“善哉！夫贞洁者沙门之行。”自斯国内，商人让利，士者辞位，豪能忍贱，强不凌弱，王之化也。淫妇改操，危命守贞，欺者尚信，巧伪守真，元妃之化也。佛告诸比丘：“时国王者，我身是也。妃者，俱夷是。舅者，调达是，天帝释者，弥勒是也。”菩萨法忍度无极行忍辱如是。（《大正大藏经》，卷3，26）

我现在对照印度蚁垤的《罗摩衍那》，对上面的两个故事稍加分析。

首先从整个结构上来看。这两个故事，一个只讲十奢（车）王同三位夫人四个儿子，只讲由于宫廷阴谋罗摩和弟弟罗漫被流放十二年。罗漫就是罗什曼那，婆罗陀就是婆罗多，灭怨恶是意译，就是设睹卢袛那。故事内容，同梵文《罗摩衍那》完全一样。连细节都并无二致。比如梵文中罗什曼那那种李逵式的性格，这里也表现了出来。婆罗多率军至森林中，罗什曼那对他怀疑，都说得清清楚楚。这些细节相同到令人惊异的程度。至于孝悌忠信那一套封建思想，这里也表露无遗。虽然着墨不多，但却完整无缺。可能受到中国旧时代士大夫的赞赏。

第二个故事只讲一个大国王，避敌让位，带着元妃住在山林中，元妃被海中恶龙劫走，国王与同病相怜命运相同的猕猴联盟，终于渡海登洲，消灭了恶龙，夺回元妃，皆大欢喜。从出场的人物来看，它与梵文相差颇远。但从骨干故事的情节来看，则几乎完全一样，连细节都一样，恶龙就是梵文的罗刹，鸟就是梵文的大鹫，倘若把国王名字改为罗摩，把王妃名字改为悉多，把舅舅改为小后吉迦伊，则是活脱脱一个罗摩、悉多故事了。

这两个故事合起来，就形成一个完整的梵文《罗摩衍那》。这暗示，在古代印度大史诗《罗摩衍那》形成时确实是把两个故事合并起来的。我们不要忘记，这个骨干故事在印度本土也是多种多样的。各个邦、各个民族几乎都有自己的罗摩、悉多故事，内容有时甚至有相当大的差异。虽然蚁垤的《罗摩衍那》可能由于思想性对头、艺术性高超的缘故，因而占据了相当重要的地位，可是也没有能定于一尊。汉译佛经中这两个故事竟然同蚁垤的《罗摩衍那》几乎完全一样，它们属于同一个发展体系，这一点非常值得注意。

以上讲的是第一部分，全书的骨干故事。现在再来谈第二部分，书中插入的许多零碎的小故事。

这样的故事数量大得惊人。我眼前没有可能搞得太多，我只能选出几个有典型意义的来加以探讨，按在《罗摩衍那》中出现的先后排列顺序，第一个是鹿角仙人的故事。这个故事在印度文学中不知出现过多少次。德国梵文学者吕德斯（Lüders）有一篇文章，专门谈这个问题:《独角仙人传奇》（*Die Sage von Rsyasinga*）[1]，史林格洛浦（Schlingloff）也有一篇文章:《独角仙人》（*Unicorn*）[2]讲同一个问题。在《罗摩衍那》中，这个故事出现在第一篇第八、九两章。十车王想行祭乞子，大臣苏曼多罗给他讲了鹿角仙人的故事。故事的内容大体如下：一个婆罗门的儿子住在森林中，对外界的事物什么都不懂，不懂有女人的幸福，不懂感官享乐。这时候，一个国王犯了错误，上天罚他，久旱不雨，他很苦恼。婆罗门给他出主意说，只要把林中婆罗门童子引诱到城里来，天就会下雨。国王就派妓女入林。这个童子不懂什么叫男人和女人。碰到这些妓女，觉得他们很可爱，最后终于被引诱走出山林，进入城市。这个故事没有讲他为什么是鹿角。这个故事在汉译佛典中也多次出现。我只举一个例子，《摩诃僧祇律》卷一（《大正大藏经》，卷22，232-233）。就是这一个例子，我也只能简略叙述一下内容，以资对比。故事首先讲仙人小解，不净流出，母鹿吞下，怀孕生子，身有鹿斑。仙人告诫他："可畏之甚，无过女人。"命终后，鹿斑苦修，天老爷害了怕，怕有人夺他的宝座。于是派天女下凡破坏鹿斑的道行。对比两个故事，其中有几点是不同的：一，不是鹿角，而是鹿斑。二，讲明了身上长鹿斑的原因；三，破坏鹿斑的道行不是为了求雨，而是天老爷害了怕。

第二个我想选睒子的故事。这个故事出现在《罗摩衍那》第二篇（参阅《罗摩衍那》2，56，2^{3}；2，57，8-39；2，58，1-46）。内容大体如下：十车王把儿子罗摩流放后，心中悔愧万分。他告诉长后，他年轻的时候，能闻声放箭，射中目的物。有一次他到萨罗逾河边闲玩，忽然听到黑暗中瓶子灌水的声音。他误以为是大象，射了一箭，结果射中的是一个苦行者，他正到河边给盲父母汲水。苦行者死后，国王见到盲父母，盲父母让他带路来到儿子尸体那里，他们呼天抢地，大放悲声，盲父最后诅咒国王，也让他尝一尝失子之痛。

汉译佛典中，这个故事多次出现，我只举一例：

《六度集经》43，（《大正大藏经》，卷3，24）：

昔者菩萨，厥名曰睒。常怀普慈，润逮众生。悲闵群愚不睹三尊。将其二亲处于山泽。父母年耆，两目失明。睒为悲楚，言之泣涕。夜常三兴，消息寒温。至孝之行，德香熏乾。地祇海龙，国人并知。奉佛十善，不杀众生，道不拾遗。守贞不娶，身祸都息。两舌、恶骂、妄言、绮语、谮谤、邪伪、口过都绝；中心众秽、嫉恚、贪餮、心垢都寂。信善有福，为恶有殃。以草茅为庐，蓬蒿为席。清净无欲，志若天金。山有流泉，中生莲华，众果甘美，周旋其边，夙兴采果，未尝先甘。其仁远照，禽兽附恃。二亲时渴，睒行汲水。迦夷国王，入山田猎，弯弓发矢，射山麋鹿，误中睒胸。矢毒流行，其痛难言，左右顾眄，涕泣大言："谁以一矢杀三道士者乎？吾亲年耆，又俱失明，一朝无我，普当殒命。"抗声哀曰："象以其牙，犀以其角，翠以其毛，吾无牙角光目（日）之毛，将以何死乎！"王闻哀声，下马问曰："尔为深山乎？"答曰："吾将二亲，处斯山中，除世众秽，学进道志。"王闻睒言，哽噎流泪，甚痛悼之。曰："吾为不仁，残夭物命，又杀至孝。"举哀云："奈此何！"群臣巨细，莫不哽咽。王重曰："吾以一国救子之命。愿示亲所在，吾欲首过。"曰："便向小径，去斯不远，有小蓬庐，吾亲在中，为吾启亲：'自斯长别，幸卒余年，慎无追恋也。'"势复举哀，奄忽而绝。王逮士众，重复哀恸。寻所示路，到厥亲所。王从众多。草木肃肃有声。二亲闻之，疑其异人，曰："行者何人？"王曰："吾是迦夷国王。"亲曰："王翔兹甚善，斯有草席，可以息凉，甘果可食，吾子汲水，今者且还。”王睹其亲，以慈待子，重为哽噎。王谓亲曰：“吾睹两道士以慈待子，吾心切悼，甚（其）痛无量。道士子睒者，吾射杀之。”亲惊怛曰：“吾子何罪，而杀之乎？子操仁恻，蹈地常恐地痛，其有何罪，而王杀之？”王曰：“至孝之子，实为上贤。吾射麋鹿，误中之耳。”曰：“子已死，将何恃哉？吾今死矣！惟愿大王，牵吾二老，着子尸处，必见穷没，庶同灰土。”王闻亲辞，又重哀恸。自牵其亲，将至尸所。父以首着膝上，母抱其足，鸣口吮足，各以一手，扪其箭疮，椎胸搏颊，仰首呼曰：“天神、地神、树神、水神！吾子睒者，奉佛信法。尊贤孝亲，怀无外之弘仁，润逮草木。”又曰：“若子审奉佛，至孝之诚，上闻天者，箭当拔出，重毒消灭，子获生存，卒其至孝之行。子行不然，吾言不诚，遂当终没，俱为灰土。”天帝释、四大天王、地祇、海龙，闻亲哀声，信如其言，靡不扰动。帝释身下，谓其亲曰：“斯至孝之子，吾能活之。”以天神药灌睒口中，忽然得稣。父母及睒，王逮臣从，悲乐交集，普复举哀。王曰：“奉佛至孝之德，乃至于斯！”遂命群臣：“自今之后，率土人民皆奉佛十德之善，修睒至孝之行。一国则焉。”然后国丰民康，遂致太平。佛告诸比丘：“吾世世奉诸佛，至孝之行，德高福盛。遂成天中之天，三界独步。时睒者，吾身是。国王者。阿难是。睒父者，今吾父是。睒母者，吾母舍妙是。天帝释者，弥勒是也。”菩萨法忍度无极行忍辱如是。

对比一下《罗摩衍那》与《六度集经》这两个故事，可以发现，两个故事内容是一致的，连一些细节都一样或者相似。国王的名字当然不会一样，但这无关大局。最主要一个差别是，《罗摩衍那》的故事是一个悲剧，童子死掉，其父发出诅咒。而在《六度集经》中则转悲剧为喜剧。童子得群神福佑，死而复生。皆大欢喜。这是否为了适应中国读者的心情而改变的，不得而知。

除了《六度集经》以外，这个故事还见于《僧伽罗刹所集经》（《大正大藏经》，卷4，116c-117a）；《佛说菩萨睒子经》（《大正大藏经》，卷3，440）；《睒子经》，姚秦圣坚译（《大正大藏经》，卷3，436-438）；《睒子经》，姚秦圣坚译（《大正大藏经》，卷3，442）；《佛说睒子经》（《大正大藏经》，卷3，438-442）；《杂宝藏经》卷一，二，《王子以肉济父母缘》（《大正大藏经》，卷4，447c-449a）。《罗摩衍那》同佛经大概都是采自印度民间文艺。要说这个故事是通过《罗摩衍那》传到中国来的，当然不是。但是既然《罗摩衍那》有这个故事，汉译佛经中也有许多异本，把它们拉在一起，结这么一段文学姻缘，难道还能算是过分牵强吗？

巴利文《佛本生经》540也是同一个故事，这里不再赘述。

除以上两个故事外，《罗摩衍那》中包含的寓言、童话和小故事在汉译佛典中能找到的还多得很，比如割肉贸鸽舍身饲虎（参阅王尧、陈践译注《敦煌吐蕃文献选》第101-102页）等等，也不再谈了。

我在这里想顺便谈一谈《西游记》中的主角孙悟空。这个猴子至少有一部分有《罗摩衍那》中神猴哈奴曼的影子，无论如何标新立异，这一点也是否认不掉的。如果正视事实的话，我们只能承认《罗摩衍那》在这方面也影响了中国文学的创作。这个问题我在这里不细谈。

我只谈一下孙悟空与福建泉州的关系。这一点过去知道的人是非常少的。最近日本学者中野美代子教授送给我一篇《福建省与〈西游记〉》。我觉得这是一篇有独到见解的文章。我在这里简略地加以介绍。

在泉州开元寺，南宋嘉熙元年（公元1237年）修建的西塔第四层壁面上有一个猴子浮雕，戴着金箍，脖子上挂着念珠，腰上挂着一卷佛经。右肩上有一个小小的和尚像。他是不是就是玄奘？这不敢说。在西塔第四层其他壁上有玄奘的像。另外在泉州的一座婆罗门教寺院里，大柱子上有一个猴子浮雕，尾巴拖得很长很长，手里拿着像草似的东西。这让人自然而然地想到《罗摩衍那》中的哈奴曼。他曾用尾巴带火烧毁楞伽城，并手托大山，带来仙草救了罗摩和罗什曼那的性命。

这明确地说明了，南宋时期《西游记》的故事还不像以后这样完备，只能算是一个滥觞。中野美代子研究猴行者的来源，说是在宋代《罗摩衍那》经过南海传到泉州。泉州当时是中国最大的港口，与阿拉伯和印度等地海上来往极其频繁。说猴行者不是直接从印度传过来而是通过南海的媒介，是顺理成章的。我推测，在这之前关于神猴的故事，一方面中国有巫支祁这个基础，再加上印度哈奴曼的成份，早已在一些地方流行。泉州的猴行者并不是最早传入的。在八、九世纪以后，《罗摩衍那》已逐渐传入斯里兰卡、缅甸、泰国、老挝、柬埔寨、马来西亚等地。从这一带再传入中国，是比较方便的。

福建泉州发现了孙悟空，这一件事实虽简单，我觉得却给我们提出了非常值得考虑的问题：研究中印文化交流的学者，不管是中国的，还是外国的，大都认为中印文化交流渠道只有西域一条，时间都比较早，也就是说在唐宋以前，现在看来，这种想法必须加以纠正：中印文化交流从时间上来说，宋以后仍然有比较重要的交流。从空间上来说，海路宋代才大为畅通。此外，还有一个川滇缅印道，也往往为学者所忽略。

二　傣族

我国云南的傣族，由于与缅甸接壤，而缅甸受印度文化影响较早；又因为傣语与泰语同系，泰国也早已受到印度影响，近水楼台先得月，因而比较早地接受了印度的文学、宗教等等。印度《罗摩衍那》虽然没有全部传至中国内地，却传到了傣族地区，在这地区的民间流行极广。[4]根据现在的调查，至少有这样一些不同的本子，首先有大小《兰嘎》，即《兰嘎竜》和《兰嘎囡》之分，在大《兰戛》中又分为《兰嘎西贺》与《兰嘎双贺》。在中国傣族地区，罗摩故事译本极多，这里无法详细列举。大概每一个罗摩故事的民间演唱者，都根据当时当地的情况而随时有所增删，以适应听者。这充分显示了傣族艺人的才能。但也产生了另一结果：异本蜂起，头绪纷繁。

对比一下梵文《罗摩衍那》与《兰嘎西贺》，从主题思想、故事内容、人物形象来看，印、傣的本子基本上相同，连名字都差不多。比如：

罗摩　　　　朗玛

悉多	西拉
罗什曼那	腊嘎纳（这显然是从巴利文传过来的）
婆罗多	帕腊达
哈奴曼	阿努曼
维毗沙那	被亚沙
楞伽	兰嘎
阿逾陀	阿育塔

《兰嘎西贺》诗共分二十二篇，内容可分为五个部分。第一至第四部分，主要情节与《罗摩衍那》大体相同。罗摩被流放十四年，而召朗玛只有十二年。第五部分叙述召朗玛为儿子选妃，同勐哥孙发生了战争。最后两国联姻，召朗玛传位于儿子洛玛，死后升天，这些大半是傣族人自己创造的。

在情节方面和人名方面，有不少不同的地方。在《罗摩衍那》中，是大神毗湿奴化身为四，而在《兰嘎西贺》中则是众神上天告捧玛加的状，说他欺凌群神，大神英达为了惩罚十头王，指令天神波提亚弟兄四人，下凡投生。三个王后是吃了香蕉，而不是喝了仙酒，才怀孕生子的。《罗摩衍那》中的悉多是从垄沟里拣起来的，在《兰嘎西贺》里西拉被说成是十头王的女儿，被他抛入江中。召朗玛是私自出走，不是由于宫廷阴谋被父亲流放，帕腊达回宫后也进入森林修行，由最小的弟弟达鲁嘎为王。《兰嘎西贺》诗西双版纳本说十头王的姑妈变成金鹿引诱朗玛走开，乘机劫夺西拉。此时腊嘎纳在嫂子西拉周围画了一个圆圈，请土地神保护她。这个情节在《罗摩衍那》中已经删掉。大战前夕，是十头王派女妖化身为西拉，以骗召朗玛，而不是由于因陀罗耆的妖术。阿努曼到兰嘎城侦察，带给西拉不是只戒指，而是手镯等信物。召朗玛与妻儿相会，是在放马追踪过程中遇到婻西拉的，从而父子相认，消除误会，而不是在举行马祠时，听两个青年歌手演唱《罗摩衍那》才认子团圆的。这样的不同之处还有一些。

在细节方面也有一些值得注意的地方，比如误杀盲道人之子，《兰嘎西贺》诗刀秀廷翻译本有这个情节，而岩温扁、刀兴平翻译本则没有。这个情节在罗摩故事中不是重要情节，而《兰嘎西贺》有的本子竟然能有，反而证明二者关系之密切了。

西双版纳纳岩罕翻译的小《兰嘎》，同梵文《罗摩衍那》差异更大。比如说婻西拉原是天神叭英的妻子苏坦玛，夫妻七天相会一次，十头王窜到天宫，摇身变成了叭英，奸污了她。她为了复仇，下凡投胎为十头王的女儿婻西拉。十头王将她绑在筏子上，丢进大海，为仙人帕拉西救起，抚养成人。

在傣族、崩龙族和布朗族中流传着的《兰嘎西贺》的故事，有一些情节与《罗摩衍那》不同。比如在森林比武招亲时，高僧帕拉西，既要求婚者拉神弓，又要他们抬石桌子，十头王旁观不动。等到召朗玛娶了婻西拉以后，他变为金鹿劫走了她。又如说十头王的母亲是一个寡妇；十头王陷害婴儿婻西拉，把她和妻子一齐放到竹筏上，任其漂流，竹筏被浪打翻冲到水边，妻子上岸天天骂十头王，后与猴子婚配，生了两个儿子，其中之一就是阿努曼，长大后报了母仇。再如十头王抢走婻西拉，是在召朗玛到深涧中去找水的时候，十头王学着召朗玛的声音，喊腊嘎纳去取水，乘兄弟俩不在，劫走了婻西拉。所有这一些不同之处，都说明了这故事在传播中的演变。

现在归纳起来，再进行一下对比。从主题思想上来看，傣文本与梵文《罗摩衍那》基本相同。都是宣传正义战胜邪恶，这充分表现出，中印两国人民人同此心，心同此理。从情节方面来看，两者基本上相同。连一些细节都一样。当然也有不同之处。从主题思想方面来看，《罗摩衍那》宣传的是婆罗门教，主角是刹帝利，有婆罗门仙人相助；它宣扬种姓制度和封建伦理道德。而《兰嘎西贺》宣传的则是佛教，辅佐召朗玛的是佛教高僧。它美化封建领主制，表现出来了外来的佛教与本地原始宗教的矛盾。从情节方面来看，不同之处有：西拉（悉多）是十车王女，下凡为了报仇；毗湿奴换成了英达（因陀罗？）；王后们吃香蕉怀孕；金鹿诱走了召朗玛，留守的腊嘎纳在嫂子周围划一个圈，让妖魔不敢进去。这些情节在别的地方也可以看到。

总起来看，这故事大大地傣族化了，也就是中国化了。好多印度地名都换成了中国地名，也就是云南本地的地名。比如阿努曼丢下来的仙草山，就落在云南傣族地区。此外，还有不少的本地民间故事窜入整个故事之中。这些都是难以避免的，也是合乎规律的。第五部分，召朗玛与勐哥孙之间爆发战争，故事就发生在傣旅地区，这已不仅是中国化，而是中国的创造了。

除了傣族以外，《罗摩衍那》在云南别的少数民族文学或民间故事中，似乎也留下了痕迹。比如在景颇族的文学中，有一首长篇叙事诗[5]《凯诺和凯刚》，主题思想是反映人民和自然界的斗争，善与恶的斗争，歌颂英雄气概和除恶务尽的精神。十一章的内容有以下几段：歌头、诞生、成长、打刀、激战、恋歌、寻找、风洞、重逢、拉弓、歌尾等。在故事的两个主人公中，哥哥凯刚代表恶，娶猴子为妻；弟弟凯诺代表善，娶扎英为妻。凯刚嫉妒凯诺，并想夺取扎英，他把凯诺骗到一个风洞口，把弟弟推进风洞，然后去诱骗扎英。这与《罗摩衍那》猴国两兄弟之争几乎完全一样，不能不承认这里有《罗摩衍那》的影响。

三　西藏

我国西藏地区，由于同印度接壤，在文化交流方面，有特别有利的条件。根据王辅仁的《西藏佛教史略》，佛教入藏在公元五世纪。但是大规模的传入恐怕是在公元七世纪松赞干布时期。在这个时期，一方面印度的宗教、哲学、文学、艺术、医学、天文历算等等直接传人；另一方面又从汉族传入一些佛教典籍，而文成公主入藏，又带去了汉族的文化，再加上西藏人民的创造与发展，结果是藏汉印三方面智慧汇流，形成了保留在西藏典籍中的伟大的文化宝库。

在文学方面，许多梵文古典文学也传入西藏，比如迦梨陀娑的《云使》就有藏文译本。《罗摩衍那》也传入西藏。时间估计当在佛教传入之后，也就是在七世纪以后。

在西藏，从今天已经发现的本子来看，一方面有根据梵文或其他印度语言的本子翻译加创造的《罗摩衍那》，比如在敦煌石窟就发现了有五个编号的《罗摩衍那》故事，这样的故事在新疆也发现过；另一方面又有自己的创造，比如1980年四川民族出版社出版的雄巴·曲旺扎巴（1404－1469年）所著《罗摩衍那颂赞》，就是在印度传统的基础上自己创作的。

我在下面根据王尧和陈践二同志翻译的敦煌卷子[6]，把故事内容简要地加以介绍，最后加上我自己对于藏文本与梵本的比较和有关的一些分析。

湖边森林中住着罗刹王药叉高日，神通广大，神人皆惧。只有仙人与吉祥天女婚配生子，才能降魔，后生子名多闻，他屠了楞伽城，杀死恶魔，神人再住进去。

药叉高日之子，名玛拉雅本达，发誓报父仇。他投到大梵天之子手下，献上美人，仙人与美人结婚，生下三子。长名达夏支瓦，次名阿巴噶那，三名百日那美。都算是玛拉雅本达的外甥。祖父大梵天喜爱长孙，赐他十个脑袋。玛拉雅本达怂恿三神子到楞伽去报仇。他们下决心苦修，并向梵天请求恩典：何处为箭射中，即在何处死去，其余部分，永远不灭。大梵天含糊其词。神子们在失望之余转向大黑天。大黑天也未答应。他的妃子劝他，仍不应。她来看诸神子，神子骂她为“坏女人”。她大怒，发出诅咒：“你们有朝一日会被妇女消灭的！”大黑天之臣来到神子们跟前，神子们骂他为“坏猴子”。臣大怒，发出诅咒：“你们有朝一日会被猴子所消灭！”最后大黑天赐了恩典，神子打败众神，夺回楞伽城。

达夏支瓦当了罗刹王，众神商议道：“他掌管了众神，只有人才能消灭他们。”一个生灵投生达夏支瓦，生为他的女儿。看相人说，此女将来要消灭父亲和众罗刹。于是把她放入铜盒内，随水漂走。为天竺农民所得，取名为“水渠里获得之女”。

十车王无子，五百罗汉捎给他一朵花，国王给了赞蒙，另一妃子也要了半朵。二妃吃下后，妃子生子名罗摩（根据蒙古传本恐怕应是罗摩那），赞蒙之子取名为拉夏那。其后，神与非天（阿修罗）交战，十车王助神作战，受伤，国王自觉性命危在旦夕，想立长子为王，又恐拂爱妃赞蒙之意。罗摩察觉后，自愿流放，修仙学道。拉夏那不肯为王，罗摩脱下一只鞋放在宝座上，作为统治的象征，"水渠之女"长大后，择婿，看中了罗摩，罗摩也看中了她。于是放弃修仙之意，娶她为妻，取名悉达。罗摩成了国王。

有一次，五百罗汉在林中静修，药叉高日之臣，名玛茹考，前来干扰。仙人请求罗摩保护，打瞎玛茹考的一只眼，恶魔逃跑。不久，达夏支瓦之妹，名布尔巴拉，丑陋不堪，她看中了罗摩，来引诱他，他不肯。魔女认为原因都在悉达身上，就怂恿其兄来劫夺悉达。玛茹考向魔王建议不要去抢，魔王不听。玛茹考化为一头珍奇异兽，出现在罗摩夫妇前。悉达劝丈夫去追。罗摩留下拉夏那看护悉达，自去追逐，射中珍兽。珍兽学着罗摩声音求救，悉达逼拉夏那去看。拉夏那不肯，悉达说："谁碰我就会被神焚毁。"并骂他不怀好意。拉夏那诅咒说："日后让你们父子、夫妻互相结怨！"就走去帮助长兄。此时达夏支瓦来到悉达跟前，不敢碰她，就连地皮一起带走。

国王兄弟跟踪搜寻，到了一个谷口，有黑水下流。再往里走，碰到一只大猴子，名叫妙音（似应Sugriva），受伤卧地。罗摩询问根由，猴子说：他哥哥巴里为了争夺王国，把他打伤。罗摩问他见没见到一个恶魔劫走一个女子。他让罗摩问他的侍从。一个侍从说，他见到一个十首人拐带女人逃跑。罗摩与妙音结成联盟。罗摩想用暗箭射巴里。罗摩两次没有放箭。因为分不清谁是巴里。妙音尾巴上系上一面镜子，罗摩能分辨出谁是谁来，才射死巴里。巴里之妻十分痛苦。罗摩与妙音约定日期，出发寻找悉达。但妙音三年不动。罗摩箭射一信。警告妙音。妙音派出猴兵，以哈奴曼达为首。国王给赞蒙写了信，附上信物表记戒指，派三只猴子巴秀、森都和哈奴曼达出去寻找赞蒙。

三只猴子到处寻找，毫无踪迹，口干舌燥，忽见石缝有水，并有黄鸟两只飞出。他们三个寻根追源，走进吉祥天女之女的屋子，天女让他们闭上眼睛。等到睁开眼时，看到一只大黑山似的黑鸟，双翅烧焦，乃是大鹏鸟王阿噶杂雅之子，名巴达，弟名森达。为了争夺王位，它与弟弟竞赛。结果飞上须弥山顶，被太阳烧焦翅膀，落到这里，它告诉猴子们，悉达被罗刹王劫往楞伽城，它父亲与十车王是好友。一翼撑天，一翼支地，想夺回天女。罗刹王抛出一个红丸，它父亲以为是食物，吞了下去，烧焦身亡。

三猴商量渡海的方法，结果是哈奴曼达一跳跳到了楞伽城。原来悉达被掳来后，她早就有"谁碰我就会被烧焦"的咒语，所以魔王不敢接近她。只把她关在无门的九层堡垒中，用军队看守。哈奴曼达从天窗跳下，把罗摩表记戒指献上。猴子来到罗刹的吉姆园，拔光树木，大闹了一场。

魔王派罗刹来抓他，都被他杀死。达夏支瓦气得要命，命令名叫图倭的儿子放出法宝日光羂索。羂索的眼大了，猴子就变小；小了，他就变大，怎么也抓不住。成就神们劝哈奴曼达被套，他听从了。被捉住后，请求像杀他父亲那样去杀他，也就是，把一千尺"丽"（丝麻织品）缠在尾巴上，倒上一万两酥油，然后点火，烧死。罗刹照办，猴子东窜西跳，烧毁了全城。又回到悉达处，请她给了口信，带给罗摩。

猴子回到罗摩跟前，转达口信。于是罗摩派出猴兵、人兵，向楞伽城进发，命猴子玛古和旦比俩驾桥。玛古搬山，拔下树木，旦比修桥。二猴闹矛盾。罗摩劝解，大军终于过了海，到了楞伽城。达夏支瓦之弟阿巴噶那劝阻，魔王不听，遂投奔罗摩，二人结盟。

从前有一个罗刹名叫香木那，苦修成能吞噬众生的神通。大梵天让一位妙音天女化身为他的舌头，让他说："务必让我死睡！"于是就一睡不起。此时达夏支瓦想请他助战，无论如何也弄不醒他。往他耳中灌了一万两铁水，牵一千头黄牛在他身上践踏，十万面鼓在他面颊上拍击，他终于醒来。他吞下所有的猴子，独独罗摩他吞不下。哈奴曼达被吞下，又跳出。一会从耳朵里钻出来，一会儿从鼻子里钻出来，一会儿又从眼睛里钻出来。罗摩负了重伤。阿巴噶那说："岗底斯山有趾达萨曾瓦药。"哈奴曼达把山托回，采下趾达药。又将山送回，神药治好了罗摩的人、马。

又约定交战的日期，达夏支瓦之弟，名叫百日那夏也逃跑了。罗摩亲自出战，罗刹施用隐身幻术。人、猴多被箭射死。罗摩要求魔王让出一脚拇趾大的土地，魔王将脚拇趾一抬，罗摩乘机将他射死，罗刹全部被歼。

罗摩救出了悉达，猴王妙音率部队返国。罗摩兄弟也回国。悉达后生子名拉瓦。罗摩与猴王和哈奴曼达交情笃好。妙音死，众拥立哈奴曼达为王，他沉湎于享受之中。连给罗摩写信、送礼都忘了。罗摩派使者来，哈奴曼达羞愧不已，彼此又交好如初。

后来，国王罗摩部下宾巴拉王谋反，国王把王后母子托付给玛拉雅那山上的五百仙人，自己出征。过了许久，国王未能按时归来。悉达同王子出去散心。仙人不知王子去向，到处寻找。他们害怕国王生气，就用古沙草扎成拉瓦形象，运用法力让他变成了人。

悉达后来同王子一同回来了。看到另一个拉瓦，悉达问他叫什么，他说叫古夏。悉达爱两个儿子，国王凯旋回来。有一天，国王出外散步，听到老百姓夫妻吵架。丈夫骂妻子同别人睡觉，妻子说:“悉达同魔王同居了上百年，国王仍然爱她。”国王听后，心中闷闷不乐，他写信给那个女子，想试她一试，两人相会，同眠，果然发现女子的本性是水性杨花，罗摩决心休妻，应了弟弟拉夏那的诅咒，母子三人离开王宫，到了吉姆园，生活很幸福，哈奴曼达劝国王，国王召回悉达，生活比过去更加欢乐。猴众也回去，生活幸福。

I.O.737B 中与 I.O.737A 中情节相异。达夏支瓦曾找毗湿奴挑衅，毗湿奴化身为十车王子，灭魔。

现在归纳起来，把藏本与梵本对比一下，二者的骨干故事基本相同，连一些细节皆然。二者的主题思想完全一样，这就是:正义必胜，邪恶必败。从统治阶级的利益来看，宣传罗摩盛世，为本地的统治者涂脂抹粉。宣扬善战胜恶，又符合了人民的愿望，在战胜邪恶中起决定作用的是罗摩，而罗摩本人是个统治者。

但两个本子也有不同之处:一、有些地方，藏本加入了一些新情节，有的是外来的，有的也可能就是本地的。藏本创造了一个大黑天（实际上就是毗湿奴），与大梵天相对立。二、梵本《罗摩衍那》结构奇特，第一、七两篇显然是后加的。十头王的故事是在第七篇，而在藏本中，十头王的故事却挪在最前面。看来藏本结构是完整的。三、藏本把一些名字改变为本地的。四、藏本结尾是大团圆，与梵文本异。西藏人同其他中国各族人一样不喜欢悲剧。值得注意的是，神猴哈奴曼达在恶魔肚子里表现了惊人的神通。他能任意从恶魔的耳朵、鼻子中钻出钻进。这同《西游记》里的孙悟空完全相同。如果说只有巫支祁才是孙悟空的原型，难道任何汉文典籍中有这样的记载吗？

四　蒙古

蒙古文学中的印度文学成分，都是通过西藏的媒介传进来的，而枢纽则是佛教信仰。

罗摩故事传入蒙古，估计也是通过这一条道路，同时传入蒙古的还有大量的佛经。

蒙古人民共和国学者丹木丁苏伦[7]发现了四种蒙古文的罗摩故事。

1. Jīvaka王

2.《嘉言》(*Subhāsitā*)

3.《水晶镜》

4. 名词词典《耳饰》

分别在下面谈一谈。

1. Jīvaka王的故事形式上是一个本生故事。是在十八世纪从藏文译为蒙文的，藏文原本如何，不清楚。故事梗概是这样的：Jīvaka有三个老婆，都没有孩子。国王入海寻找昙花，回来后把花交给王后，一后吃了花，生了罗摩，长大后，登基为王，邀请除邪信佛(Krakucchanda)来讲经传法。楞伽岛魔王化作一只金鹿，金胸，银臀，来干扰仙人的禅定，仙人找国王庇护，罗摩用石头砸鹿眼，把它摔出去。

在魔国，一老妇人生一女，预言者说：如果此女活着，国家将覆灭。他们将女孩盛入盒子中，投到海里。盒子漂至阎浮提洲，一农民拣到，把她抚养大，嫁给罗摩。魔王Daśagrīva从妹妹口中知道了罗摩妻美，使小妖化作金鹿，诱走罗摩，乘机将王后劫往楞伽。罗摩寻妻时，进入猴国，看到两个猴子打架。他与须羯哩婆（Sugrīva）联盟，杀死波林（Bālin），派哈奴曼率猴兵赴楞伽，夺回王后，罗摩与妻团圆。

2.《嘉言》由藏文译为蒙文。十三世纪萨迦·班迪达·贡嘎扎勒仓（Saja Pandita Gungajaltsan）撰写。有三个藏文注释本。在所有的三个注释本中，在解释《嘉言》第三二一颂时，都用了简短的罗摩故事。从十三世纪起，《嘉言》一再被译成蒙文。

3.《水晶镜》1837年姜巴道尔基（Jambadorji）写作。书中有一个印度传说，讲释迦族的来源和王家世系。有所谓Sun王朝，其中有王名十车，建都Kapil（Kapilavastu），后面附有罗摩的故事。

在这些故事中，插入了一段有趣的插曲。魔群有一座水晶宫，壁上反映出一百个魔王影像。罗摩因而找不到魔王。后来哈奴曼找到了奥秘，告诉了罗摩，罗摩准确地知道魔王在什么地方，然后放箭射死他。蚁垤的《罗摩衍那》中没有这个故事。但檀丁的《诗镜》第二章第二九九颂有这个故事。可见这也是一个印度传说。

总起来看，蒙古文罗摩故事，与中国其他地区相同，是宣传佛教的。整个的Jīvaka故事是一个本生故事，故事中的罗摩就是释迦牟尼本人，而且有两处提到除邪信佛。在过去世中，Jīvaka王曾在海岛上遇到除邪信佛。在Jīvaka（等于十车王）故事中，罗摩当了国王以后，又请除邪信佛来传经说法。佛教色彩应说是非常浓的。

但是地方色彩也同样是浓的。比如在罗摩追逐金鹿时，他要越过九个山口，九条山谷和九条河。这种说法在蒙古民间文学中是颇为常见的。又比如金翅鸟挡住了恶魔的路，译者就写道：如果挡的时间长了，马匹就会疲倦；带的粮食，可能会吃光。这些都是在大沙漠中旅行的情况。这都是蒙古的地方色彩。

在另一方面，罗摩故事也窜入蒙古民间传说与信仰中去。蒙古是没有猴子的，但却有猴子崇拜，甚至有专门的讲祭祀猴子的书，讲到如何上供、求财、满足愿望。在流传于藏、蒙地区北方的商跋尔（Shambal）国王的传说中，哈奴曼变成了商跋尔国王的参谋。

五 新疆

我国新疆是世界上几大文明体系的汇流之地。中国文化、希腊文化、伊斯兰文化，佛教、伊斯兰教、摩尼教、基督教以及一些其他的宗教，都在这里碰了头，交光互影，互相影响。

印度古典文学有一些早已传到新疆，比如佛教诗人马鸣的剧本等。蚁垤的《罗摩衍那》在新疆全文没有发现。现在的维吾尔等文字也没有全文介绍的。但是古代文字中却有《罗摩衍那》的故事，即使不是蚁垤原文的翻译，故事却基本上相同。我在下面介绍两种。

（一）古和阗语

这种语言的残卷发现于今天中国新疆和田地区，虽然使用的是印度字母，但经过学者们的精心研究，确定它是一种属于伊朗语族的语言。用这种语言写成了大量的佛经（参阅 R. E. Emmerick,《和阗文学导论》(*A Guide to the Literature of Khotan, Studie Philologica Buddhica Occasional Paper,* Series Ⅲ. Tokyo. The Reiyukai Library 1979)。在这些佛经里面，有一部内容是罗摩的故事。这一些残卷经英国学者H. W. Bailey校勘并译成英文，发表在伦敦大学《东方及非洲学院集刊》BSOAS Vol. Ⅹ, Part 2 and 3 1940. Bailey对残卷的情况有所论述（pp.363－364, pp.559－561），请参看。我现在根据Bailey的研究成果，把故事的内容简略地叙述一下，以资对比。

Bailey转写和翻译的是三个卷子（P〔elliot〕2801, p.2781, p.2783）。在翻译之前，他还从其他和阗文残卷中引用一些有关罗摩的资料。在这里面提到的名字，有罗摩的父亲Karjuna（Arjuna）[8]，有Rrisma（Rriṣma）（罗什曼那）[9]，有悉多，有十头魔王，有持斧罗摩等等。

我现在根据他的翻译把这三个卷子的内容简略地叙述一下。

p.2801

整个故事是一个本生故事的形式[10]。一开始就提到Krakasunda，拘那含牟尼（Kanakamuni）、迦叶（Kāśyapa）、释加牟尼（Śākyamuni）。紧接着就叙述故事。

有一个婆罗门（Mānava）出生于Maheśvara家族。到山中画上曼荼罗（mandala）礼拜大神，大神亲自下凡，赐他如意奶牛。在这个国中有一个有道明君，叫十车王。他的儿子叫千臂（Sahasrabāhu）他与大臣和商人[11]共同统治国家。

有一天，国王打猎，来到山中，到了老婆罗门跟前。老婆罗门心中正在想如意宝（cintāmani），没有招待国王。国王派大臣和商人来问，婆罗门把如意神牛[12]指给他们，神牛能满足他们吃喝的愿望。婆罗门款待了国王等，国王回宫。千臂王最后抢走了婆罗门赖以为生的神牛，婆罗门忍饥受饿，日日行乞。他的儿子持斧罗摩[13]仇恨填膺，也走入山中，画曼荼罗。到了十二年上，他获得了神通（Siddhi-śrī），走到王宫。罗摩之父、千臂王骑大象出战。但持斧罗摩有隐身幻术，砸碎象鼻，杀死国王。千臂王之子罗摩与罗什曼那藏在洞中，幸免于难。在第十二年上，他俩走出洞来，到山中去找持斧罗摩，最后把他打死。他们又统治了阎浮提洲，杀死了一万八千婆罗门。

十首王长后生了一个女儿。给她算了命，预言者说，她将毁灭全城[14]。魔王命令把她放置盒中，投人大江里，盒子顺流而下，没有沉没，一仙人把她拣起，抚养成人。

p.2781

到了结婚年龄，罗摩和Rrisma（Rraisma）来到，看到悉多这个美女，爱上了她，把她带走，走得很远。她住在一座最美的花园中。他们同她干一些平常人干的可耻的事[15]。他们画了一个圈。鸟也飞不过这个圈[16]，让大鹫[17]守护她。有人同她作伴，就是说，他愿意为她服务[18]。虽然此事对我们彼此都是羞耻，但无过错，他们看到一只千眼神鹿。兄弟二人在林中追鹿。

十首王从空中飞来，低头看到美女，但不能进人曼荼罗。他同大鸟[19]搏斗。鸟倦，吞血红的锡而死。魔王化作苦行乞人，向悉多行乞，悉多伸手给他东西，被他乘机拉出曼荼罗。抓住她，腾空飞走。

Rrismam和罗摩看不到悉多，愁得昏了过去。到处寻找，找遍了阎浮提，来到猴国。一老猴闭目卧地，像一座山峰。他俩被老猴打倒，逃跑漫游。秋天，他们看到一人在田里种芝麻。[20]后来，在老猴呆过的地方，他俩看到两个猴子打架，是兄弟俩，为了争夺王位而战。其中之一叫须羯哩婆（Sugrīva），另一个叫难陀（Nanda）。难陀请求他杀死须羯哩婆，两个猴子长得很相似，打起仗来，看不出谁是谁。难陀请他俩帮助自己。他告诉罗摩，在猴子尾巴上拴上一面镜子。罗摩放箭射死须羯哩婆，难陀为王[21]。罗摩告诉他，悉多被劫，请求援助。难陀下命令给猴子："你们出去寻找七天。找到了，告诉我。找不到，也听不到消息，回来集合，我要挖掉你们的眼睛，喂渡鸦。"猴子到处找，但找不到。时间已过，明天就要挖眼睛了。一只母猴Laphūsa[22]站起来，找到了一棵作标记的胡桃树，树上有一窝渡鸦，老鸦去找食物。幼雏在窝里，饿得难受。母鸦说："明天你们就能吃热猴子眼。"小鸦问："你到哪里去找热猴眼呢？"她说："悉多被劫往楞伽城（Lankāpura）。猴子们被分派出去。明天要挖猴子眼。"Phūsa（Laphūas）听到这件事，立刻走出去，大声吆喝。"我知道消息了！"一只公猴子走过来，搂住她。两只猴子快步走上前去，到了一条河，母猴不敢下水。公猴用手扶她说："你要告诉我真情！"她告诉了，但公猴没有带她过河。当他到达另一条河时，什么都忘掉了。他又转回身让母猴坐在自己肩上，到了河中心，公猴说："你告诉我的事我统统忘掉了。"她又告诉了他，到了另一条河，他把她丢在那里，自己走到罗摩和罗什曼那跟前，把消息告诉了他俩。他俩组成一支猴、狮、狼等的大军来到海边，过不去[23]。

难陀说："我年轻的时候，服侍婆罗门，一次五百个。我的师尊预言：'你将死在水中。'后来又改变诅咒，说：'什么东西重，石、铁、锡、铜，都在水中不沉，你也不沉。'"[24]

罗摩兄弟俩说："你建造一座桥，让大军过海。"[25]过了以后，把桥弄坏，大军再也回不来了。[26]

他们到了楞伽城，金鼓齐鸣，群兽大叫，山摇地动，罗刹们告诉了十首王。

p.2783

他的仆从杀了所有的罗刹。两个高级大臣说：古时候，在阎浮提，国王们为了女人毁了国土。有一个国王，是那护沙（Nahuṣa）的儿子。国王有五种神通，他希望得到……（原缺）的恩惠，能够通解兽语。有一次他到花园里去，听到两个蚂蚁说话。国王笑了。王后追问他笑的原因，但他想到原有的诅咒：只要他透露秘密，就要死亡。因此他不敢透露。之后，人们把肉汤送给国王。一只雌蜜蜂对雄蜂们说，她想要点汤吃。雄蜂跳入汤中，被烫死。国王把蜂尸挑出来，雌蜂等一群蜜蜂爬到雄蜂身上吃肉汤。

国王想出门，来到象房。大象在吃大米，马在吃饲料，骡子在吃干草，驴在吃草。母驴怂恿丈夫去抢骡子的饲料，被踢死。母驴就从公驴嘴中弄出饲料来吃。

国王骑马走在城中，路上有很多山羊。母山羊怂恿公羊到驴背上去抢点草来吃。公羊说："我去了，会被棒打死。"母羊说："让他打你吧！反正我要吃草。"公羊说："我不是那护沙的儿子。他为了女人的缘故想丢掉自己的性命。"国王听到这一些，记在心中[27]。

湿舍（Śesa）国王由于一个女人的缘故，变成了蛇[28]。

天帝释（Śākra）由于阿诃厘耶（Ahalyā）的缘故，变成了女性。

魔王的大臣们向他报告这些奇迹，魔王不听，大臣们逃奔阎浮提。魔王登上宝殿，趴在那里，制造出可怕的曼荼罗（circles），绝食七天。他想到因陀罗的马，马头上有麈尾。只要得到，就可以消灭敌军。麈尾停止打马的耳朵，阎浮提的人进了楞伽城。十头魔王运用绝食的神通力，呆在那里，不说不动。[29]

难陀爬上宫殿，同他的老婆说话。他大怒，立即失掉了神通（Siddhi）。天帝释乘天车下降。麈尾已经取掉。他跳入云中，从海里抓出一条毒蛇。懂咒语的人把奶油涂到它身上，毒蛇迅速逃跑。十头王投出飞弹（misile），打中罗摩前额，罗摩倒在地上。人和猴都发起愁来，他们找来神医Jīvaka。Jīvaka说：喜马拉雅山上有Amrta-sañjiva神草，山下有一个可怕的湖。从那里取出水来，我将和成长生不老之药。[30]

难陀飞去，忘掉神草的名字，提来大山，配成仙药，救了罗摩。[31]

十头王抱着悉多，飞行空中。人们给他占象，知道他那致命的地方在右脚大拇趾上。他们说："如果你是好汉的话，你就把右脚脚趾伸出来！"他伸了出来，罗摩用箭射中脚趾，十头王倒在地上，人们把他的脖子捆住，套上两条链子。他想往天上飞，又被打倒。[32]

他们要杀他。他请求饶命，纳贡，在悉多看来，罗摩与罗什曼那他们俩已死了一百年。

罗摩说："我看到有被欺侮的人向我走来，我的心就像芭蕉叶那样摇动。"罗什曼那说："地下有金银，我是掌握财宝的。"悉多说:“在会议上有人说笑话,他看不到真实情况,只看到对我说好话,他死了一百年,现在又活了。”[33]

他们称赞悉多的聪明。她立刻没入地中。罗摩率军回去,走到大海边,龙王大怒,他们把燃烧着的眼药和芥末投到海上。诸龙离开龙宫,四散逃窜。他们回到阎浮提,罗摩控制住忧愁、死亡、悲伤。他的敌人没有胜利,他打败了安巴哩沙(Ambhaīsa)和大天Mahādeva。[34]

最后释迦牟尼说出了这个本生故事的结束语。罗摩是弥勒佛。罗什曼那是释迦牟尼。十头王和罗刹跪拜佛。他说:“罗摩用箭射过我,现在又救了我。我能超脱死生。他活了很久。你们必须精勤,向往菩提。享受最好的东西。功德最有用。”[35]

(二)吐火罗文A焉耆语

在新疆出土的古代文字中,第二个有罗摩故事的是吐火罗文A焉耆文,但规模极小,只讲到罗波那的弟弟维毗沙那(vibhīsana)。我现在根据西克和西克灵的《吐火罗文残卷》(10-11)把这个故事叙述一下。这个故事是《福力太子因缘经》(*Punyavantajātaka*)的一部分,是木师与画师故事中的一段插话。画师对木师说道:

> 缺少智慧,一个人的精力会给他带来灾祸。正如从前罗刹王陀娑羯哩婆(十头王)那样,当他看到罗摩的大军已把楞伽城包围了起来时,他把自己的兄弟、大臣(和统帅?)召集起来,说道:“应该怎么办呢?十车王的

儿子罗摩这个人，为了悉多的缘故（越过大海）包围了我们的楞伽城。现在要怎么努力去对付他呢？（陀娑羯哩婆的兄弟维毗沙那）于是开口对陀娑羯哩婆说话，让大家都听到：（Salpämalkenam）

"（带来）灾祸（？）……

可是（罗摩）达到目的后会自己愉快地离开给自己（带来）灾祸……

（你）哪里来的这样的智慧，它只好让你倒霉。"

陀娑羯哩婆听了以后，由于缺少智慧，勃然大怒。他从自己的宝座上拽下来了一根水晶腿（？），投到维毗沙那脸上，说道："请你加恩把这一条腿给你赞扬的罗摩带去吧！（我）只要活着，决不会把悉多还给罗摩。你们怕罗摩，我不怕。"

维毗沙那只好摇头，把（脸上的）血滴抹掉。从会议上站起身来，跪下以头触地，请求母亲的宽恕，让陀娑羯哩婆眼睁睁地看着自己走出楞伽城，朝着罗摩所在的地方消失了身影。罗摩胜利后，给维毗沙那灌顶，让他成为楞伽城王，赐号楞伽王。结果是陀娑羯哩婆和他的大臣们彻底毁灭。

当随从们集合起来时，罗波那由于愚蠢而分裂了随从们。

当还有力量时，他分裂了罗刹的力量，打了维毗沙那。

他兄弟的正确劝告，他拒不接受，结果失掉了荣华富贵。

维毗沙那离开了他，统治权离开了他，他同楞伽城同归于尽。或者可以说，没有智慧，一切力量、精力（毅力）都只是怠惰。

结束语

我在上面介绍了《罗摩衍那》传入中国的情况，以及它在中国的影响。材料大概还不止这样多，我目前能够搜罗到的，就是这样一些了。

我介绍的范围包括八种语言：梵文、巴利文、汉文、傣文、藏文、蒙文、古和阗文和吐火罗文A（焉耆文）。给人总的印象是：内容从大的方面来看，基本上相同；但是从细节来看，又有差别，有的甚至是极大的差别。关于梵本与其他本子之间的异同，我在上面已经作了一些分析，现在再归纳起来，谈几个问题。

一、罗摩故事宣传什么思想？从印度本国的罗摩故事的两个本子来看：一个是梵文的《罗摩衍那》，一个是巴利文的《十车王本生》，这两个本子代表两大教派。故事来源肯定是来自民间，根据天鹰《中国民间故事初探》的分类，《罗摩衍那》是属于“反映人民道德观念的传奇故事”这一个范畴。印度教的《罗摩衍那》除了宣扬三纲五常等道德教条之外，着重宣传一夫一妻制，保证统治者财产继承确有把握。而佛教的《十车王本生》则似乎把重点放在宣扬忠孝上。总之，两大教派（其他教派亦然）都争相利用。《罗摩衍那》宣传的是婆罗门教，以后的印度教。《十车王本生》宣传的则是佛教思想。佛教在印度后来消失了，只剩下印度教的一统天下。《罗摩衍那》的影响完全是在印度教方面。然而罗摩故事传到国外以后，大概是由于都是通过佛教传出来的，所以国外的那许多本子毫无例外地宣传的都是佛教思想。

《罗摩衍那》在印度与佛教的关系，我在《〈罗摩衍那〉初探》中已有所涉及。但是问题并没有全部解决：梵本《罗摩衍那》和佛教都产生于东印度，时间也相差不多，为什么竟好像是互不相知，其中原因还有待于进一步的探讨。我在《〈罗摩衍那〉初探》中曾表示了一个意见："佛教在当时还并不十分流行，并不像一些佛教研究者所想象的那样。"（第35页）近读Ananda Guruge的《〈罗摩衍那〉的社会》，其中说到，《罗摩衍那》的故事晚于梵书，而早于释迦牟尼。它不提佛教，也就可以理解了。

二、罗摩故事传入中国以后，各族都加以利用，为自己的政治服务。汉族在下面三中来谈。傣族利用它来美化封建领主制，美化佛教。藏族通过对罗摩盛世的宣传，美化当地的统治者。和阗文本最后十头王被打败，打倒，请求饶命，称臣纳贡。这种宣传也有利于统治集团。所有的本子都是通过对佛教的宣传来为各自的政治服务。

三、汉译本特别强调伦理道德的一面。汉族好像对伦理道德（封建的）特别重视。我常常发现汉译佛典中强调忠和孝的地方很不少。我有点怀疑，我不相信印度原文如此，而是汉译者加上的。罗摩的故事也不例外。梵文《罗摩衍那》也有这种情况，我在《〈罗摩衍那〉初探》中已有所论列（第57–59页）。但是汉译本对这方面，特别是对孝，更是特别着力加以宣扬。在《杂宝藏经》中明确讲到罗摩的话："违父之愿，不名孝子。"下面又说："年限未满，至孝尽忠，不敢违命。"其他兄弟之道，夫妻之道，朋友之道，无不如此。在《六度集经》中也强调睒子是"孝子"。译者或编译者的用意是很清楚的：宣扬这一套伦理道德，讨好中国的统治者，巩固统治，从而巩固了佛教的地位。

四、很多学者认为，同古希腊比起来，中国人不大喜欢或欣赏悲剧。这意见有一定的道理。古代希腊文艺理论中的Katarsis（净化作用）对我们来说，了解起来比较困难。中国古代文学中真正的悲剧很少。罗摩故事在印度是一个悲剧，但到了中国却多被改成喜剧结尾，以适应中国人的心情和爱好，最突出的是插曲睒子故事。这本来是一个悲剧。但《六度集经》却让天老爷出马干预，使被射死的睒子复活。

五、涂上了地方色彩和民族色彩最突出的例子，一个是傣族，一个是蒙族。我在上面已经谈到，这里不再重复。

最后我还想讲一个问题。明洪楩编《清平山堂话本》，卷三有一个话本叫《陈巡检梅岭失妻记》。有人主张这一篇话本受了印度影响，其中包括《罗摩衍那》。故事讲的是陈巡检带着妻子如春到广东去上任，来到了梅岭这个地方。梅岭之北，有一个申阳洞，洞中有妖怪，名叫白申公，是猢狲精。他弟兄三人：一个是通天大圣，一个是弥天大圣，一个是齐天大圣，另有一小妹名叫泗洲圣母。白申公施展妖术把如春劫至洞中。如春在洞中保持贞操，后来被紫阳真君救出。从故事的梗概来看，一方面与《罗摩衍那》故事有某些类似之处；另一方面又与《西游记》有某些类似之处。这三者可能有渊源关系。这对于解决印度神猴哈奴曼与中国孙悟空之间的关系，解决孙悟空与巫支祁之间的关系，也提供了重要线索，是一个很有趣的问题。我在这里暂且不谈，以后当专文论述。

1984年2月23日

注释：

1 *Philologica Indica*, Göttingen 1940年，第1-43页。

2 *German Scholars on India*, vol. Ⅰ .Varanasi 1973年，第294-307页。

3 指第二篇，第56章，第二首诗。

4 以下叙述主要根据高登智、尚仲豪：《〈兰嘎西贺〉与〈罗摩衍那〉之异同》，《思想战线》1983年第5期，第74-79页；王松：《傣族诗歌发展初探》，中国民间文艺出版社（云南版），1983年，第三编，第二十节。

5 《云南少数民族文学资料》第一辑：景颇族文学概况。第117-147页。

6 王、陈二同志先把他们的译稿交给我，最近又寄来他们译注的《敦煌吐蕃文献选》，四川民族出版社，1983年，译稿就包括在本书中，盛意可感，谨表谢忱。

7 参阅 Ч.Дамдинсурэн, 《*Рамаяна*》*в Монголии*, АкадемИя Наук СССР, Москва 1979, Ts.Damdinsuren, *Ramayana in Mongolia*, *The Ramayana Tradition in Asia*, ed, by Ⅴ. Rahavan, Sahitya Akademi, New Delhi 1980, p.653 ff.

8 罗摩父亲的名字，几乎所有其他的本子都是十车王，独独在这里却不一样。一个地方说是Karjuna（Arjuna），一个地方说是千臂王，Sahasrabāhu，十车王变成了祖父。

9 梵本《罗摩衍那》中，罗摩是四兄弟，这里只剩下两个，而且把Laksmana写成罗什曼那（Rraisma Rrisma）。

10 罗摩故事本来是宣传婆罗门教的，在这里又为佛教所利用。婆罗门教徒与佛教徒在宣传自己的教义方面，都是无孔不入的。

11 国王Sahasrbahu同大臣和商人共同统治国家，商人地位之重要有点令人吃惊。我将在另一篇文章《商人与佛教》里详细讨论这个问题。

12 如意神牛。这里，如意神牛的情况没有讲得很清楚，梵文《罗摩衍那》

第一篇第52，53，54章，讲的是众友仙人来到婆私吒仙人的净修林中，婆私吒让他那如意神牛弄出各种香美可口的食品。众友想向婆私吒乞讨这个如意神牛，他不肯，二人干了一仗，众友被婆私吒打败。在这里，如意神牛不属于婆私吒仙人。而属于一个婆罗门。

13　持斧罗摩的故事也见于《罗摩衍那》第一篇第73章至75章，但内容却有所不同。在《罗摩衍那》中，因为自己的父亲被杀，持斧罗摩到处寻杀刹帝利。也来到罗摩父子这里。他让罗摩先拉神弓，然后同他决斗。最后终于被罗摩挫败。在这里，持斧罗摩先杀死了罗摩的父亲Sahasrabāhu，后来到山中去找他。

14　十头魔王生女儿悉多。在梵本《罗摩衍那》中，悉多是从垄沟拣来的，是十车王的儿媳，罗摩的妻子。在印度，这可以说是一个比较正统的说法，但却不是唯一的。巴利文《本生经》第461个故事（Dasaratha-Jātaka），说悉多是十车王的女儿，与罗摩和罗什曼那是兄妹关系。

15　平常人干的可耻的事。含义不很清楚，可能是指男女性交行为。从原文来看，似乎罗摩兄弟俩同娶一个老婆，也就是悉多。兄弟同娶一妻的习惯，过去好多民族都有过。

16　画一个圈。《西游记》中常有此事，孙悟空画一个圈，让唐僧站在中间，妖魔鬼怪恶虫猛兽都进不了这个圈。只有一点不同，这里的圈叫做曼荼罗，似乎同密宗联系起来了。

17　大鹫。参阅梵文本《罗摩衍那》第三篇森林篇第48章，鹫王阇吒优私劝罗波那不要劫走悉多，魔王不听，决斗，鹫王受伤，几死。与此处的情节不同。

18　为她服务。Bailey译文为“to her service”，他说“obscure passage”。我觉得，这意思似乎是悉多同许多人性交。

19 即大鹫。

20 这一段故事，梵本《罗摩衍那》根本没有。

21 猴国两兄弟。猴王两兄弟的名字同梵本《罗摩衍那》不同。梵本《罗摩衍那》中，哥哥叫波林（Bālin），这里却成了难陀Nanda，在梵本《罗摩衍那》中，罗摩杀死波林，与须羯哩婆结盟。这里被杀死的却是须羯哩婆，而与Nanda结盟，Nanda又与后面的Nala相混。这里的情节显然有点离奇。一双猴兄弟交手的时候，他们俩长得完全一样，罗摩无法放箭，人们告诉罗摩，让猴子拴上一面镜子，有了标志，他好射箭。这情节，梵本《罗摩衍那》中没有，但西藏本中却是有的。值得注意。

22 Laphūsa这一段，梵本《罗摩衍那》中没有。

23 猴子过河。这个故事，梵本《罗摩衍那》中没有。在这里，民间故事的色彩极浓。过河的故事有点类似《西游记》中通天河老鼋的故事。

24 这段含义不清楚。

25 罗摩让Nanda造桥过海。在梵本《罗摩衍那》中造桥的是Nala。参阅梵本《罗摩衍那》第六篇。

26 有点像中国的破釜沉舟。

27 那护沙Nahusa（Nahausa）。魔王的大臣向他进谏，列举了古代许多由于一个女子而国破身亡的故事，意思是劝魔王回心向善，释放悉多，同罗摩握手言欢。第一个故事讲的是那护沙之子。那护沙，在古代印度神话中多次出现：代表的人不同。其中之一说他是古代国王，Āyus之子，Yayāti之父，抢夺因陀罗王位，然后被打倒，变成了一条蛇。另一说：Ambarisa之子，Nābhāga之父。他有五种神通，他通虫、兽、禽语，首先听到的是蚂蚁说话，以后依次是蜜蜂、驴、山羊等等。能懂蚂蚁说话，汉译佛经中有几个这样的故事，见巴利文《本生经》386。凡人能懂禽兽语言的故事，中外都有很多，中国的公冶长是众所周知的。梁《高僧传》卷一（安清传）："乃至乌兽之声，无不综述。"

28 湿舍（Sesa）千头大蛇的名字。《毗湿奴往世书》称之为龙王。梵本《罗摩衍那》3.13.6，有这个名字。但不是国王的名字，而是波阇波提（生主）之一的名字。

29 Ahalyā。天帝释阿诃厘耶是仙人乔达摩的老婆。天帝因陀罗乘仙人离家外出的机会，来调戏勾搭阿诃厘耶。发生性关系之后，天帝仓皇逃走，撞上正回家的大仙人，仙人大怒，把天帝骂了一顿，诅咒他睾丸掉落，断子绝孙。

30 Nanda=那罗（Nala）+哈奴曼。梵本《罗摩衍那》中，造桥过海的是那罗，两次闯进楞伽城的是神猴哈奴曼，把大山托来的也是哈奴曼。在这里，Nanda好像把梵本《罗摩衍那》中的须羯哩婆、那罗和哈奴曼三位合为一体。神猴哈奴曼在和阗文罗摩故事中根本没有出现，非常值得注意。

31 在梵本《罗摩衍那》中是仙草隐藏起来。罗摩兄弟受伤后，哈奴曼到北方吉罗娑神山去寻仙草。仙草都隐藏了起来。神猴一怒，用手把大山托到两军阵前。找到仙草，治好了罗摩兄弟的伤，然后又托了回去。在这里却变成了Nanda，忘记了仙草的名字，因而找不到。

32 致命之处是在大脚趾。在梵本《罗摩衍那》里讲的是十头魔王受到梵天恩宠，乾闼婆、夜叉、檀那婆、罗刹都不能杀他。他因为看不起凡人，没有提凡人的名，所以只有凡人才能杀死他。毗湿奴因此化身为四，下凡降生，成为凡人，最后除魔。这里讲的是，魔王身上只有脚上的脚趾，箭才能射入。

33 这一段含义模糊。

34　把罗摩的故事写成一个悲剧。

35　像其他的本生故事一样，这个罗摩故事最后也点出故事中的人物究竟是谁。值得注意的是，罗摩是弥勒佛。对研究新疆弥勒佛信仰的传播很有意义。《六度集经》最后也说是弥勒，与和阗文同。

《五卷书》在世界的传播*

《五卷书》汉译本第一版第二次印刷时（1963年），我写过一篇《译本序》。隔了十六年，经过了空前浩劫，在1979年第三次印刷时，我写过一篇《再版后记》。现在，时间又隔了九年，中国民间文艺出版社准备出一套小本的《世界名著丛书》，想把《五卷书》纳入其中，我认为这是非常有意义的，作为世界名著，《五卷书》是名副其实的。我把译文、序和后记又看了一遍，觉得还有一些话要说，于是写了这一篇《新版后记》。

我曾在一些文章中介绍过《五卷书》在世界上流布演变的过程。当年写《译本序》时也写了进去。但是个别的人认为没有必要，建议删去。这是违反我的心愿的；但是我觉得世上事有一些是难得解人的。为息事宁人计，我不愿争辩，遵命删掉。多少年来，我始终耿耿于怀，我觉得，删掉是十分可惜的。

我万万没有想到，还会有机会来满足我的愿望。现在机会来到了，我要改正我以前的轻率的举动，重新介绍一下《五卷书》传播的过程。我不但把以前写过的重新写上，而且还要增加新材料，地方就选在《新版后记》中。至于我为什么一定要介绍，看完介绍后，自然明白。

下面是介绍。

---

* 本文是为《五卷书》汉译新版所写的后记。

《五卷书》在世界上的影响还要超过本国。十九世纪，德国梵文学者本发伊（Theodor Benfey）把此书译为德文：*Pantschatantra:funf Bücher indischer Fabeln, Märchen und Erzählungen*. Aus dem Sanskrit übersctzt mit Einleitung und Anmerkungen. Ⅰ. Ⅱ. Leipzig 1859. 在他的著名的长篇导言中，他以惊人的博学多识，通过惊人的语言，追踪了《五卷书》在世界上流传演变的过程，从而奠定了比较文学史的基础；据我的看法，所谓比较文学史，实际上也属于比较文学的范畴。本发伊在这里提出了一个主张：印度是世界上所有童话的故乡，而古希腊则是所有寓言的发源地。他还主张，《五卷书》中绝大部分故事来源于佛教。他这些主张虽然说有一部分道理，总的说是不能成立的，关键是讲得太绝对了。专就印度而论，不能说世界上所有的童话都来自印度；但是，如果说，世界上很大一部分寓言、童话和小故事都源于印度，则是比较接近事实的。应该承认，喜欢听故事和讲故事，是人类共同的爱好。但是却并不是世界上所有的民族都在这方面有同等的才能。印度民族在这方面才能大一些，恐怕也是个事实。鲁迅就有过这样的主张。

到了二十世纪。德国又出了一位专门研究《五卷书》的梵文学者海特尔（Johannes Hertel），他的名作*Das Pañeatantra. Seine Geschichte und seine Verbreitung*. Verlag von B. G. Teubner in Leipzig und Berlin 1914. 在本发伊研究的基础上，对这一部世界名著，又根据一些新材料，进行了更系统、更细致的探索，取得了新的成果。第三位德国梵文学者温特尼茨（M. Winternitz）在他的《印度文学史》（*Geschichte der indischen*

Litteratur）第三册（Leipzig/C. F. Amelangs Verlag 1920）中又根据前两位学者的研究成果，结合一些新资料，对《五卷书》作了系统的论述。

《五卷书》好像同德国缘分特别深，三位在这方面有造诣的学者都是德国人。我现在就根据他们的研究成果对这一部书在欧、亚、非三洲的传播情况作一点简要的叙述。

《五卷书》的名声在公元六世纪时已经达到了波斯。波斯国王呼思罗·艾奴施尔旺（Chosrau Anōscharvān 531–579）命令医生白尔才外（Burzoe）把此书的一个西北传本译为中世波斯文言巴列维语。此译本已经佚失。一个由此本译出来的古代叙利亚语本和一个古阿拉伯语本却保存了下来。公元570年左右，一位叙利亚的神职人员和作家用布德（Bud）的名字，把此书由巴列维文语译出，名之曰《卡里来和笛木乃》。这个译本残缺颇多，开头部分全部佚失。750年左右出现的一个由阿卜杜拉·伊本·阿尔穆加法（Abdullah ibn al-Moqaffa）译出的阿拉伯文本，增加了许多原书没有的新材料，书名也叫《卡里来和笛木乃》。这个阿文译本成了以后不断出现的欧亚众多语言译本的来源。此书的德文译者沃尔福（Ph. Wolff）说，《五卷书》译成的语言之多仅次于《圣经》。这一句话是非常有分量的，下面我还要谈到。本发伊认为，这个巴列维文译本比起梵文本更接近“基础本”或原始本，这一点实在难以肯定或否定，我们只好存而不论。白尔才外的译本，除了《五卷书》外，还插入了一些其他方面的印度故事。他这个巴列维译本的目的是为了满足艾奴施尔旺国王的想法：它不仅是一切教养的基础、所有知识的总汇、获得利益的向导，而且是到达阴间、消灭恐怖的钥匙，赋予国王以统治力量。最后一点与《五卷书》的内容不合，大概巴列维文译本中采用了一些佛教故事。

不管巴列维文译本对《五卷书》原本历史的研究有多么重要的意义，更重要的却在于，它是《五卷书》向西方传布的出发点。由此译本译出的阿拉伯文译本成为众多的欧亚语言译本或改写本的来源。约在十或十一世纪，出现了一本直接由阿文本译出的又一个叙利亚文本。十一世纪末，塞米翁（Symeon）把阿文译为希腊文。1583年，出现了一部由希腊文译成的意大利文本，译者是奴提（Giulio Nuti）。后来又出现了由希腊文本译出的两个拉丁文本、一个德文本和许多斯拉夫语的本子。十二世纪初，罗比·哲尔（Rabbi Joël）的古希伯来文译本出现，虽然只保存下来一个独一无二的并不完整的手抄本，它却有极大的意义。根据这个希伯来文译本，在1263年至1278年之间，一个改信基督教的犹太人卡普瓦（Johannes von Capua）译出了一个拉丁文本。1480年，这个拉丁文本有两个本子出版，根据的手抄本十分拙劣。佛尔（Anton von Pforr）根据一个比较好的手写本，将此书译为德文。从1483年起，这个德译本反复出版，在很长的时期内，此译本对于欧洲人了解《五卷书》贡献至大。它多方面地影响了德国文学。许多德国作家在创作时吸收其内容。根据本发伊的研究，著名的德国民间史诗《列那狐》（*Reineke Fuchs*）也受到了它的影响。有一些学者因此甚至主张，印度民族与德意志民族之间有着原始的亲属关系。今天看来，这种意见当然不够全面，然而德国一些学者对于《五卷书》的重视，可以想见了。这个德文译本还产生了丹麦文、冰岛文、荷兰文的译本。

根据卡普瓦的拉丁文译本，又利用了佛尔的德文译本，出现了一个西班牙文译本，1493年出版于萨拉古萨。根据此西班牙文译本出现了一个意大利文改写本，于1548年出版，1556年译为法文。1552年又出现了多尼（Doni）的意大利文译本，共分为两部分。第一部分由诺斯（Thomas North）译为英文，书名叫《多尼斯的伦理哲学》（伦敦，1570，1601年）。

十三世纪，伊里亚查（Jacob ben Eleazar）又从阿拉伯文译成了第二个希伯来文本，只有前半保存下来。更为重要的是1142年左右阿卜尔马里纳显拉剌（Abu'1-Maālī Nasrallāh ibn Muhammed ibn'Abdal-Hamīd）的波斯文译本。从这个译本中产生了许多东土耳其语的译本和改写本。首先是侯赛因·伊本·阿里阿尔瓦依茨（Hussain ibn'Alī al-Wā'iz）的新的波斯文改编本。这是一部波斯艺术诗的名著，文体藻饰雕琢，矫揉造作。这一个本子又成为众多欧、亚两洲语言译本的来源。在东方，它被译成了土耳其文、察哈台文、乔治亚文、格卢斯文，还有很多印度民族语言。在欧洲，大卫萨希德和高尔曼译为法文，1644年首先出版于巴黎，不久就译为瑞典文、英文，多次译为德文。这一本书被阿里－本沙里赫（'Ali-binSalib）译为土耳其文，献给了苏丹苏莱曼（Sultan Suleymanl 1512−1520）。加兰（Galland）和嘉东（Cardonne）将土耳其文译本译为法文，而这个法译本又被译为德文、荷兰文、匈牙利文和马来文。

大约在1251年，出现了一个直接从阿拉伯文《卡里来和笛木乃》译成的古西班牙文译本。一部分根据这个西班牙文译本，一部分根据卡普瓦的拉丁文本，白兹意（Raimonds de Béziers）写成了*Liber de Dina et Kalila*。根据一个不为众所周知的本子，意大利人包尔多（Baldo）写成了*Novus Esopus*，时间约在十二世纪前半。

一部分根据《卡里来和笛木乃》，一部分根据《五卷书》南印度改编本，出现了两部马来文的寓言书；1835年，阿布杜拉·本·阿布德尔卡德尔孟西（Abdullah Bin Abdelkader Munschi）根据泰米尔文本，写成了*Pandja Tandaram*。暹罗文有*Nouthuk Pakaratta*，老挝文有*Mulla Tautai*。暹罗文的*Paksi Pakarartam*（《鸟之书》）是模仿《五卷书》的。

上面介绍的情况已经够多了，但是远远没有罄尽。许多欧、亚文字的译本或改写本还没有能介绍，比如上面讲到的波斯文本，侯赛因·伊本·阿里·阿尔瓦依茨的本子，1854年被E. B. 伊斯特威克（Eastwick）译为英文，等等，等等。这一些书我不再详细介绍了。

看了上面还只能算是简要的介绍，我想，我们每个人都会感到吃惊，区区一本《五卷书》竟能传播得如此迅速，如此辽阔，传承头绪纷繁，线索错综迷离，看了简直令人眼花缭乱。许多学者做了大量十分细致的工作，才勉强理出几条线索。我们面对这个现象，好像是面对一首神奇的诗，一幅超妙的画，不知如何是好。上面引用沃尔福的话，《五卷书》译成的语言之多，仅次于《圣经》。《圣经》是宗教圣书，西方国家又利用它来达到自己侵略剥削的目的，宗教加政治，传播那样广是可以理解的。但是《五卷书》，既非宗教，也无政治；因此，它的流布就更令人不能不吃惊了。沃尔福的话是一百五十年前说的，从那以后，又不知出了多少语言的译本或改写本，比如我的汉译本就出版了没有多久。我个人觉得，在整个人类文学史上，《五卷书》是绝无仅有的一个例子。我如果不加以介绍，很多人就可能根本不知道有这样一回事。这会令人遗憾的。因此，我才以不能介绍而耿耿于怀。今天，值此书新版出版之际，我得以完成一件久想完成而没能完成的心事，我心中的快乐概可想见了。

现在留给我的任务是，怎样来解释这个奇特的现象。为什么世界文学史上有那么多的大家与名作却单单让貌不惊人的《五卷书》来独占鳌头呢？我想先引温特尼茨的一段话：

> 但是，正是这一种人类普遍的讲荒诞不经的故事的爱好，促成了这样一种情况，所有的民族、所有的人都乐意连异域的故事都有兴致去迅速据为己有，听人讲这些故事，而且去传播。更何况是，毫无疑义，人们创造故事的本领与听故事和讲故事的兴致，不成比例。在这方面，人类创造的天赋是有限的，也不是所有的民族天赋都是平等的，而讲故事的喜悦则是无限的。因此，一个只讲过一次的好故事，竟能有这样的生命力，几个世纪几个世纪地一而再再而三地被讲述，地理范围越来越扩大。

这一段话，我认为是讲得颇有道理的。马克思说，希腊神话有永恒的魅力，其中原因至少有一部分也可以这样解释。我觉得，《五卷书》也具有永恒的魅力，而且这种魅力是没有民族界限的，全世界所有的民族一视同仁。不管人类社会已经和将会进步到什么阶段，人类爱听故事爱讲故事的天性是不会泯灭的。

我有一个习惯——是好是坏，那就难说——，在一部新书出版时写前言或后记，我往往把自己的心情也写了进去。在本书的《再版后记》中，我曾写到我当时振奋的心情，我当时看一切东西都是玫瑰色的。然而，时隔九年，到了现在，我蓦地发现，世界上一切闪光的不都是金子。眼前的现实让我再也振奋不起来。盲目乐观，无疑自欺欺人。那么，阴霾中就没有光明了吗？我不敢说，反正现在我还看不到。但是，我自己的工作还要努力去做，我自己的责任还要去尽，直到我不能工作的那一天。我现已年近耄耋，还不敢倚老卖老，我也还没有打算做最后的总结。当年释迦牟尼有时候问人："少病少恼不？"我但愿自己少病少恼，别无奢望了。

最后我还想表示一点希望。前不久，我从台湾东吴大学林聪明教授那里听说，台湾一家出版社翻印了我的《五卷书》，把我的名字改为季宪林，以此来逃避国民党的检查。我当然觉得有点啼笑皆非。在旧社会公文中常把江洋大盗一类人的姓名加以改动，换上同音字，或加上偏旁。我在台湾竟成了江洋大盗一类人物，如此"殊荣"，竟于无意中得之，实在惭愧。但我并不怪这个出版社，"党国"如此规定，它有什么办法呢？我心里还隐隐有点欣慰：原来台湾也有人欣赏《五卷书》。我现在只希望，或者盼望，将来有朝一日，我的译著在台湾出版而不更改我的名字。到了那个时候，不但我自己，而且全体炎黄子孙都会扬眉吐气，无限振奋了。

1988年9月30日写完

漫谈比较文学史

我没有认真研究过比较文学史，也不知道现在比较文学史是否已经成为一个有严密理论体系的学科。我只是浏览过一些有关比较文学史的文章，对比较文学史很有兴趣，觉得应该用一些力量去研究、探讨，如此而已。

所有名称上带有“比较”字样的学科，比如比较语言学、比较宗教学、比较民俗学等等，其目的都不外是通过比较研究，发现出共同的规律，为以后的研究工作或其他措施找出指针，找出道路，从而推动科学研究工作和其他工作的发展。比较文学史当然也不能例外。

但是，在最初，比较文学史的研究者并没有完全意识到要探索什么规律。他们是从追溯一些寓言、童话或其他故事的发展、演变、传播的过程而开始研究工作的。我在这里举一个例子。大家都知道，举世闻名的古希腊的《伊索寓言》，曾被译成世界各种语言，受到广大读者的喜爱。但是，学者们发现，在这一部书里有许多寓言故事在其他国家的书里面也可以找得到，比如在古代印度的寓言童话集《五卷书》里。这是什么原因呢？

对于这个问题，现在归纳起来，不外有四种可能，也可以说是四种看法：第一，这些寓言故事是互不相谋地各自独立地产生出来的；第二，是互相学习、抄袭或模仿的；第三，产生在希腊；第四，产生在印度。

我不认为第一种可能或看法是可能的。一个内容完全相同或几乎完全相同的寓言故事而能互不相谋地各自独立地产生，是无法想象的。第二种可能或看法最有道理。这种可能或看法应该同第三四种结合起来考虑。

印度的寓言故事，不但见于《伊索寓言》中，也见于许多欧洲古代和近代的书中，比如《十日谈》、《拉芳丹寓言》、《格林童话集》等等。关于这个问题，欧洲学者们是有争论的。一派主张原产于希腊，另一派主张原产于印度。尽管他们的看法不同，但是有一点是相同的，他们承认这些寓言故事不是独立产生的，而是互相学习的。至于这些寓言故事的原产地究竟是希腊还是印度，我是主张：绝大部分源于印度。

有什么证明呢？

众所周知，印度在文艺创作方面是有一些特点的，印度人民比较富于幻想力。鲁迅说："尝闻天竺寓言之富，如大林深泉，他国艺文，往往蒙其影响。即翻为华言之佛经中，亦随在可见。"(《集外集·〈痴华鬘〉题记》)。这可以代表一些人的意见。

鲁迅在《中国小说史略》第五篇,《六朝之鬼神志怪书》(上)中，还举出了一个印度故事传入中国演变的过程。鲁迅指出，晋人荀氏作《灵鬼志》，记载了一个人走入笼中的故事，明确地说："有道人外国来。"换句话说，这个故事来自外国（印度）。吴均《续齐谐记》中那个阳羡鹅笼的故事，同《灵鬼志》是同一个故事。但是这里却再看不到"外国"的字样，而变成了一个中国的书生。从中可以看出这个故事传播演变的过程。这是很有说服力的一个例证。

如果认为上述例证还不够的话，我们还可以再举一个出来。上面谈到的那一部印度书《五卷书》源于印度，这是毫无可疑的。但是，这一部书却通过翻译几乎走遍了整个世界。《五卷书》在印度传本甚多，传播的地区很广，传播的时间很长。其中的寓言故事绝大部分都是民间故事，是老百姓创造出来的。以后，各个宗教都利用这些故事为宣扬自己的教义服务。有一些文人学士也在不同时期采用不同的形式，把这些故事搜集起来，加以整理、编写，写成了不同的书。《五卷书》是其中最著名最有代表性的一部。这一部书最晚的一个本子是公元十二世纪才纂成的。最早的本子始于何时，现在还说不清，恐怕要早上几百年，近千年。六世纪时，《五卷书》被译成了巴列维语。由巴列维语转译成阿拉伯语和古代叙利亚语。这个巴列维语译本现在已经佚失。但是根据这个译本而译出来的阿拉伯语译本，却以《卡里来和笛木乃》的名字，成为《五卷书》走遍全世界的阶梯。在十或十一世纪，阿译本又一次被译为叙利亚语。十一世纪末，阿译本被译成希腊语。希腊语译本产生了一个意大利语译本、两个拉丁语译本、一个德语译本和许多斯拉夫语译本，还出现了一个希伯来语译本。这个译本又译为拉丁语。从这个拉丁语译本中产生出来了一个德译本，1483年出版，对德国文学产生了极大的影响。这个德译本又被译为丹麦语、冰岛语、荷兰语。从拉丁语和德语译本中产生了一个西班牙语译本，1493年出版。这个西班牙语译本产生了一个意大利语译本，后者又被译成法语，辗转产生了英译本。十五世纪时又从阿拉伯文译本中产生了一个希伯来语译本。1142年出现了一个波斯语译本。从这个译本中产生出许多东土耳其语的译本。又出现了一个波斯语改写本，从这个改写本中产生出一大批欧洲和亚洲语言的译本。1644年出版了一个法语译本，这个译本被译为瑞典语、英语，多次译为德语。

我在这里无法详细叙述《五卷书》通过《卡里来和笛木乃》传播和演变的细节。上面说的仅仅是一个轮廓。这许许多多的译本清楚地说明了，原来产生在印度的一些寓言故事如何通过各种语言的译本，传遍了世界各地。不但传到亚洲其他各国，包括我们中国在内，而且传到欧洲各国，甚至非洲一些国家。关于传到中国的问题，我上面已经举了一个例子。类似的例子还可以举出不少。比如在《太平广记》和明末的许多笔记里还可以找到一些。可惜这个工作好像还没有认真严肃地开始。我觉得我们的中国研究文学或民间文学的学者们有责任来进行这方面的研究工作。我们中国同印度有着极为悠久的文化交流的历史。在其他方面，我们两国的学者都已经做了一些工作。独独在比较文学史方面，要做的工作还很多，这几乎是一个空白点，让我们来共同努力把这个空白点填补起来吧！

1979年10月29日

应该重视比较文学研究*

比较文学不是一门新兴的学科。很多国家多少年以前就有了。到了今年，在全世界范围内已经引起了广泛的注意，并且形成了许多以国家为单位的大的流派。

但是对于我们来说，比较文学却似乎是一门新兴的学科。很多人许多年以前就写过有关比较文学的论文，但自己并没有意识到自己从事的就是比较文学。可见这个概念并没有在他们头脑中生根。在那与世隔绝的十年中，国外比较文学的发展情况，同其他学科一样，对我们完全是陌生的。因此，在最近几年中，同国外研究比较文学的学者一接触，好多人都有豁然开朗之感。这一个对我们来说是旧雨的学科，反而有点像似曾相识的新交了。

为了继承并且发扬我们也曾有过的那一点传统，为了多了解当今世界学术的新的动向，我们想要提倡一下比较文学的研究。

尽管在世界上许多国家中比较文学的研究显得很热闹，很多大学都开设了比较文学系，但我们感觉到其中不是没有问题的。在世界文学史上，东方文学一向占据着很重要的地位，中国、印度、伊朗、阿拉伯、日本以及其他许多东方国家的文学对世界文学产生过巨大的影响，促进了世界文学的发展。但是到了今天，仅仅在比较文学这个小范围内，东方文学却远远没有得到应有的

---

* 本文是"北京大学比较文学研究丛书"的前言。丛书由北京大学比较文学研究会编辑，北京大学出版社1982年起开始出版。

重视。极少数人出于偏见；绝大多数人则囿于旧习，习惯于欧洲中心那一套做法，或多或少，有意无意，抹煞东方文学在世界文学中的作用。我们认为这不是科学的态度，这不利于世界各国人民之间的互相学习与互相了解。

因此，我们想着重提倡一下以东方文学为基础的比较文学的研究。

环顾今天国际上学术发展的动向，我觉得有两点很值得注意：一是边缘科学的兴起，一是比较研究方法的倡导。这二者既有区别，又有联系。我们国内学术界对于这种情况当然已经注意到了，但恐怕是很不够的。比如研究中国历史，具体地说研究中国史上奴隶社会向封建社会过渡的问题，争论已经进行了几十年，到现在还没有大家都承认的看法。其中原因当然很多，但最重要的原因之一，我认为，就是缺少比较的方法。如果把其他文明古国，比如说印度，由奴隶社会到封建社会的过渡细致地加以分析，加以对比，会大大扩大我们的视野，会提供给我们很多灵感，会大大有助于讨论的推进与深入。其他学科也有类似的问题。中国的社会科学，其中也包括人文科学，想要前进，想要有所突破，有所创新，除了努力学习马克思主义以外，利用比较的方法是关键之一。

因此，我们想借提倡比较文学的研究，提倡一下比较的方法。

这就是我们的一些简单的想法，实在是卑之无甚高论。但是我们的主观愿望是恳切的，我们的决心是大的。北京大学与人文科学有关的有四个语言文学系和两个同外国语言文学有关的研究所，尽管我们的水平还不够高，我们的学习任务还很重，但是有不少的同志有志于从事比较文学的研究，这是一支不能忽视的力量。我们已经建立了一个比较文学研究中心，成立了一个比较文学研究会。为了进行一些介绍情况的工作，我们打算先从翻译外国比较文学研究者的论文开始。换句话说，就是先做一些启蒙工作，其中包括对我们自己的启蒙。我们准备出一套“北京大学比较文学研究丛书”，为全国广大有兴趣者提供一些方便。现在集成的这一本算是这套丛书的第一册[1]。

我们当然不会只限于翻译介绍，我们同时也要认真做一些探讨研究的工作。以我们东方文学基础之雄厚，历史之悠久，我们中国文学在其中更占有独特的地位，只要我们肯努力学习，认真钻研，比较文学中国学派必定能建立起来，而且日益发扬光大。比较文学中国学派的建立，不但能促进我们的研究工作，而且能大大丰富世界比较文学的研究内容，加强世界各国人民之间的了解与友谊。愿与全国和全世界志同道合者共勉之。是为序。

1981年9月8日

注释：

1 指张隆溪选编的《比较文学译文集》，北京大学出版社1982年版。

我和比较文学
——答记者问

问：什么是比较文学？您为什么要研究比较文学？

答：我在大学里读的是西洋文学。毕业后，因为找不到适当的工作，滥竽充数，在高中教了一年国文。随后出国，开始学习梵文、巴利文、吐火罗文等等。回国以后，又由于种种原因，原来的研究工作难以进行，我又东抓西抓，翻译过德国短篇小说和古代印度戏剧、大史诗、寓言童话集等等，也写过有关中印关系、印度历史、印度古代语言和佛教以及吐火罗文的文章。总之，我从一开始就变成一个地地道道的“杂家”。现在，年届古稀，我忽然又对比较文学发生了兴趣，做了一些宣传鼓动的工作。难道我认为自己“杂”得还不够吗？我为什么又这样做呢？

对我们来说，比较文学是一个既古老又新鲜的学科。什么是比较文学？顾名思义，比较文学就是把不同国家的文学拿来加以比较。这可以说是狭义的比较文学。广义的比较文学是把文学同其他学科来比较，包括人文科学和社会科学，甚至自然科学在内。这样一来，比较的范围似乎宽广无边、无所不包，事实上，有的学者也对此提出不同的意见，甚至以国别为基础，形成了不同的学派。比如美国学派与法国学派，前者似乎倾向于广义而后者则倾向于狭义，到现在还得不到一致的意见。

仅拿一国文学同另一个或许多国文学的比较研究来说，也存在着重点不同的争论。有的学者着重于直接影响的探索。他们认为这样比较切实可靠。有的学者又侧重于平行发展的研究，不是直接影响，而是“人同此心，心同此理”，在文艺创作和文艺理论方面不谋而合。

我不想对比较文学下完整的定义，也不想陷于这些争论之中。我对此一无能力，也无兴趣。我在这里只想谈一谈我自己对研究比较文学意义的了解。

大家都承认，有比较才能有鉴别。比较能开拓我们的视野，提高我们的分析能力。我们都有这样的经验：如果我们只了解观察一种事物，我们的视野就受到限制，思路就容易僵化。只有把或多或少有某些类似之处或某些联系的事物摆在一起，加以观察，加以对比，我们才能够发现各个事物的优缺点，对我们自己比较熟悉的事物才能作出正确的评价：什么应该保留，什么应该扬弃，什么应该改进，什么应该补充，一目了然，毫无滞碍。

比较当然不限于文学，其他学科也同样可以比较；比如历史、文化、政治、经济、哲学、宗教、雕塑、绘画等等，无一不可以比较，无一不应该比较，而一经比较，必然会产生有益的效果。这一点我是深信不疑的。现在全国人民正讨论宪法草案，如果能讲点比较宪法学，我们就更能理解我们的宪法比其他一些国家的宪法优越之处，这样会更能增强我们建设社会主义国家，进行四个现代化的决心。

比较当然也要受到限制，并不是所有的东西都可以加以比较。佛爷同头发就无从比较。我上面说的，只有类似的或者相近的才能比较，就是这个意思。许多国内的学人和国外的朋友早就提出了建立一个比较文学中国学派的想法。这个想法也是不错的。究竟建立起一个什么样的中国学派，现在还无法臆测。现在的问题是起步走。对比较文学有兴趣的同志们同心协力，认真进行一些工作，到了一定的阶段，水到渠成，中国学派自然会带着自己的特点，出现于世界比较文学之林，为这门学科增添新的活力。

1982年5月23日

比较文学与民间文学研究相得益彰*

现在在我们国内，对民间文学研究的提倡，正在方兴未艾。同时，比较文学的研究也引起了广泛的兴趣。这二者其实是密切相关的。至少对目前的中国来说是这样。没有比较文学，则民间文学的研究将流于表面，趋于片面。没有民间文学，则比较文学研究内容也将受到限制。如果把二者结合起来，再加上我们丰富的古典文学和少数民族文学，这两方面的研究成果必将光辉灿烂，开辟一个新的天地。

我这里说的民间文学，不限于中国，外国的民间文学也包括在里面。

在世界上，只要有国家，就会有民间。只要有民间，几乎就都有民间文学。然而，民间文学的情况却是千差万别的。在所有的民间文学中，无论是从内容上来看，还是从数量上来看，无论是从影响来看，还是从历史来看，印度民间文学可以说是遥遥领先的。鲁迅先生说："尝闻天竺寓言之富，如大林深泉，他国艺文，往往蒙其影响。即翻为华言之佛经中，亦随在可见。"[1]这话实在说得很好。

鲁迅讲到"他国艺文，往往蒙其影响"，在这"他国"中，首先是我们中国。印度文学同中国文学的关系，自来论之者众矣。

---

* 本文为《印度民间故事》的序。该书由王树英等编译，北京大学出版社1984年8月第一版。

但是系统的研究，只能说是刚刚开始。因此，我们如果要研究外国民间文学，首先应该研究印度民间文学。在这方面，有大量的工作有待于我们去做，这一条道路真可以说是前途光明，是一条阳关大道。研究的成果，将会对我们建设社会主义精神文明、对加强中印两大民族间的了解与友谊，会有很大的帮助。这一点是肯定无疑的。

王树英等四位同志的《印度民间故事》，资料搜集得相当丰富，叙述也简明生动。我觉得，他们在这方面开了一个很好的头。我们希望他们能继续搞下去，同时也希望，研究中国民间文学的同志们也能把自己的眼光放远一些，从比较文学的观点上，来注意一下印度民间文学，则我国民间文学的研究和比较文学的研究，都将相得益彰，开出新鲜的花朵，为世界比较文学开辟一个新的园地，为建立比较文学的中国学派打下基础。

1982年12月23日

注释：

1 《鲁迅全集》第七卷，《集外集》。

汇入世界文学研究的洪流中去*

酝酿已久的《中国比较文学》现在终于同读者见面了。对于我们中国从事比较文学研究的同志们来说，这是一件十分值得庆祝的大事。

这一件事情表明，我们中国的同行们积极性是高的，我们新老之间，各学校、各单位之间，是能够为了一个共同目标而努力奋斗的，有积极性和团结协作是做好任何事情都必不可缺少的条件。

但是我们的任务却是异常艰巨的。同志们不是常讲：我们要建立比较文学研究的中国学派吗？对这样一件工作，我们一则感到要当仁不让；二则我们也会感觉到，我们心中的底并不是太具体的。

然而我们充满了信心。我们这信心的根据除了上面说的两个条件之外，还有我们中国从事比较文学研究的同志们所继承的传统以及我们目前的情况。我们有丰富的光辉灿烂的文化遗产，我们东方许多国家也同样有丰富的光辉灿烂的文化遗产。不属于我们这个“文化圈”里的人们，对这种文化遗产的了解往往给人以隔靴搔痒、没有搔到痒处之感。靠着这种了解来进行比较，其结果决不会十分美妙。

---

* 本文为《中国比较文学》(季羡林主编)发刊词。该刊1984年创刊，原由浙江文艺出版社出版，1986年起改为中国比较文学学会会刊，1988年起由上海外语教育出版社出版。

过去一百多年以来西方许多国家所进行的比较文学研究，不管人们对比较文学的理解如何分歧，其成绩是巨大的，其贡献是不可磨灭的，但其局限性也是显而易见的，在同一个“文化圈”内进行比较，眼界决不会宽阔，广度和深度都会受到影响。如果把东方文学，其中包括中国、印度、阿拉伯、伊朗等国的文学也纳入比较的轨道，眼界必然会宽阔，必然能达到空前的深度和广度，这一点恐怕是没有人能够否认的。我们想建立的中国学派，正是想纠正过去的偏颇，把比较文学的研究从狭隘的西方中心的小圈子里解放出来，把中国广大的比较文学爱好者的力量汇入全世界比较文学研究的洪流之中。我说，我们是有信心的，难道这信心没有事实根据吗？

但是，我们决不是为比较而比较。对我们来说，比较不是目的，而是手段。我们是想通过各国文学之间，特别是中国文学同其他国家文学之间的比较，东方文学与西方文学之间的比较，探讨出规律性的东西，以利于我们的借鉴，更好地继承和发扬我们民族传统中的精华，更好地创造我们社会主义新文艺，同时也有利于加强我们人民同其他国家人民的了解与友谊。

“大海从鱼跃，长空任鸟飞”，我们的活动范围是宽广的，我们的前景是美好的。让《中国比较文学》这一只报春的燕子展翅飞翔吧！

1983年7月14日

展望比较文学的中国学派*

记者：季先生，这几年，您在有关比较文学的论述中，曾特别强调要建立比较文学的中国学派。我们很想知道，建立这样一个学派，是出于什么考虑，有什么意义？

季：我们进行比较文学的研究，并不是为比较而比较，真正的目的是通过这种研究，发展我们自己的文学。比较文学在国外已发展了一百多年，形成了许多流派，取得了很大的成就。不过，其中也存在着一个较为普遍的弱点，就是对东方文学重视不够。西方的理论学家，往往"言必称希腊"，尽管他们有存在主义、结构主义、新批评派等等许多五花八门，甚至似乎是反传统的学说和流派，但在我们看来，都没有跳出亚里士多德以来的那一套传统——一种单一的欧洲传统。

记者：这也许是欧洲人过于自信，因而限制了自己的眼界吧？

季：欧洲人在现实中碰壁以后，往往会感到对东方文化的需求。第一次世界大战，一度打破了欧洲人对西方文明的自信，于是《老子》、《庄子》在那里大为盛行了一阵。后来，社会平静了，老庄不那么热了。不过第二次世界大战一打，西方人又去读《老子》、《庄子》。其实，中国文化哪里仅限于老庄！西方人需要中国的文化，但了解甚浅。比如我见过他们的几十种《老子》的译本，

---

* 本文是答《北京晚报》记者薛涌的提问，刊1984年12月24日《北京晚报》。

能准确反映《老子》思想的很少，多是夹杂着许多译者主观的东西。再如中国的诗，美国人也译，欧洲人也译，但真正体会其意境的有多少呢？我们建立比较文学的中国学派，并不是为中国文学夺“冠军”，不是意气之争，只是想能够较客观地认识中国文学及东方文学的价值和地位，吸收各学派的长处，建立一个科学的、有特点的比较文学体系，促进我们文学的发展。

记者：这一体系的建立，对其他相关的文学研究工作有什么影响？

季：我们现在迫切需要有一个较完整的文艺理论体系。西方的文艺理论，很深刻，也很片面，我们要吸收，但不能依靠。目前我们的一些文艺理论，大道理往往讲得头头是道，遇到实际问题则拿不出什么办法，很缺乏说服力。当然，马克思主义是我们的指导，这点不能动摇；但是，马克思主义的经典作家们没有留下系统的文艺理论著作。他们的想法和中国的文学传统结合起来会有什么结果？这里面有许多具体工作要做。我感到，文艺理论，不应空对空，也不必照搬西方那一套，而应该建立在对中国、印度、欧洲这三个文学传统的充分研究的基础上。这样的理论，才是比较完整、客观和科学的，才是成体系的。比较文学将会为这种理论体系的建立作出贡献。

文化交流与文学传播*

在人类历史上，文化交流是经常的、正常的现象。几千年的人类文明史证明了一个事实，这就是，国家无论大小，历史无论长短，尽管深度和广度有所不同，每一个国家都对人类文化作出了自己的贡献，每一个国家都是一方面接受别国的文化；一方面又把自己的文化送出去，送给别的国家，从而既丰富了自己的文化，也丰富了人类共同的文化宝库。

我认为，研究人类文化交流的历史是一门非常重要的学科。通过这种研究，可以让不同国家的人民认识到自己接受了一些什么东西，又给予了一些什么东西，从而一方面提高自己的信心，另一方面又得到一个正确的认识，认识到人类必须互相帮助、互相学习，哪一个国家也不能孤立，也不会孤立，也不曾孤立；这种认识对于增强国家和人民之间的友谊和了解会有很大的帮助，它会加强各国人民共同保卫世界和平、向着一个伟大目标奋进的决心。

专就中国而论，我们立国于亚洲大陆垂数千年。我们这个勤劳、勇敢、智慧的民族创造出了光辉灿烂的文化；我们国家是世界上少数文明古国之一。最难能可贵的是，我们的文化传统，经过了几千年的风风雨雨，始终没有中断。我们也是既接受，又给予，从而丰富了我们自己的文化，又对人类文化作出了出色的贡

* 本文是《中国传统小说在亚洲》一书的序，该书为法国苏尔梦博士著，颜保等译，国际文化出版公司1988年出版。

献。如果没有中国人民的几大发明，人们就很难想象，今天人类文化的发展会是一种什么样子。

我们在历史上同外国的文化交流，走过了一条漫长又曲折的道路。外国文化，有的是我们自己取来的；有的是外国人送来的。中国文化，有的是外国人来取的，有的是我们送去的。到了封建社会的后期，西方的殖民主义者蜂拥而来，中国人民在内外交迫、水深火热中，许多人到海外谋生；有的被欺骗卖往外国。东南亚国家的华侨社会就是这样形成的。这些华侨带去了劳动力，给所在国的经济发展作出了贡献。他们也带去了中国文化，给所在国的精神文明的建设增添了砖瓦。总起来看，华侨对加强我国和外国的文化交流，发挥了重要的作用。

亚洲国家到中国来取的中国文化和中国华侨带出去的中国文化，是多方面的，头绪是异常复杂的。中国的文学艺术是其中的重要组成部分。长期流行于中国民间的、家喻户晓的文学作品，比如《三国志演义》、《西游记》、《今古奇观》、《水浒传》、《金瓶梅》、《聊斋志异》、《红楼梦》等等，还有一些在中国不大为人所知的小说，比如《金云翘传》、《二度梅》、《剪灯新话》、《剪灯余话》等等，都传了出去。流行于中国民间的梁山伯与祝英台的故事也同样传至国外。最初大概是流行于华人社会中；后来逐渐被译成了当地的文字，流传到当地居民中间，流传的范围大大地扩大了。这些作品不同程度地在当地产生了影响，使当地居民更进一步了解了中国，从而加深了中国人民和这些国家人民之间的友谊。

我在上面已经讲到研究国与国之间的文化交流的重要性。在我们过去的正史上，我们的先人对于这方面是非常重视的。我们从外国学习了什么东西，有什么外国的物品传入了中国，不管是动物、植物和矿物，还是科学技术、宗教、哲学，我们都一一记述明确。我认为，这是我们中国历史科学的一个非常值得重视、非常值得赞赏的优秀传统。

可惜的是，这种锐意研究中外文化交流的好传统，到了近代没有能很好地继承下来。仅有极少数的学者从事这方面的研究，而成绩远不能说是令人满意的。中外文化交流的研究眼看要成为绝学了。

中国有句古语说："礼失而求诸野。"把这一句话用到这里，虽然有点牵强，但也略能表示意思。过去中国自己的研究不景气，在一些外国却是成绩辉煌。德国、苏联、日本、朝鲜、澳大利亚、英国、美国、法国等国都有一些学者从事这方面的研究，而且取得了可喜的成绩。这都值得我们认真学习。这也算是一种"礼失而求诸野"吧。在这些国家中，法国算是比较突出的。

众所周知，近一百多年以来，外国研究汉学，人才之多，成绩之大，方面之广，钻研之深，在这些国家中，法国是得到大家承认的。最近几十年来，虽然时事多变，沧海桑田，但是法国的汉学传统始终未断，而且还有发扬光大之势。新崛起的一代，灿若列星，成绩斐然，大有青出于蓝而胜于蓝之势，令人对法国汉学发展的前途充满了信心。

在这新的一代汉学家中，特别值得一提的是著名的学者苏尔梦博士，还有她的丈夫龙巴尔教授。两个人都是涉猎面很广、钻研很深、成绩卓著，在国际汉学界普遍受到赞扬的学者。他们还有一个共同的特点，就是，除了汉学之外，他们对东南亚各国的历史、语言、文学、宗教都有湛深的研究。他们不是停留在故纸堆中，而是经常到这一带去旅行，广交朋友，深入调查，掌握大量的活的资料，以之与书本上的记载和古代遗留下来的实物相印证。这样得到的成果必然是扎实可靠而又生动活泼，与某些学者的高头讲章迥然不同。谓予不信，苏尔梦博士编选的这一部书:《中国传统小说在亚洲》就是一个很好的证明。

我现在简略地介绍一下苏尔梦博士的学历和学术成果。她生于1938年，1962年毕业于法国东方语言学院中文系：1963年获法学学士学位；1964年获文学学士学位；1964年至1966年，在北京大学学习历史；1966年至1969年，在印度尼西亚进行实地调查；1969年毕业于高级行政学院；1970年获国家文学博士。1972年至1973年，在日本收集中文资料。她目前的职务是国家科学研究中心研究室主任。

苏尔梦博士的著作涉及的方面很广泛。我无法详细介绍，只能举出几部和几篇，以见一斑:《适应汉文化的一个例子：十八世纪的贵州省》，长达四百六十一页。《雅加达的中国人，寺庙和公共生活》，长达三百五十八页。《印度尼西亚的中国人用马来文写的文学作品》，长达五百八十八页。此外她还写了很多论文，有的讲望加锡的中国社会，有的讲爪哇的中国宗教，有的讲中国人对东南亚发展的贡献，有的讲泗水的中国社会史，有的讲爪哇的中国碑文，等等，等等，内容丰富多采，材料翔实可靠。

现在的这一部《中国传统小说在亚洲》，是苏尔梦博士编著的。收中、法、苏、德、日、朝、柬、印尼、泰、美、澳等国家学者的研究成果十七篇。苏尔梦博士为这部书写了引论。从中可以看出这许多国家学者的成绩，也表现了苏尔梦博士的热心与能力。北京大学比较文学研究所和有关系、科的许多同志集体将其由英文译成中文。国际文化出版公司用中文和英文分别予以出版。这部书的出版，我认为是非常有意义的。中国人民读了，能够了解我们所熟悉的许多文学作品在亚洲各国传播的情况，一定会感到异常地亲切。亚洲各国人民读了，能够了解到他们从中国文学中接受了一些什么东西，从而增强对中国的了解，巩固早已存在于他们和中国人民之间的传统友谊。所有这一切，都能把中国人民的心和亚洲其他国家人民的心拉得更加靠拢，拉得更近。这肯定会对保卫世界和平、加强国际团结起作用。苏尔梦博士以一个置身于亚洲范围以外的第三者的身份——请原谅我用了这样一个看来是见外的词语——，替我们亚洲做了一件大好的事情，实际上也是替世界做了一件大好的事情，难道我们还不应该衷心地感谢她吗？是为序。

1985年5月3日于北京大学

资料工作是影响研究的基础*

在乐黛云同志主持下，郁龙余同志编选了一本《中印文学关系源流》。这是深圳大学对中国比较文学研究的一个贡献，郁龙余同志来信要我写一篇序言。写序本不敢当，我想借这个机会谈一点眼前我自己对比较文学研究的想法。

现在，在全国范围内，文学研究领域里出现了一个很好的势头：比较文学这一个老而又新的学科蓬勃发展起来。在全国很多地方纷纷成立学会，翻译文章，出版杂志，撰写专著。许多青年学生更是心向往之。看来这势头还在方兴未艾，发展前途是非常令人欢欣鼓舞的。

但是，如何进行比较文学研究呢？

对于这个问题，很多人都说不清楚。用简洁扼要的语言来回答这个问题，我自己也是办不到的。依我看，在世界上其他比较文学发达的国家，这个问题同样没有解决，好像都处在一个摸索阶段。众所周知，世界上有一些不同的比较文学流派，什么美国学派，法国学派，德国学派，苏联学派等等。这些学派各有特色，各有建树。提纲挈领地说，世界上可以说是有两大学派，代表两个不同的研究方向：一派着重研究直接影响，以法国学派为代表；一派着重研究平行发展，以美国学派为代表。这两大学派各有拥

---

* 本文是为《中印文学关系源流》（郁龙余选编）所写的序，湖南文艺出版社在出版该书时未收入。

护者，不尽是一个国家的人。两派各自提出种种理由，或者种种理论，为自己的学派辩护。——我在这里想顺便谈一谈我对外国新理论的看法，文学理论和比较文学理论都包括在内。对于这些理论，我们一定认真研究，决不能抱任何成见。但是，我们也必须清醒地看到，我们决不能作任何新奇理论的俘虏。有一些外国理论，不客气地说，简直是故弄玄虚，英雄欺人。如果我们让它牵着鼻子走，就会拜倒在它的脚下，成为它的俘虏。多少年来，我就感觉到，中国学者太老实。我们几乎没有创立什么新的文艺理论。难道是我们真不行吗？否，否，我们不是不行，而是吃亏在太老实。对于比较文学的理论，我也是作如是观。话再回到本题。对于上述两大流派，有一些学者的意见是，专研究直接影响，失之太狭；专研究平行发展，又失之太泛。而且两者在过去都有点轻视东方文学。他们的所谓比较几乎只限于同一文化体系内的比较，都是近亲，彼此彼此，比来比去，比不出什么名堂。在这一方面，两者又同有一失，失之闭塞。

我们中国的比较文学应该怎么办呢？

据我个人的看法，我们应该力矫上述两个流派的弊病，融合二者之长，而去其偏颇，走出我们自己的一条新路来。我们一定要先做点扎扎实实的工作，从研究直接影响入手，努力细致地去搜求资料，在西方各国之间，在东方各国之间，特别是在东方与西方之间，从民间文学一直到文人学士的个人著作中去搜寻直接影响的证据，爬罗剔抉，刮垢磨光，一定要有根有据，决不能捕风捉影。然后再在这个基础上归纳出规律性的东西，借以知古，借以鉴今，期能有助于我们自己的文艺创作，为我们的文艺创作充实新的内容，增添新的色彩。这样的工作做好，再进一步进行平行发展的研究。这样的研究成果才不至于流于空泛、缺乏说服力。

如果一开始就毫无准备、毫无资料地贸然从事所谓平行发展的研究，如像一些诗人所说的那样，“让自己的幻想插上翅膀”，那就会漫无边际。如果插上的是大鹏金翅鸟的翅膀，那就更不得了。“上穷碧落下黄泉”，结果必然是“两处茫茫皆不见”，那结果就不知道伊于胡底了。一个朋友很有风趣地说，现在的比较文学好像是有“无限的可比性”。这句话真正搔着了痒处。什么东西到了无限，那结果必然是有限。人的思维是既复杂，又有窠臼，社会现象也是既复杂又有窠臼。人同此心，心同此理。吃饭，睡觉，做梦，求爱，幻想，沉思，经商，治国，等等，等等，无法一一罗列；这些现象无不可比。而每比又必然有结果，深刻的结果难得，肤浅的结果易求。总之是这样的文章，人人能写，时时能写，处处能写。但是，结果怎样呢？结果是灾祸梨枣，看了等于不看。

你反对幻想。否，我不反对幻想。大家都知道，没有幻想，就没有诗歌；没有幻想，就没有科学。我反对的只是那些不费吹灰之力、草率从事、信手拈来的幻想。

你完全否定平行发展的研究。否，我从来没有笼统地反对平行发展的研究。我反对的只是那些一无基础、二无资料，完全靠着自己的“天才”、“灵感”，率尔下笔，大言不惭，说句难听的话，就是自欺欺人的所谓平行发展的研究。

我强调搜集资料，但是有的人却嗤之以鼻，认为搜集资料是低级脑力劳动，仿佛资料就摆在那里，唾手可得，用不着费多大力量。有这种想法的人，我怀疑从来就没有搜集过资料，一点也不了解其中的甘苦。一个比较文学研究者要想在两个国家的文学中，包括书面的和口头的文学都在内，搜集资料，搜集有关直接影响的资料，起码要对两个国家的文学有深厚的功力，博览群书，有很强的记忆力，然后才能在两个方面发现主题相同、情节相同、语言相同、内容相同的材料。有时候简直是可遇而不可求。你如果对一个故事发生了兴趣，想到别的国家的文学中去找相同或者相类的故事，那真如大海捞针。结果总是捞不到的。有时候，"踏破铁鞋无觅处，得来全不费工夫"，这样的偶然性会给人们带来极大的喜悦，一篇短短的不起眼的短文，往往产生于这样的偶然性。其中滋味，如人饮水，冷暖自知，实不足为外人道也。

我上面这一段话，只是想说明，搜集资料并不容易。但是，我们也决不能就满足于搜集资料。搜集资料，不管多么重要，还不能就说是比较文学研究的全部。我们还要进一步加强理论修养，所谓加强理论修养，无非是多一点唯物主义，多一点辩证法。也许有人认为这是老生常谈。老生常谈就没有意义了吗？人必须吃饭，这是地地道道的老生常谈；但是谁不承认这也是地地道道的真理呢？没有唯物主义，没有辩证法，比较文学的研究决不能走出新路子，开创新局面。即使能哗众取宠于一时，必将失败于永久。

我上面这些想法，只能算是一得之愚，卑之无甚高论。我从来不喜欢，也不善于隐藏自己的观点，现在就直率地讲了出来，供志同道合者参考。

综观这本书的全部内容，我认为，它的指导思想，或者它的做法是同我的想法一致的。选入的文章几乎都是有关直接影响的东西。也或许是，正是为了给本书辩护，我才写出了自己的观点。总之，本书的编选态度是严肃的，我提出的想法也是严肃的。是非曲直，读者自能判断。我现在再向深圳大学，向乐黛云同志，向郁龙余同志表示谢意，感谢他们给中国比较文学研究作出了这样一个可喜的贡献。

1985年5月5日北京大学

当前中国比较文学的七个问题*

一　关于“危机”的问题

现在国内学术界好像正吹着一阵“危机风”。有人说，中国的哲学研究发生了危机；有人说，中国的马列主义研究发生了危机；又有人说，中国的历史研究发生了危机；有人甚至说，连中国的散文写作和新闻纪录片都发生了危机。一片危机之声，甚嚣尘上。其中中青年学者的危机声喊得最高，从而引起了热烈的争论，可是公说公有理，婆说婆有理，没有什么结论。

说某一个学科产生了危机不一定是坏事。它表明这一学科的学者不满足于目前的现状，而想有所突破，有所前进。但是真理超过一分就会成为谬误。危机嚷得太厉害了，也会引起人的怀疑：哪里有那么些危机呀！是不是有意与无意之间危言耸听呀！大家都承认，对于科学研究来说，眼前是解放后最有生气、最活跃的时期，同危机是不沾边的。

拿历史科学来讲，我就不认为有什么危机。不足之处当然是有的。主要是在引进马克思主义的同时，从某一个国家引进了他们那里流行的僵硬死板的教条主义。讨论问题多半是空对空，教条对教条，让中国的历史科学陷入了僵硬死板的境地。讨论的问

* 本文是作者1986年在北京大学东语系和比较文学研究所举办的“全国首届东方文学比较研究”学术讨论会上的发言。

题范围极狭窄，除了政治史和经济史以外几乎没有专业的历史著作，对科技史也几乎完全忽略。这只能算是方法和内容上的不足之处，不能算是危机。

我们的比较文学有没有危机呢？前些年一位外国学者写过《比较文学的危机》的文章，观点也很狭隘。我认为，我们目前只有不足之处，有有待于进一步明确之处，而没有危机。我说有有待于明确之处指的是比较文学的范围。

二　比较文学的范围

我看过不少的国内大学或师范学院的学报，里面刊载了一些比较文学的文章。给我的印象是：题目大同小异。总是A国的B同C国的D比较。我们这次研讨会上的文章也有类似的情况。光是泰戈尔同什么人比的文章就有四篇之多，过去有一个同志曾使用过“无限可比性”这一个词儿。比是可以的，但到了“无限”的程度，恐怕就有了问题。一门学科总应该有一定的界限，一定的范围。“无限”了，就失去一个学科存在的可能性。本世纪以前，科学都是纯粹的、单一的，物理就是物理，化学就是化学。近几十年以来，边缘科学出现了，什么物理化学，又是什么化学物理。即使是边缘科学也是有一定的范围的，决不能“无限”。列宁在《谈谈辩证法问题》中提到一些学科中的矛盾的普遍性：在数学中，正和负，微分和积分；在力学上，作用和反作用；在物理中，阳电和阴电；在化学中，原子的化合和分解；在社会科学中，阶级斗争。这种矛盾决定一个学科的内容，也就是它的范围。我们的比较文学也应有个范围，不管是影响研究，还是平行研究，都有主要要解决的矛盾。

一国的某一个作家同另一国的某一个作家比较，不是不可以。但是这种题目似易而实难。一个普通的大学生拿到这样一个题目，总能写成一篇文章的。什么人民性，什么艺术性，什么阶级局限性等等，新旧八股一搅拌，就能出一篇文章，看上去还头头是道。但是搔不着痒处，写了等于不写。

要解决这个问题并不容易。首先要感觉到，也要承认有这样一个问题存在。然后再通过仔细探讨，勤奋实践，看能不能给比较文学划一个明确的界限，明确的范围，使之真正能成为一门独立的学科。

三　比较文学的目的或作用

我们现在进行比较文学的研究，总要讲上几句类似“通过比较找出一些规律性的东西”的话。这句话并没有错，但是找出了规律性的东西，问题就结束了吗？目的就达到了吗？我认为还没有达到。这一些规律性的东西必须有点用处，为规律而规律也不见得是正确的。我从前总喜欢用一句话：帮助我们社会主义新文学的发展。现在看来，这还不够具体，不够全面。通过比较而得出来的规律可能有很多用处，比如有同志讲，在印度，人们想通过印度国内各种语言文学的比较而达到写一部完整的印度文学史的目的。写一部完整的中国文学史（不仅仅是汉文文学史，而是包括全国各族文学的文学史），是不是也必须进行一些民族文学间的比较研究呢？关于一国之内各种语言文学的比较，算不算比较文学，下面我还要再讲。

除此以外，还有很多别的用处。总之，我们研究比较文学，不要怕人说是“实用主义”、功利主义。干一件事情有时候必须考虑一下实用，考虑一下功利，否则，自己就会堕入别人或自己挖好的陷阱内而不能自拔。

四 关于新名词的问题

近若干年以来，国际上兴起了许多新兴学科、边缘学科，从而产生了大量的新名词，翻译成中文的日益增多。我们研讨会的论文中就出了不少新名词。新兴学科和新名词都标明科学的进步，绝对不是坏事。有的新的概念，旧名词不足以表达之，新名词的创造就是不可避免的了。

为什么当前我们文艺界有不少人士大声疾呼新名词泛滥成灾了呢？对这个问题应该怎样看待呢？我个人认为，非使用不可的新名词，使用它们是无可非议的。有的用旧名词可以说清楚的问题，就不必强行使用稀奇古怪的新名词。有的文章全篇都是新名词，最后读者不知所云，给人以新奇文浅陋的印象，这不是可取的做法。盲目反对新名词，不经过思索钻研，有时候甚至是十分艰苦的思索，而拒绝一切新名词，也同样不是可取的做法。对一切外国的新鲜事物，我们一不应盲目抗拒，二不应盲目崇拜，并不是外国眼前流行的新理论都是能站得住脚的。这些理论大都还没有经过时间的考验。这一点我们必须注意。

五 世界文学

世界文学是我们非常熟悉的一个名词。在我们会上的论文中也有不少篇提到世界文学。但是什么是世界文学呢？好像并不清楚。

1827年1月31日，歌德同爱克曼谈话，说他正读一本中国传奇（很可能是《风月好逑传》）。他大大地吹嘘了一番，说：

> 并不像人们所猜想的那样奇怪。中国人在思想、行为和情感方面几乎和我们一样，使我们很快就感到他们是我们的同类人，只是在他们那里一切都比我们这里更明朗，更纯洁，也更合乎道德。在他们那里，一切都是可以理解的，平易近人的，没有强烈的情欲和飞腾动荡的诗兴，因此和我写的《赫尔曼与窦绿台》以及英国理查生写的小说有很多类似的地方。他们还有一个特点，人和大自然是生活在一起的。你经常听到金鱼在池子里跳跃，鸟儿在枝头歌唱不停，白天总是阳光灿烂，夜晚也总是月白风清。月亮是经常谈到的，只是月亮不改变自然风景，它和太阳一样明亮。房屋内部和中国画一样整洁雅致。例如"我听到美妙的姑娘们在笑，等我见到她们时，她们正躺在藤椅上"，这就是一个顶美妙的情景。藤椅令人想到极轻极雅。故事里穿插着无数的典故，援用起来很像格言，例如说有一个姑娘脚步轻盈，站在一朵花上，花也没有损伤；又说有一个德才兼备的年轻人三十岁就荣幸地和皇帝谈话，又说有一对钟情的男女在长期相识中很贞洁自持，有一次他俩不得不同在一间房里过夜，就谈了一夜的话，谁也不惹谁。还有许多典故

> 都涉及道德和礼仪。正是这种在一切方面保持严格的节制，使得中国维持到几千年之久，而且还会长存下去。

最后歌德说：

> 民族文学在现代算不了很大的一回事，世界文学的时代已快来临了。现在每个人都应该出力促使它早日来临。不过我们一方面这样重视外国文学，另一方面也不应拘守某一种特殊的文学，奉它为模范。我们不应该认为中国人或塞尔维亚人、卡尔德隆或尼伯龙根就可以作为模范。如果需要模范，我们就要经常回到古希腊人那里去找：他们的作品所描绘的总是美好的人。对其他一切文学我们都应只用历史眼光去看。碰到好的作品，只要它还有可取之处，就把它吸收过来。

但是歌德没有给“世界文学”下个定义。

二十七年以后，在1848年，马克思和恩格斯在《共产党宣言》中说：

> 各民族的精神产品成了公共的财产。民族的片面性和局限性日益成为不可能，于是由许多种民族的和地方的文学形成了一种世界的文学。

他们也没有给世界文学下个定义。

陈泓同志曾说："只有这样，中国当代文学才能稳健地走向世界文学。"你心目中的世界文学是什么呢？我很想知道。我在其他的文章中也见到有世界文学这个词儿，我也很想知道，这些同志心目中什么是世界文学。哪篇文章都没有定义或者说明，好像已经不成问题。实际上是有问题的。似乎还很少有人认真考虑过这个问题。

我个人认为，从比较文学的角度来看，世界各国文学越古则其特性也愈突出，试想中国的《诗经》和古希腊史诗或印度史诗有多少共同之处呢？影响更难说。时代愈向前进，文化交流，其中包括文学交流，愈来愈频繁，相互影响愈来愈多。这是很自然的事情。到了统一的世界市场形成以后，各国文学就逐渐一元化，于是就形成了世界文学。我觉得，这个一元化主要表现在形式方面。内容方面则各国文学仍然或多或少地保留其民族特点。试以中国为例，近代中国文学受外来的影响，笼统地说，可以说自林译小说开始，量大，影响大。但在形式方面，没有多少新东西，基本上仍然是旧的那一套。形式方面受影响，应该自五四运动算起，鲁迅的《狂人日记》是著名的例子。从形式上来看，它既非唐代传奇，也非《聊斋志异》，而是西方的文学样式（包括沙俄在内）。但在内容方面则全是中国的。长篇小说应该从茅盾、巴金算起。诗歌应该从胡适等算起。戏剧应该从郭沫若、田汉算起。中国进入世界文学，应该从此时算起。这些东西从形式上来看同欧洲文学没有区别。不但中国如此，其他国家日本、印度等莫不皆然，只是进入的时间有先有后，这真可以算是世界文学了。"踏破铁鞋无觅处，得来全不费工夫"，在不知不觉中，我们都进入了世界文学的行列。但是从形式上来看，这个世界文学是欧洲资本主义国家垄断的，我们现在实际上已经处在世界文学之中，用不着再“走向”了。问题只是，我们在世界文学中占什么样的地位。总之，所谓世界文学，内容是民族的，形式是世界的，总是先有民族的，然后才是世界的。只要国家民族还存在，就决不会有一个超出一切国家民族高悬在空中的空洞的世界文学。

有的同志在文章中谈到寻求新的表现形式的问题。我同意这个看法。从世界文学角度来看，形式改变是不可避免的。我想提一个问题：恢复旧的形式，再加上新的东西，是不是也算是形式上的创造呢？拿小说为例，现在“世界文学”的写法同中国旧的写法完全不一样。中国旧形式总是从“话说”开始，把人物，时间，地点都交代清楚，然后故事才展开。今天的“世界文学”则不然。突然出现什么人，说什么话或者描写一段景物，有如阳朔奇峰，拔地而起，然后再或早或晚地把故事线索点出来。电影出现以后，文学叙述形式也受到影响。我们那种“话说”的形式为什么就不好呢？我只是提出了这个问题供大家参考。

六　日本文学的启示

中国文学和日本文学，以及其他国家的文学都已进入世界文学的领域。日本文学同我国关系密切，对中国新文学的发展有过极大的影响。在这次研讨会上有许多篇论文说到了日本文学以及它同中国文学的关系，发表了极有见地的意见。

我现在想就日本文学提出几个问题，供同志们思考。

首先，中国同日本有许多类似的地方，在过去，这种类似的地方还要更多一些，两国文化有密切的关系，这是尽人皆知的事实。可是到了现在，在发展生产力方面，为什么有了这样大的差别？从历史上来看，日本在明治维新以前，完全是一个封建国家，一套完整的封建思想和宗教体系笼罩着日本。但是经过了明治维新，接受了一整套西方资产阶级的东西，包括政治、经济、文化、教育、科学、文学等各个方面，面貌焕然一新。先后战胜了沙俄和大清帝国，一跃而成为资本主义国家中的新秀。到了今天，生产力之发展，引起了全世界的瞩目，连帝国主义的老牌大国都有点谈虎色变。可是日本国内封建思想还是有的。从电视剧《阿信》里就可以清楚地看到这一点。天皇仍然有至高无上的威望，尽管他并不介入实际的政治。从形式上来看，宗教影响更大。仅京都就有大小佛寺和神社一千七百处，这要比“南朝四百八十寺”还多。然而所有这一切都并没有影响日本生产力的发展。反观中国，大家都承认，在我们的社会里沉重的封建思想包袱大大地阻碍了政治、经济的发展和生产力的发展。大家也都承认，中国缺少资本主义发达的商品经济阶段。而日本则不同，其中奥秘究竟何在呢？在日本近代现代文学中对上述的各种现象应该有所表现，有所反映。过去似乎还没有注意到这方面的问题，因而也就没有去做探讨，我觉得我们应该补这个课。

还有一个问题我也想提出来。日本进入世界文学比中国要早一点，这同进入世界市场是密切相连的。日本长篇和短篇小说，在形式上也都“西化”了。戏剧亦然。但是为什么独独新诗不发达呢？介绍到中国来的日本文学作品，绝大部分都是长、短篇小说，戏剧和散文有一点，古代俳句则数量颇多，但是几乎一首日本新诗都没有。在日本本国新诗歌也不受到重视，没有听说有什么重要的新诗人，这个问题不是也同样有趣而值得探讨吗？

七　一国中民族文学的比较问题

西方一些比较文学的学者，提出了一个说法：在一个国家中，不能进行比较文学的研究。我认为这是一种洋“塔布”（taboo）。这洋塔布厉害得很，它禁锢了我们同志们的心灵，不敢越雷池一步。去年在深圳会议上就有人向我提出了这个问题，我明确答复说：这是一种洋塔布，必须推翻。

有这种主张的是欧美人。他们知道的“世界”只有欧美。在那里很少有多民族的国家，往往一国之中只有一种主要语言，因此，要进行比较文学研究必须跨越国家。但是像中国，还有印度这样的国家，国内民族林立。在历史上本来也有可能像欧洲那样分裂成众多的民族国家，可是由于某一些机缘，没有分裂，而是形成了一个统一的大国。在这样的国家中，民族文学之间的差别不下于欧洲国与国之间的文学。因此，在中国和印度，民族文学之间是可以而且应该进行比较研究的。

1986年9月18日中秋之夜写完

比较文学的发展是一种历史的必然*

几年前，我曾说过一句话：比较文学日益成为一门显学。现在，无论是从世界范围来看，还是从中国国内来看，比较文学的发展都异常迅速。这就说明，我那一句话并没有落空。

形成这种情况的原因何在呢？难道说仅仅是由于学者的努力吗？学者们的努力是非常重要的、不可缺少的。但是，更重要的是——我想套用本书的一个观点：比较文学的发展是一种历史的必然。这种发展是合乎规律的，顺乎世界潮流的，沛然不能抗御的。学者们只不过成了表达这个规律和潮流的工具而已。

从整个世界文化的发展来看，也有同样的现象。有人说，今天的两年，等于本世纪初的二十年，等于历史上的二千年。无数事实都能证明，这几句话并没有夸大之处。

处在社会主义初级阶段的中国，必须认清当前世界文化发展的潮流，奋力追赶，否则就必然受到惩罚。我们不但要追赶世界潮流，而且还要尽可能地推动潮流前进。只有这样才算是顺应潮流，与时代同步前进。

专就文学研究而言，比较文学在我国算是一门新兴学科，方兴未艾，充满了活力。这就说明，我们在这一方面赶上了世界潮流。最近几年以来，许多大学争相开设比较文学的课程，撰写的

---

* 本文是《比较文学概论》（陈惇、刘象愚著）一书的序言。该书由北京师范大学出版社1988年出版。

专著和论文日益增多，青年学习的兴趣也越来越高涨。对我国社会主义建设来说，这是非常好的现象，对发展我国社会主义文艺，建设社会主义精神文明，是必不可少的。

陈惇、刘象愚二同志的这一本书，也可以说是应运而生的。它不是这一类书的第一本；但是，我想借用中国一句老话：后来居上。当然不会在所有的方面都居上。我们现有的几本比较文学概论一类的书，是八仙过海，各显神通，各有各的优点和特点。陈、刘二位的这一本书也有其特点。它介绍了国际国内比较文学发展的历史和现况，介绍了比较文学的定义、理论和方法，但它的作者不是单纯地介绍，而是把自己也摆进去，把自己摆进去而又不强加于人，以讨论的口吻，与读者平等对话。我个人认为，在目前比较文学还没有发展成为有严格范围和固定内容的专门学科的情况下，这是唯一正确的态度。青年读者读了本书以后，自然而然地就会抱一种态度：借鉴而不为奴，求知兼又创新。这对青年理解能力的提高、知识面的扩大，以及创造性的发挥，都会有很大的好处。中国比较文学的发展重任已经历史地落到青年们的肩上。

国家教委规定比较文学为某一些科系的必修课，是有真知灼见之举。陈惇、刘象愚二同志又写了这样一本有真知灼见的比较文学教科书，真可谓珠联璧合。我非常高兴为这一本书写了上面的那些话，算是序，用意只不过是锦上添花、鼓吹升平而已。

1987年12月15日

少数民族文学应纳入比较文学研究的轨道*

在中国，比较文学研究的高潮掀起得比较晚，一直到了二十世纪七十年代，才算有了一个新的起点。

但是，新起点一旦形成，便迅速地发展起来。在不到十年这样短暂的时间里，全国比较文学学会已经成立，各省市的比较文学学会也相继成立，全国性的比较文学杂志也已出版，还有一份专门介绍比较文学的英文杂志。大量的专著和论文纷至沓来，著作和译著都有。青年学生兴趣高涨，看来发展的势头正在方兴未艾。

现在庹修宏和陈守成等同志又把比较文学的研究范围扩大到对中国少数民族的文学和作家的研究上来，为中国比较文学研究开辟了一个新天地。这是十分值得欢迎的。

但是，我认为，我们决不能以此为满足而停步不前。我们还要向前迈进。西方一些比较文学家说什么比较文学只能在国与国之间才能进行，这种说法对欧洲也许不无意义。但是对于我们这样一个多民族的大国来说，它无疑只是一种教条，我们绝对不能使用。我们不但要把我国少数民族的文学纳入比较文学的轨道——这一本论文集已经这样做了，而且我们还要在我国各民族之间进行比较文学的活动。这一点，本论文集还没有尝试。其实

---

* 本文是《中国民族文学与外国文学比较》（陈守成等主编）的序。该书由中央民族学院出版社1989年5月出版。

这是一个广阔天地，大有可为。

多少年来我就有一个感觉，觉得我们对国内少数民族文学，包括民间文学在内，虽然进行了一些研究工作，但是总起来看是非常不够的，而且也非常不平衡。中国少数民族文学异常地丰富，你只需想一想云南地区的少数民族文学的情况，想一想内蒙、西藏和新疆地区的少数民族文学的情况，便一目了然，其他地区也一样。但是我们做了多少研究工作呢？应该承认，还非常少。现在认识到这种情况的人多起来了，大家正在努力加以弥补。

这些地区的民间文学，包括寓言、神话、童话等等，同国外有千丝万缕的关系。比如说，同印度和阿拉伯国家，印度的民间文学用鲁迅先生的话来说，真如“大林深泉”，通过佛教，也通过一些旅行家和商人传入了中国。中国的民间文学也以同样的方式传入印度，数量虽少，但毕竟是有的。阿拉伯国家的民间文学通过伊斯兰教和旅行家在南方首先传入泉州等地，在西方传入新疆地区，然后再向内地扩散。本论文集中有几篇是谈这个问题的。

我举一个平常容易忽略的例子。印度著名的大史诗《罗摩衍那》，全文没有传到汉族地区，只在佛典的译文中有所反映，然而它的影响是非常清楚的。在云南一些少数民族中，相当完整的罗摩的故事可以找到很多个，在新疆古代语言中有罗摩的故事，在蒙古、在南方的泉州，还有其他一些地方，都有与罗摩故事有关的故事。

这样的例子决不是个别的。因此，我觉得，在中国少数民族文学中既可以进行影响的研究，也可以进行平行的研究，两者对我们新时代的文学研究工作都是大有裨益的。它都能加强我们对文化交流的认识，加强我们对外国人民的理解。文化交流是历史上习见的现象，它实际上促进了文化的发展，推动了社会的进步。可惜我们过去对这一点了解得非常不够，非常肤浅，有的地方甚至根本不了解。

对少数民族文学不但要进行同国外的对比研究，而且也应该进行中国国内各民族之间的文学的对比研究，这一点我在上面已经有所涉及。这同样也是比较文学。西方的某些不切实际的教条，我们可以置之不顾。中国境内各民族之间的文学关系十分密切，但头绪相当复杂，内容相当丰富，这在目前似乎还是一块没有被开垦的处女地，应该尽快在上面播种，让它生长出茁壮的禾苗。这样的研究好处很多，它能够丰富中国文学史的内容——过去所谓中国文学史实际上只是汉族文学史——，加强国内各民族之间的理解，提高对中华民族文学发展规律的认识，大大有助于全民族的团结，可以说是有百利而无一弊。

承蒙赓修宏等同志不弃，让我为本书写一篇序，我于此道所知不多，本来想推辞掉的。但是想到可以借此机会，发表自己一点看法——我反对某一些只有空话的序，所以还是答应下来了。我粗略地读了书中的论文，这对于我也是一个学习的机会，我反而应该感谢赓修宏等同志了。

1988年3月4日

民间文学与比较文学*

在比较文学发展的初期，民间文学与比较文学之间的关系是密不可分的。就以德国为例，在十九世纪中叶，梵文学者本发伊（Theodor Benfey）发表了他的名著:《五卷书：印度寓言、童话和小故事》，有德文译文、长篇导论和详尽的注释。在导论中，他使用了多种语言的材料，详详细细地追溯了书中故事在欧洲和亚洲等地流传的过程。他从此奠定了一门新学科的基础：比较童话学或者比较文学史，两者都属于比较文学的范畴。而《五卷书》中的故事几乎都来自印度民间文学。从此，民间文学与比较文学就结下了难解难分的缘分。事实上，在这之前或者之后，二者的关系始终密切。在国与国之间，洲与洲之间，最早流传的而且始终流传的几乎都是来源于民间的寓言、童话和小故事。我们甚至可以说，没有民间文学，就不会有比较文学的概念。

至于我自己，我原来既没有有意识地想去搞民间文学，也没有有意识地想去搞比较文学。我只是在读书之余，觉得有一些材料很有趣，就随时写了一些短文。对于这些文章，我既重视，又不重视。重视是因为得之不易，不重视是怕难登大雅之堂。但是，不管怎样，只要遇到我认为有趣或者有用的材料，我仍然随手写成文章。转瞬就是几十年，至今不改，今后也不想改。

---

* 本文是作者原为中国民间文艺出版社的自选论文集《民间文学与比较文学》写的自序。

北京大学年轻的朋友阎云翔同志看到了这些文章，表示出的兴趣之大出我意料；仔细一想，又似乎在我意内。为什么这样绕弯子说话呢？就因为，我实际上是喜爱这些文章的，怕只怕难得解人。现在竟然有人喜欢，岂不是“实获我心”了吗？民间文艺出版社的同志们大概也觉得这些东西还有参考价值，表示愿意出版，我自然是乐于接受的。这一部书的来源就是这样。记得欧洲什么名人（是拜伦？）说过：“过了一夜，天明一睁眼，我竟成了名人了。”在我却是：“过了一夜，天明一睁眼，我竟成了民间文学研究家和比较文学研究家了。”岂不大可喜哉！又岂不大出乎意料哉！

阎云翔同志不但读了我这些文章，而且还发现了我在民间文学和比较文学研究上有一套完整的思想体系。乍听之下，这一次是真正出我意料了，我觉得他这话非常新鲜。我连自己是在搞民间文学和比较文学都没有意识到，哪里还谈到什么完整的思想体系呢？但是，“新鲜”之余，促我反思；反思之余，恍惚之中，仿佛自己真有一套思想体系了。先不管这思想体系是否完整，思想却终归是有的。简言之，我赞成比较文学研究直接影响的一派。这一点我是无法否认的。限于自己的气质，做学问，我喜欢摸得着看得见的东西；对那些高高在上玄之又玄的东西，我不擅长，也不喜欢。中国旧时把学问分三支：义理、词章、考据。我最喜欢考据，最轻义理。讲到义理，只是马克思主义使我心服口服，其余的则多少有点玄乎，我脑筋迟钝，有点跟不上。而且有一些义理，今天说红有理，明天说黑也有理，有点翻手为云覆手为雨的意味；圆融无碍，圆融到非非想天，我是钝根，无法奉陪。因此，我写的这一些比较文学的文章，卑之无甚高论，然而却都是实打实的东西。这实际上都是我上面说的那种偏见的具体反映。

这样的东西有什么了不起呢？我仿佛听到有人这样问了。我从来没有认为这有什么了不起；我也从来没有认为这没有什么了不起。过去搞过这玩意儿而积累了一点经验的人，都能够知道，搞这东西也并不容易。我羡慕天马行空；但是我更赞赏在地上脚踏实地走路的人。搜集一点这样实打实的表现相互影响的资料，十分不简单。有时候简直是可遇而不可求，真好像是“踏破铁鞋无觅处”，下联是“得来仍然费工夫”。你处心积虑想去寻找，其结果必然是碰壁。其中滋味，如人饮水，冷暖自如，实不足为外人道也。

这并不是说，我反对平行研究。我只是想说，搞平行研究，必须深入探索，细致分析，瞻前顾后，明确因果，然后从中抽绎出理论，这样的理论才是可靠的，我是拥护的。

我自己没有凌虚御风的本领；但我还有点自知之明：我只能在大地上爬行。我集的是腋，但对集腋成裘的人来说，这是决不可少的。我炼的是铁，但对点铁成金的人，这同样是非常必要的。我相信，我的这些文章对我的同行们来说还会有点用处吧。是为序。

1986年5月13日

比较文学之我见

比较文学已经成为世界显学，在中国也正是方兴未艾，呈现出一派朝气蓬勃的气象。

然而，若干年前，外国学者有的已经发出了比较文学有了危机的呼声。我作为比较文学的一个老兵——不，毋宁说是一个老拉拉队员——对此颇感到吃惊。我于此道是兴趣大，本领小，虽然写了一些东西，但自谓无大建树。对这个危机声，也没有过细地去推敲研究，只不过是“只等秋风过耳边”而已。

可是，最近中国方面也有人扬起了比较文学危机的呼声。这就促使我不能不认真对待这个问题了。我没有多少时间去阅读这方面的文章，也没有认真去推究这个呼声的根据，只是自己闭门造起车来，至于出而合辙与否，我根本没有考虑。我感觉到，这样的呼声不是没有根据的。前一些时候，我在北京市比较文学学会成立大会上发言时，忽然灵机一动，即景生情，讲了几点意见。内容大体上是：我劝年轻的比较文学者把比较文学这一门学科看得难一点，更难一点；越看得难，就越有好处。我无意哗众取宠，故意发出骇人听闻之论。这个灵机一动，也是有根源的。我读了大量的比较文学论文之后，确实感到其中是有问题的；严重一点说就是，其中确有危机。

危机何在呢？现在不少作者喜欢中外文学家的比较。在中国选一个大作家，比如屈原、李白、杜甫、关汉卿、曹雪芹、鲁迅等等。又在外国选一个大作家，比如荷马、但丁、莎士比亚、歌德、托尔斯泰等等。选的标准据说是有的，但是我辈凡人很难看出。一旦选定，他们就比开，比开。文章有时还写得挺长，而且不缺乏崭新的名词、术语。但是结果呢？却并不高明，我不说别人，只讲自己。我自己往往如坠入五里雾中，摸不着边际，总觉得文章没有搔着痒处，写了犹如不写。比较文学真好像有无限的可比性。可比性而到了无限的程度，这就等于不比，这样一来，比较文学的论文一篇篇地出，而比较文学亡。

我觉得，这就是我在北京市比较文学学会成立大会上发言时灵机一动的根源。我那个简短的发言颇得到几位比较文学老前辈的首肯，可见我的想法还是有一些代表性的。

比较文学的比较应该有一定的标准，也可以称为规范。这个想法在将近六十年前就有人讲过了。已故陈寅恪教授在1933年《与刘叔雅论国文试题书》中写道：

> 即以今日中国文学系之中外文学比较一类之课程言，亦只能就白乐天等在中国及日本之文学上，或佛教故事在印度及中国文学上之影响及演变等问题，互相比较研究，方符合比较研究之真谛。盖此种比较研究方法，必须具有历史演变及系统异同之观念。否则古今中外，人天龙鬼，无一不可取以相与比较。荷马可比屈原，孔子可比歌德，穿凿附会，怪诞百出，莫可追诘，更无所谓研究之可言矣。

这一段话实在值得我们深思。

我在上面讲到，我希望年轻的比较文学者们把比较文学看得难一点，其最基本的动机，即在于此。他们的问题就在于把比较文学看得太容易，因而放松了对自己的要求。我认为，一个人如果真想搞比较文学，至少必须通中国文学，另外再通一门外国文学，不能精通，也要稍通。对中外文学的理论和发展规律要有一定的理解。具备了这样的基础，就不至于乱比，瞎比。比较的结果也会有助于中国新文学的发展。

因此，我仍然劝年轻的同行们：要把比较文学看得难一点，再难一点；越看得难，就越有好处。

1990年7月23日

对于X与Y这种比较文学模式的几点意见

X与Y这种模式，在目前中国的比较文学研究中，颇为流行。原因显而易见：这种模式非常容易下手。

我个人虽然没能遍读所有使用这种模式的文章，但总是读了一些，因此也就取得了一点发言权。就我读过的文章来看，肤浅者居多。往往读了等于没读，毫无所获。作者勉强得出来的结论，也多是八股调，说了等于没说。从前听说，外国有一位博学的学者，写了一本长达数百页的专著，论证白糖在冰淇淋中的作用。这位学者使出全身解数，又是图表，又是方程式，当然不缺少统计数字，洋洋洒洒，如悬河泻水，不由得你不相信。最后的结论是什么呢？结论是：白糖在冰淇淋中的作用就是使它甜。你不能说这个结论不对。但是对了又待如何呢？许多X与Y的文章给我的印象同这一册冰淇淋论差不多。

我在别的地方曾经说过，许多人把比较了解为任意比较。这样就产生了"无限可比性"。"可比"而到了"无限"的程度，那就很难说是严格的科学了。这一层意思，只要大家稍一考虑，就定会同意的。

我想拿比较语言学来打一个比方。十九世纪，欧洲冠以"比较"二字的学科渐渐多了起来。从学术发展的角度上来看，这是不可避免的。在众多的比较什么学之中，最著名的有两个，一个是比较语言学，一个是比较文学。前者的全名应该是印欧语系比较语言学。这门学问一经创立，立即风靡欧美，为语言学开辟了一个新天地，以致有人把它同达尔文的进化论相提并论。直到今天，它仍然兴旺发达。从来没人喊什么“比较语言学危机”的口号。

但是为什么比较文学就有了“危机”呢？同是比较，为什么竟厚彼薄此呢？

好久以来，我就考虑这个问题。我逐渐认识到，比较语言学之所以一诞生就被人认为是科学，就因为它的比较是有牢固可靠的基础的。所比较的语言同属一个语系，内在联系和发展规律本来就存在在那里，一经揭开，豁然开朗。在小的方面，可能还有不同意见；大的方面是根本没有争论的余地的。

而比较文学则完全是另一个样子。试问中国的屈原、杜甫、李白等同欧洲的荷马、但丁、莎士比亚、歌德等有什么共同的基础呢？有是有的：他们同样是人，同样有人的思想感情。但是，根据这样的基础能比出什么东西来呢？勉强去比，只能是海阔天空，不着边际，说一些类似白糖在冰淇淋中的作用的话。这样能不产生“危机”吗？

我并不是要说，缺乏共同基础的中西文学就根本不能比。我不是这个意思。我只是强调，要作这样的比较研究，必须更加刻苦钻研，更加深入到中西文学的深层，分析入微，联类贯通，才能发前人未发之覆，得出令人信服的结论。我曾多次劝说搞比较文学的年轻的同行们，要把比较文学看得难一点，更难一点，越看得难，收获就越大。原因就是我上面说的这一层意思。

1990年10月15日

老子在欧洲

羡林按：这是几篇解放前的旧作(《老子在欧洲》、《谈翻译》、《东方语言学的研究与现代中国》、《谈梵文纯文学的翻译》、《从中印文化关系谈到中国梵文的研究》等)。当时的水平就不高，过了四十多年，现在几乎只配去盖酱坛子了。但是文定同志建议收入本集。我觉得，如果想保留一点旧东西，以资对比，也未始不可以收入，既然目的在保留旧时的东西，我现在就都原封不动地几乎一个字也不改地收在这里。里面很多名词今天也成了老古董，有许多见解，更可能很可笑。我也根本不去改动。唯一改动的是从繁体字改为简体，以存当年之真，权当是让读者看一幅五十年前发了黄的古老的照片罢了。

1991年3月5日

老子在欧洲，自来就走红运，没有另外一个中国哲学家可以同他比的；连在中国同他并称的庄子也望尘莫及。这原因其实并不复杂，我们只要一想就可以明白。中国哲学家讨论研究的对象差不多都是人与人的关系和治国平天下的道理。孔子虽然“诲人不倦”，但一提到死和命这些比较抽象的东西，就不高兴发表意见了。我们在这里不必讨论是不是孔子影响了中华民族，或者是中华民族的特性决定了孔子的看法。但中国思想的特点确是偏于现实的伦理的，这是大家都承认的。在这样的环境里居然出了一个老子，谈了许多近于形而上学的问题，无怪他在几乎没有一个真正哲学家不谈形而上学的欧洲大走红运了。

倘若我们再仔细想一想，还可以找到更深更根本的理由。无论哪一国的人都喜欢神秘的自己不了解的，同自己有距离的东西。这距离愈大，喜欢的程度也就愈高。世界上的伟人们尤其是政治上的伟人们，大半都懂得这道理。为了要在自己周围创造一层神秘的氛围，使他与人民之间的距离永远保持，他们不惜用种种方法，方法成功，距离就能保持，他们也就永远为人民所爱戴崇拜了。在这方面德国人恐怕比别的国家更厉害。倘若你对他们赞美一件东西，他们先问是哪里来的，回答说是德国本国的，他们必摇头。说是法国来的，他们面部微有喜意。说是土耳其，他们眼睛里发了光。倘若说是从中国来的，他们就惊呼要抢着看了。因为什么？因为这样才够远的。倘若从远远的国度里来了一件东西，这东西他们又不了解；换了话说，就是距离之外再加上神秘，那么他们的赞叹崇拜也就没有止境了。

老子不正合这个条件吗？在中国一直到现在还没有人敢断定老子是不是有这个人；即便有这个人，他生在什么时候，他是不是老子这本书的著者，没有人敢给我们确切的回答。在司马迁时代，老子已经是恍惚迷离的神龙般的人物。我们读了他替老子写的传，眼前依然是个大问号。谈到举世闻名的《道德经》五千言，虽然到现在已经有了很多的注释；但没有人敢说他真能懂。无论谁读了这书，都觉得似乎懂了一点；但认真说起来，依然是仁者见仁，智者见智。老子仿佛是一面镜子，人们都喜欢来照一照。一照之下，在镜子里发现的不是老子的而是自己的影子。然而人们高兴了，觉得已经捉到了老子的真相，走开了。

欧洲人也喜欢来这面镜子里照。照过之后，每个人都觉得他真正了解了老子，于是就设法译成自己国家的文字。在德国平均每隔几个月总有一个新译本出现。译者有的是汉学家，有的是在大学里念汉学的青年学生，有的是根本不懂汉文的诗人、哲学家、退职的老牧师、老公务员，有的是自命博雅的大半多少都有点神经病的老处女，真是洋洋乎大观，我们一时数也数不清。“道可道非常道”这个道字的翻译更是五花八门，无奇不有。有的人在这里面发现了上帝，有的人把它同柏拉图的理念来比，有的人又把它同康德的自存物、叔本华的意志拉在一起。每个译者都不会忘掉写上一篇序言，这序言有的时候竟比原文还长，在这里面他们都很骄傲地说他们终于把老子了解了，把真正的“道”的意义捉到了；然而都不过是夫子自道，把自己的思想借了老子的名字表现出来，如此而已。

这种风气不限于一国，也不限于一时。但在上一次世界大战后的德国特别厉害。原因也很自然，一想就会明白的。德国人平常就有点夸大狂，在哲学音乐科学艺术方面又真的有惊人的造就，所以总觉得德国人高于一切，想征服世界。然而结果却被打倒在地上，他们先是觉得有点不了解，颇为愤愤然。后来又想到，难道自己的文明真的有什么缺陷吗？为了借助于他山起见，他们就各处搜寻。我上面已经说过，对德国人，远的就是好的，于是他们找到中国。又因为平常人总喜欢神秘的东西，而德国人的天性就倾向神秘主义，他们终于找到老子。无怪老子的译本像雨后的春笋般地出现了。

但他们究竟在老子书里找到些什么呢？这话很难说，恐怕多一半是一团大糊涂。愈不明白，他们就愈钻；愈钻也就愈不明白。他想找的东西没有找到，在一团糊涂中他们也就渐渐忘记了自己是来找东西的，至于找到了什么或没找到什么与他们也就无关了。后来国内的情形变好了，对老子的热情终于渐渐淡下来。虽然间或仍然有老子的译本出现，已经不像以前那样起劲了。同时，在德国以外的欧洲国家里，以前对老子虽也喜欢，但没有像德国那样发狂。现在仍然冷静地爱着老子，不时出一个新的译本。最近的一个译本就是出自英国有名的汉学家A. Waley之手。他也像别人一样，写了一篇很长的序，解释怎样才是道。他愈说人愈不明白，终于还是一团大糊涂。

不久就来了第二次世界大战，这次又同上次不同，一打就是六年。打到一半的时候，别的国家里的情形我不十分清楚，在德国，人们又因了同上次战后差不多一样的原因想到自己的文明是不是有缺陷，才开战时火一般的热情现在消逝得毫无踪影了，很多人，尤其是大学教授同学生开始动摇悲观起来。结果是东方的哲学又为一般人所注意了。老子又走起红运来。我去年秋天从德国到瑞士去以前，有一天忽然有一个衣帽整齐的中年人去找我，说他把老子译成德文了，请我给他写一个序出版。我听了当然很高兴，问他学过中文没有，他说没有学过。他自己是牙科医生，三年来只要有一点余闲，他就利用来研究老子。他曾经把中文本的老子借出来自己抄了一遍，每天晚上坐对着那部几十斤重的中德字典把每一个中国字都查了出来，然后自己再从这些字里硬寻出意义来，结果就成了这部译著。无论谁都知道，这是一件非凡艰苦的工作，我对这中年绅士无端肃然起敬起来。但一看他的译文却真使我失望，到处是错误，令人看了简直要生气。我没有别的办法，只好告诉他这书最好不要出版，出来对他也没有好处。他没说别的话，收起稿本来就向我告辞了。

自从我离开德国，那里的情形一天比一天坏。自命为世界上最优秀的民族而想征服世界的终于又被打倒在地上了，而且这次比上一次更彻底更厉害。外国的统治者在国内到处横行，没有一个人敢说什么。全国无论什么地方看到的只有悲惨与不安定。人们仿佛当顶挨了一大棍，都失掉了知觉，谁也不知道应该怎样说怎样想，到处是一片麻木。我上面说过，战争打到一半的时候，他们悲观动摇。但现在他们已经超过了悲观与动摇，简直是糊涂了。对德国人这是好是坏我不敢说。而且这现象也不只限于德国，欧洲别的国家也有，不过没有像德国那样厉害而已。无论怎样，对老子恐怕只有好没有坏，他的红运恐怕还要继续下去，谁也不敢说到什么时候。

1946年7月28日南京

中国文学在德国

中国同德国在历史上发生的文化关系，范围很广，当然并不限于文学。恐怕我们一想到中德文化关系，第一个想到的就会是一位大哲学家莱布尼茨（Leibniz），他是第一个对中国发生兴趣的德国大学者。但是倘若论到翻译成德文的书籍的多少，影响的大小，还是文学占第一位。我们下面就谈谈中国文学在德国。

我想分三期来谈。第一，初期，时间是从十八世纪末叶到1850年；第二，中期，时间是从1851年到1900年；第三，近期，时间是从1901年到现在。

一　初期

我们拿歌德（Goethe）作起点。歌德以前的我们就不谈了，事实上也没有多少可谈的。1736年法国人杜·哈尔德（Du Halde）出版了一本书，叫做《中华和鞑靼帝国的地理、编年、政治、自然描述》（*Description geographique, chronique, politique et plysique de lempire de la Chine et la Tartari Chinoise*, La Haye）。这部书里面有法文翻译的元曲《赵氏孤儿》,《今古奇观》里的四篇短篇小说，和《诗经》里的十几首诗。出版后风靡一时。把一般人的兴趣渐渐从中国哲学和艺术品转移到纯文学上来。但这书却真不高明，翻译得一塌糊涂。影响之所以能够大，只不过因为当时还很少有介绍中国纯文学的书而已。1749年这部书就有了德文译本。歌德大概读过这本书，因为他的剧本《爱尔丕诺尔》（*Elpenor*）似乎就像从《赵氏孤儿》那里得到了灵感才动手写的。这个剧本虽然永远没完成，但歌德对中国文学的兴趣却一天比一天地浓起来。

1761年英国诗人T. 珀西（T. Thomas Percy），就是以刊行《古代英文诗歌珍品》（*The Reliques of Ancient English Poetry*）出名的那一位，刊行了第一本英译的中国小说《好逑传》。原译人叫J. 威尔金森（James Wilkinson），是一个商人，在广东住过很多年。他的译文四分之三是英文，四分之一是葡萄牙文。珀西把葡萄牙文译成英文，又把原来的英译文润色了一下，就印成了书。1766年穆尔（Murr）把这书译成德文。歌德曾细心读过这书。此外他还读过几部中国小说的译本，像英人托马斯（Thomas）译的《华笺记》（London 1824，1836年库里〔Heinrich Kury〕译成德文），法人雷慕学（Abel Réemusat）译的《玉娇梨》（Paris 1826，1827年译成德文），法人戴维斯（Davis）选译的《中国故事》（*Contes Chinois*）（Paris 1827）。这些小说在中国都是没有什么价值的作品。它们之所以能够被介绍到外国去，有的是由于一种误会，有的是由于机缘。当中国文学作品初介绍到欧洲去的时候，欧洲学者对中国文学作品很难给一个适当的评价。他们往往不能知道一部作品的真价值。歌德可以算是一个例外。他虽然还没读过中国第一流的作品，但他却直觉地知道，当时介绍到欧洲去的作品不会是中国的最好的。然而就从这些不好的作品里面他居然能看出了东西文学的不同，能了解了中国的精神。现在我把爱克曼（Eckermann）记录的他同歌德的谈话译在下面：

1827年1月31日，星期三。同歌德一同吃饭。“在我们没见面的这几天”，他说，“我读了很多的杂书，特别是一部中国长篇小说，我还正读着，觉得非常值得注意。”——“一部中国的长篇小说？”我说，“这一定很怪吧。”——“并不像人们想的那样怪，”歌德说。“那些人们思想，活动，感觉几乎同我们一样；我们立即就觉得同他们是一伙了。只是在他们那里一切都更明朗，更清纯，更守礼法而已。他们的一切都是容易了解的，平平常常的，没有大的感情的激动，没有得意的震荡；所以同我的《赫尔曼与窦绿台》(*Hermann und Dorothea*)和英国理查逊（Richardson）的长篇小说很相似。但也有区别。可是还有一点不同之处，在他们那里，外在的自然总是同人们在一块生活。人们永远听到金鱼在池子里跃动，鸟永远在枝头鸣叫，白天永远明朗有阳光；晚上也永远清晰。常说到月亮，但月光并不能改变景物，它的光同白天一样清朗。屋子内部同他们的画一样纤美。譬如“我听到可爱的女孩子们的笑声；当我看到她们的时候，她们正坐在精巧的藤椅上。”这里你立刻就想到一个极可爱的情景，因为一想到藤椅，人们就有极端轻盈纤小的感觉。另外还有许多短的神妙的故事同主要的故事混在一起，像谚语般地被应用着。譬如：一个女孩子的脚这样轻盈纤小，她能够站在一朵花上保持身体的平衡，而花还不至折断。一个青年循规蹈矩，到了三十岁，他就有同皇帝谈话的光荣。此外，一对爱侣来往已经很久了，但仍然遵守礼法。有一次不得已在一间屋里过夜，他们就清谈度过这一整夜，各不相犯。还有许多类似的神妙的故事，都教人守礼法，明修养。但是也正是由于这严格的克制中华帝国生存了几千年，而且还要由此而生存下去。

除小说戏剧外，歌德对中国诗也发生了很浓厚的兴趣。我上面说到他曾读过英人托马斯译的《花笺记》。在这书的附录里有几十首译诗。他就根据这英译，把五首译成德文。

仅次于歌德的德国大文学家席勒（Schiller）对中国文学也一度发生过兴趣。他曾根据高济（Gozzi）的一个剧本改编了一部剧，叫做《图兰多特，中国公主》（*Turandot, Prinzessin von China Einiragikomisches Marchen nach Gozzi*）。这部剧虽然名之曰中国剧，其实同中国没有什么关系，高济所依据的只是一个阿拉伯的神话。此外席勒对穆尔译的《好逑传》不很满意，他想自己再重写一遍，但只起了一个头，始终没有完成。

歌德以后对中国诗有兴趣的有施提格里兹（Heinrich Stieglitz）和沙米素（Chamisso）。他们对中国都不像歌德那样有清楚的了解，他们向往中国纯粹是一种浪漫情绪，作品也只反映了他们自己的幻想，与中国没有什么关联。

到了吕克特（Rückert），歌德才真正找到一个继承他的精神的人。吕克特是有天才的诗人，又是东方语言学家。他精通很多的东方语言，曾从梵文、波斯文、阿拉伯文和其他别的东方语言里译了很多的诗。印度长篇史诗《摩诃婆罗多》(*Mahābhārata*)里有名的爱情故事那罗（Nala）和达摩衍蒂（Damayantī）也是由他译成德文的。他曾根据一个拉丁文译本把《诗经》译成德文。这拉丁文译本很坏；但是吕克特却凭了他的诗人的天才有时候居然能体会到原文的意境。他自己又是诗人，所以他的译文本身就是第一流的诗。1844年克拉末（Kramer）又出过一部《诗经》翻译。同吕克特的翻译一比却相差天渊了。

二　中期

现在我们再来谈十九世纪后半中国文学在德国的情形。自从歌德同吕克特以后，德国人对中国文学的兴趣渐渐冷淡下来。其实这一点也不奇怪。自从十八世纪后期至十九世纪初期德国人（当然并不只限于德国人）之所以对中国文学发生那样大的兴趣，完全出于一种浪漫情绪。当时浪漫主义正风靡一时。只有对远的、神秘的、异域的东西，人们才发生兴趣。每个诗人都梦想到辽远而神秘的地方。在当时欧洲人眼中，中国就正是这样一个地方。无怪一般人都想介绍中国文学了。但浪漫的情绪照例是不能延续很久的。热情的高潮一过，接着来的就会是理智的冷静。十九世纪后半就正是热情的高潮刚退下去的一个时期。

在这五十年以内，只产生了少数的几种翻译。1875年阿恩特(Arendt)把《东周列国志演义》译成德文。1876年威廉·搭·封思迦（Wilheim da Fonseca）把《灰阑记》改编成德文。1880年和1884年格里斯巴哈（Ed. Griesebach）译过《今古奇观》里的几篇小说。这些译文都没有什么影响。这期间最伟大的成就是施特劳斯（Viktor von Strauss）的《诗经》德译。施特劳斯是一个大汉学家，深通中文，了解中国文化的精神，又能写很美的德文诗；所以他的翻译不但对原文忠实，而且本身就是好的文学作品。此外德国大语言学家迦布仑茨（von der Gablentz）曾把《金瓶梅》从满文译成德文。可惜这一部巨著一直到现在还没能出版。除了上面说到的两部大著以外，当然还有些零碎的翻译；但出来不久就被人忘掉，一点影响也没有，我们现在也就不谈了。

三　近代

自从二十世纪初年以来，德国人对中国文学的兴趣又渐渐高涨起来。不但中期的五十年比不了，连初期对中国文学兴趣很浓的时代也不能比。就翻译的书的数量来说，初期当然远逊近代。但这两个时代的主要异点还是在态度方面。我前面说过，在初期，德国人之所以喜爱中国文学完全出自一种浪漫情绪；他们只觉得中国神秘，并不了解中国。他们的翻译也差不多完全是间接的。但到了近代，德国人对中国的了解已经很进步了。他们知道，虽然肤色语言不同，中国人也同他们一样是人，丝毫没有什么神秘的地方。他们之所以翻译中国书籍，并不是由于对中国有什么浪漫的向往，而完全是出于理智。他们觉得中国文化和文学确能带给他们许多他们原来所没有的东西。所以才来研究中国语言。根据这语言的知识，他们才产生了翻译。换句话说，他们的翻译差不多全是直接的。很少有人再从拉丁文、法文或英文翻译中国作品了。从这几点看起来，到了近代，德国人介绍中国文学作品才算真正走上应当走的道路。

在最近几十年里，德国从中国译过去的文学作品很多，我们不能一一论到。现在只选出其中较重要的来谈一谈。1912年格鲁柏（Grube）译的《封神榜》出版了。1914年鲁得尔斯白雷（Hans Rudelsbery）节译了几段《三国志演义》。古本白雷（Hans von Gumppenbery）写了一个剧本，叫做《Ying的笔》（*Der Pinsel Ying's*），影射江淹在梦里把彩笔还给郭璞的故事，当时颇有点影响，蒲松龄的《聊斋志异》有几次被译成德文；但只是片段的，到现在还没有一个全译本。毫没有文学价值的《平妖传》也译成了德文。1926年有名的汉学家弗克（A. Forke）又把《灰阑记》全部译成德文。弗克精通中文，他的译本当然比以前改编的那个好得多多了。1928年吉巴特（Kibat）又译《金瓶梅》，可惜只译了十章。年轻一代的汉学家在正式的研究工作以外也往往翻译中国的文学作品。艾士宏（Werner Eichorn）译过许多熊佛西的剧本:《屠户》、《牛》、《模特儿》、《锄头健儿》、《偶像》等他都译成了德文。霍夫曼（Alfred Hoffmann）译过胡适之先生的许多文章，鲁迅先生的小说《孔乙己》，朱自清先生的《笑的历史》，谢冰心的诗。史坦安（von den Steinen）译过曹操的诗。艾波哈特（Eberhard）对中国神话和短篇小说作过很有系统的研究。他想从这里面窥测中国民俗和社会情形。他写了一部书，到现在还没能出版。

以上大概把近几十年来德国学者介绍中国文学的成绩谈过了。还有三位翻译最多而成绩最大的学者我们留到现在来介绍。第一个是洪涛生（Hundhausen）。严格地说起来，他并不是一个汉学家。我虽然不十分清楚，他的汉学造诣究竟怎样；但据说是不十分高明的。他往往先让他的中国学生把中文译成德文，他再根据这译文写成诗。他的本领就正在写诗。他是一个天生的诗人。所以，他的译文同原文多少都有出入；但他写成的诗却是完整的文艺作品。读过他的译诗的德国人没有一个不赞美他的美丽的词句，和谐的音韵。人们不觉得这是翻译。这是他的译文所以成功的原因。他翻译的多半是戏剧，像《西厢记》（*Das Westzimmer* 1926），《琵琶记》（*Die Laute* 1930），《还魂记》（*Die Rückkehr der Seele* 1937）他都全部译过去。《牡丹亭》也译了一部分。另外他还选译了陶渊明许多诗。

第二个我想介绍的是库恩（Franz Kuln）。他可以说是一个专门的翻译家。他虽然精通中文；但除了翻译以外，似乎没做过别的工作。他译了很多中文小说，《红楼梦》、《水浒传》、《金瓶梅》、《二度梅》等，他都有译本。只要喜欢读小说的德国人没有没读过他的翻译的。他对介绍中国文学的功绩没有第二个人可以同他比的。但他的翻译删节的地方太多，不能不算是美中不足。在新文学里面，他译过茅盾的《子夜》；但出版后并没有什么反响。

最后一个我们要谈的是查哈（Erwin von Zach）。他的汉文造诣极高，是所谓德国四大金刚之一。这四大金刚第一个是卫礼贤（Richard Wilhelm）。专门研究经部；第二个是弗兰克（Francke），专门研究史部；第三个是弗克，专门研究子部；第四个就是查哈，专门研究集部。他曾把整个《李白诗集》、《杜工部诗集》、《韩昌黎诗集》译成德文。《昭明文选》据说他也差不多译完了，他的译文对原文非常忠实，但是正同洪涛生相反，他写出来的不是诗，而是散文，还是非常枯燥的散文。所以他的译文只有汉学家读，一般人是不问津的。他是纯粹的学者，而洪涛生是纯粹的诗人。

四　回顾与前瞻

中国文学在德国将近二百年的情形，我上面粗略地叙述过了。看了以后，我们有什么感觉呢？我想，我们都会感觉到：在初期中期固然不必说了，连在近代，除了少数的例外，他们也还没能够做到有系统的介绍。介绍过去的东西未必有什么价值，多半是一时偶然高兴的结果。这样介绍当然很难希望有什么大影响。事实上中国文学对德国文学的影响也不太大。连洪涛生和库恩的译本也只是供人茶余酒后的消遣品；在德国文艺创作上没留下什么痕迹。仿佛是一片浮云投在水里的影子，风一吹也就消失了。自从第二次大战结束以来，德国人最初还没能把战争的暗影从心头扫去，有点发怔，什么都没能想。以后战争的影子渐渐淡漠下来，他们痛定思痛，才又想到许多东西。有些人发现，他们自己的文化里或者真正有什么缺点，不然为什么总是在苦难里辗转呢？他们于是又把眼光转向东方，想从那里获得点什么去补救自己的文化，我并不赞成这办法；但他们的心情我却非常能了解。这种心情能延续多久，我不能预卜；但不管怎样，在介绍中国文学上，他们也许可以开一线曙光。至于究竟怎样，只有等将来告诉我们了。

1947年10月31日

羡林附记：

关于中国文学被介绍到德国去的情形，陈铨先生的长文《中国纯文学对德国文学的影响》论得最详细。可参看。最近十几年来译成德文的中国文学作品陈先生文章里没论到。我就记忆所及补充了一下。只是手边没有书。挂一漏万，恐怕难免。以后有参考书时再详细谈吧！

关于葫芦神话

读了《民间文艺集刊》第三集中李子贤同志的《傣族葫芦神话溯源》，觉得是一篇很好的文章。资料很充实，论证很深刻，从中学习了很多东西。但是，文章的主要论据，关于葫芦神话传播地区的问题，似乎还有再探讨的必要。

李子贤同志在文章一开始就引用了刘尧汉《彝族社会历史调查研究文集》的《中华民族的原始葫芦文化》中的一句话："中华民族的原始葫芦文化"。似乎是要说明，葫芦神话只限于中华民族。在以后的叙述中，又使用了"我国各民族葫芦神话"这样的词儿。在第二段一开始，李子贤同志写道："我国汉族及南方大多数少数民族的先民，都把葫芦看作人类始祖，并通过原始宗教、绘画等形式表现这种观念，共同创造了中华民族独具特色的原始葫芦文化。"在第三段里，李子贤同志又解释产生这种现象的原因。归结为"上述各民族确有同源共祖的历史渊源"，因而产生了"民族融合"。后面又明确提出了"我国汉、傣等二十余个民族产生共同的葫芦神话"。

如果葫芦神话的传播地区真正限于中国的汉族和其他一些少数民族的话——我的印象是，李子贤同志的意见似乎就是这样——那么，李子贤同志的论证和结论是能成立的。但是，事实上好像不是这个样子。

我对本问题没有任何研究，只是有兴趣，随便翻了一些书。

一看到葫芦神话，我立刻就想到印度大史诗《罗摩衍那》第一篇第三十七章第十七首诗，现引在下面：

> sumatis tu naravyāghra garbhatumbam vyajāyata
> sastih putrasahasrāni tumbabhedād vinihsrtāh
> 须摩底呢，虎般的人！
> 生出来了一个长葫芦，
> 人们把葫芦一打破，
> 六万个儿子从里面跳出。[1]

须摩底是罗摩祖先萨竭罗国王的第二皇后，她生了六万个儿子。这里讲的虽然不是人类共同祖先降生的问题，但讲的也是一个家族祖先降生的问题。作为葫芦神话并不会降低其意义。我看，关键问题不在这里，而在这个长葫芦上。葫芦这个词儿梵文是tumba，这是毫无疑义的。在这里，整个词儿是garbhatumba，意思是“胎葫芦”。胎的样子同葫芦很相似，胎里面有胎儿，葫芦里面有子，这也是相似的。既然《罗摩衍那》有这个神话，别的地方一定也会有的。我眼前没有时间，不能翻检群书，写长篇的东西。我只是把这一首诗提出来，它就充分可以证明，葫芦神话不限于中国境内。它是不是一个世界性的问题，我不敢说；但至少是亚洲性的。根据这样一个事实，李子贤同志也许要把自己的论证和结论改变一下，以期更能符合实际情况。

1982年12月26日华都饭店

注释：

1 见季羡林译《罗摩衍那》第1篇，第210页，人民文学出版社1981年版。

跨越国界的民间故事*

研究文学史的学者们大概都承认一个基本事实：在文学史上，一种新文学的产生，不管是在内容上，还是在形式上，往往来自民间文学。文人学士采用了它，加以发展，加以改进，使它在内容和形式两个方面都日益精致，日益典雅，达到很高的水平。但在这时候，往往也就潜伏下衰亡的危机。过不了多久，文人学士手中的文学创作，往往失去活力，渐趋衰颓。另一些新兴的文人学士又要到民间文学中去汲取力量了。

这是许多国家民间文学的一般情况。印度民间文学当然也不能例外。但是印度民间文学却又与其他国家的有所不同：它不但影响了本国的文学创作，而且越出国界，影响了亚洲国家，其中也包括我们中国在内；但还远远不限于亚洲，它的影响一直达到欧洲和非洲。古希腊著名的《伊索寓言》中有些故事就可能源于印度。

近几十年来风靡世界的比较文学，有各种学说，有各种流派。对比较文学这一门学科的起源问题，也有不同的说法，其中颇有一些民族主义的色彩。许多大国都说，比较文学起源于他们这里。在德国，比较文学一般称做比较文学史（Vergleichende Literaturgeschichte）。比较文学史的创始人是本发伊。他是在

---

* 本文是为《印度民间故事集》所写的序。该书由季羡林主编、刘安武选编，中国民间文艺出版社1984年出版。

追溯印度民间文学名著《五卷书》中每一个故事在世界范围内，主要是在西亚和欧洲范围内，翻译和流传的情况中开辟了比较文学史的研究的。换句话说，就是在研究民间文学时创立了比较文学史这一门新学科的。

至于印度民间文学对中国的影响，则是人所共知的。许多印度民间故事通过佛经的翻译而传至中国，有的进入中国的民间文学，有的甚至进入文人学士的创作。著名的长篇小说《西游记》就是其中最著名的例子。我并不是说，中国只是抄袭。那不是中国人民的作风，我们的人民既善于学习，又善于创新。不管使用什么样的印度民间文学的资料，我们都加以改变，加以发展。但是，如果借这个理由而否认印度民间文学对中国的影响，我认为，那不是实事求是的态度。

尽管印度民间文学对中国产生过这样的影响，大规模地介绍印度民间文学的工作，除了古代的佛经翻译以外，似乎还没有认真展开。我们现在搜集、编译的这一套《印度民间故事集》，就是想在这方面做一点补苴罅漏的工作，也可以说是一块引玉之砖。我们希望能有更多的志同道合者来从事这一件非常有意义的工作。

这件工作的意义还不仅仅限于有助于比较文学研究的开展。只要稍稍翻看一下我们在本书中所整理、编译的印度民间故事，我相信，谁都能感到，印度民间故事真正像鲁迅所说的那样“如大林深泉”，深不可测。印度人民是非常富于幻想的人民，他们所创造的故事，充分表明了这一个特点。有的故事诙谐可喜，有的故事机智洋溢，有的故事含义深刻，有的故事增人智慧。总之，琳琅满目，美不胜收。从民俗学的角度，从社会学的角度，从历史学的角度，从文学艺术的角度，有心人都可以学习到不少有用的东西，这一点是无可否认的。如果从中印文化交流史的角度来看，那意义就更为明显。中国人民读了这些印度民间故事，会更了解印度人民的思想感情，从而更增加我们两个伟大民族心灵的交通，增进我们传统的友谊，而这一点正是我们共同的愿望。

我们就是怀着这样的愿望把这一套书奉献到中国读者面前。

1983年5月12日

佛经故事传播与文学影响*

在大地上民族之林中，几乎任何一个民族在古代都或多或少地创造了一些神话、寓言和童话，但是创造的数量有多少，质量有高低。据一般学者的意见，印度在这两个方面都是比较突出的。鲁迅先生对古代印度寓言的评价是众所周知的。这个评价我认为公允而且实事求是。

印度的神话、寓言和童话，几乎传遍了全世界，连古代希腊寓言，比如说《伊索寓言》中都可能有印度的成分。以后的《十日谈》、《坎特伯雷故事》以及许多国家的寓言和童话中都能找到印度的影响。印度古代有一部寓言、童话、小故事集《五卷书》，曾通过中世波斯巴列维语和阿拉伯语的译本传遍了世界。德国学者本发伊通过了追踪这一部书中的故事传播衍变的情况而建立了比较文学史。现在所说的比较文学，其任务的一部分也就是研究一些国家文学同另外一些国家文学之间的直接影响问题。

在这一方面，中国同印度更有特殊的关系，这些事实是人所共知的。我在这里不再细述。随着佛经的传入，印度的寓言、童话、小故事也传入了中国。估计除了佛经之外，还有别的途径，比如商人来往等等。但是主要还是佛典翻译这一个途径。

谈到佛典，现在在中国，能读原文的人极少，能读古代汉译

---

* 本文是为《佛经故事选》一书所写的序。该书由王邦维选译，重庆出版社1985年出版。

的人也不太多。因此就需要注释，甚至今译。王邦维同志的这一本书，就是在这方面的一个新的尝试。佛典中的寓言、童话和小故事，浩如烟海，是选不胜选的。这本书只能算是鼎尝一脔，给我们提供一些样板。但是我认为这些样板是非常有用的。我相信是会受到广大读者的欢迎的。

也许有人要问：这本书里的寓言、童话和小故事都是精华，都是正面的东西，都是值得学习而起好作用的吗？当然不是。同所有古代比较优秀的文学作品一样，书中选的故事有精华，是为主，也有糟粕，是为辅。从思想性来说，更要一分为二。其中有进步的东西，也有一些落后的成分，这是难以避免的。我们只能本着外为中用、古为今用的精神，取其积极的一面，而扬弃其消极的一面。如果着眼于艺术性的话，其中可以借鉴的东西会更多一些，对丰富我们的想象力，提高我们的表现能力，会有裨益。

对比较文学有兴趣的同志们，如果想探讨中印两国文学的互相影响，也可以看一看这一本书。事实上，古代印度的许多故事早已进入中国文学领域。鲁迅在《中国小说史略》中对此有翔实的论述，可以参看。至于像《西游记》等类的小说，其中有印度影响，更毋庸赘述。宋以后的小说、笔记中，也可以找到不少可能来源于印度的成分，我在《五卷书》译本序言以及拙著《中印文化关系史论文集·印度文学在中国》等论文中也有所论列。这里就不再谈了。

总之，王邦维同志这一本书是非常有意义的，它能满足许多兴趣不同的读者的需要。因此，我就不避佛头着粪之讥，写了如上的一些话。

1983年11月21日

吐火罗文A（焉耆文）《弥勒会见记剧本》与中国戏剧发展之关系

羡林按：这是我在1988年冬应邀赴香港中文大学讲学时的讲题之一。当时只有一个提纲。现在略加补充，写成本文。

我在本文中想谈以下几个问题：一、吐火罗文剧本的情况；二、印度戏剧的发展；三、印度戏剧在中国新疆的传播；四、印度戏剧与古希腊戏剧的关系；五、中国戏剧的发展情况；六、吐火罗文剧本与中国内地戏剧发展的关系。都只能极其简略地谈。

一

焉耆文《弥勒会见记剧本》残卷在新疆屡有发现。德国和法国探险者在新疆和敦煌发现了一些此剧的残片，但没有哪一个是完整的。1975年，新疆吐鲁番地区又由于一个偶然的机会发现了八十八张残卷，用印度婆罗米字母中亚斜体写成，时间估计为唐代。由笔者鉴定为焉耆文《弥勒会见记剧本》（*Maitreyasāmiti-nāṭaka*）。自1983年起至现在，笔者已将此剧残卷的绝大部分译为汉文，只有少数几张，由于找不到相应的回鹘文译本，而又残缺过甚，无法翻译。译出者已在国内杂志上发表过一些。笔者曾将其中几张译为英文，写成两篇论文，一篇发表在冰岛出版的一个杂志上，一篇发表在Werner Thomas教授纪念论文集上。我现在正为全书写一篇相当长的导言。俟全书完成后，将出版汉文和英文两个本子，供全世界对吐火罗文有兴趣的学者参考。

此剧回鹘文译本题记中讲到：系由“印度文”译为吐火罗文，再由吐火罗文译为回鹘文。“印度文”指的是什么语言，因为原本还没有被发现，不得而知。可能是梵文，也可能是某一种俗语。回鹘文译本残卷也已在新疆发现，而且写本也极多。此译本当然晚于吐火罗文本，时间差距可能有一二百年。德国和土耳其学者对回鹘文本进行过研究，已全部译为德文。中国学者也在新疆发现了此剧的回鹘文译本，数量之多远远超过德国学者所发现的，共有四五百张。即使是这样，也还并不全。此剧共有二十七幕之多，究竟有多长，现在还无从知道，也许是世界上最长的剧本吧。

笔者曾对吐、回两种本子作过详细的对比，发现了一些很有趣的现象：两个本子有的地方非常接近，有的地方则相距甚远。可见现存的焉耆文本不是现有的回鹘文本的母本，回鹘文本根据的是另外一个吐火罗文本。

此剧形式，乍看上去，一点也没有戏剧的样子。它同其他的印度叙事文学，比如《五卷书》之类，没有差别。讲故事韵文、散文相结合，把故事一直讲下去。因此，吐火罗文权威学者Prof. E. Sieg认为，从内容上来看，此剧一点也不能给人戏剧的印象。但是吐本残卷中有几个戏剧术语，比如“全体退场”等。还有nipāt和praveśakk等字样。nipāt来自梵文nipata，意思是“幕”；praveśakk来自梵文praveśaka，意思是“幕间插曲”。这些都证明它是戏剧无疑。剧中韵文开始前都有一个专名词，比如

pullenam等等。Sieg教授认为是诗律名，Winter教授后来发现它们是曲牌名称。一个值得注意的现象是，回本中这些东西都没有了，更看不出是一个剧本来。但是在每幕之前却写明了事情发生的地点，又颇有点像剧本了。

吐火罗文剧本，除了《弥勒会见记剧本》以外，法国学者伯希和还在敦煌等地发现了其他几个剧本残卷，法国学者S. Lévi刊布于Journal Asiatique 1911, S. 10. t. XV II 139，见M. Winternitz:*Geschichteder indischen Litteratur*, 3. Bd. p.182注1。

二

所有国家戏剧的起源几乎都与宗教活动有关，印度也不例外。公元前一千五百年后的《梨俱吠陀》中有Yama和其妹Yami的对话，有人认为这可能是戏剧的萌芽。印度古代把戏剧称为“第五吠陀”，是在四个吠陀以后的另一个吠陀，可见其重要性。以后戏剧不断发展，到了《舞论》，其中也论及戏剧。因为在印度戏剧与舞蹈是密不可分的。梵文动词字根nat有两重意思：“舞蹈”与“演戏”。

印度戏剧来源于民间。每逢节日——节日几乎都与宗教有关——印度人民辄舞蹈演剧，敬神兼以乐人。梵文“舞台监督”是sūtradhara，意思是“牵线人”，足见印度戏剧的来源与木偶剧有关。

公元前四世纪，希腊马其顿亚历山大东征，一直到了印度。有的学者就说，希腊戏剧从而输入印度。印度戏剧的“幕”，梵文是yavanikā，意思是“希腊的”，其中蛛丝马迹，影响昭然。这个问题下面还要谈。

印度戏剧虽然起源很古，但是剧本的出现却相当晚，而且梵文最古的剧本不发现于印度本土，而发现于中国新疆。1910年，德国探险者在新疆发现了一些梵文残卷，经德国梵文学者H. Lüders教授解读，在其中发现了三个剧本，作者是佛教大师马鸣，时间估计为公元后一二世纪。后来印度又发现了Bhāsa的十三个剧本。Bhāsa约生于公元后二三世纪，正处于马鸣与迦梨陀娑之间。但是，对于这十三个剧本的真伪问题争论颇剧，有的人坚决否定其真实性，有的人则坚决拥护，论争不休，至今未止，始终没有大家都承认的结论。印度历史学家兼数学家D. D. Kosambi（高善必）认为是真的。我自己则感觉到，十三个剧本梵文水平很平庸浅俗，不像是公元后二三世纪的产物。到了笈多时代，印度诗圣迦梨陀娑生，他的名作《沙恭达罗》名震寰宇，甚至影响了德国大诗人歌德的《浮士德》。此后剧作名家辈出，灿如列星，我不详细谈了。

根据Winternitz的归纳，印度剧本有以下七个特点：

1. 韵文、散文杂糅；

2. 梵文、俗语杂糅，上等男人说梵文，下等男人和女人说俗语，丑角虽然身为婆罗门，但只能说俗语；

3. 剧中各幕时间和地点自由变换；

4. 有丑角（vidūsaka）；

5. 有开场献诗（nāndi），有序曲（prastāvanā）；

6. 结尾大团圆；

7. 舞台方形，长方形或三角形。

三

上面谈到，马鸣梵文剧本残卷在新疆共发现了三部。其中保存最完整的一部是《舍利弗传》(*śāriputraprakarana*)。存留的一部分内容是：舍利弗见到佛弟子马胜，为他的威仪所感，终于归依三宝，当了和尚。舍利弗与门客（丑角）交谈，丑角认为婆罗门不应该接受刹帝利的教诲。舍利弗反驳了他。这一点非常重要。它同历史上婆罗门和刹帝利两个高级种姓之间的盛衰消长有关系。在别的地方，我还要谈这个问题。另外两部残卷都残缺过甚。其中的人物都是些抽象概念，比如Bodhi（菩提）、Kīrti（称）等等。另一部中的人物有主角、丑角、妓女、王子、邪命外道等等。两部讲的都是佛陀的生平。

总之，印度梵剧曾在新疆传播，这已是公认的历史事实。梵文是印度古代语言，不能算作中国语言。但是，吐火罗文A和B的残卷只发现在现在的中国境内，应该看作是中国古代的民族语言，用这种语言写成的剧本也应该归入中国戏剧之列。

四

印度和希腊同为世界文明古国，其间的文化交流关系千丝万缕，头绪异常复杂。著名的《伊索寓言》中有一些寓言也见于印度。两方面独立创作的可能，我认为几乎等于零。至于究竟是谁影响了谁，那就争论不休，垂一百多年。十九世纪末叶至二十世纪，西方学者在这个问题上分为两派：一派主张希腊影响了印度，一派则正相反。

谈到戏剧，也有这样两派意见，也是争论不休。A. Weber，E. Windisch 等学者力主希腊影响印度。H. Jacobi，R. Pischel，L. von Schroeder，S. Lévi 等则指出他们学说的弱点，说根本没有证据证明古希腊剧本在印度上演过。H. Reich 写了一本巨著 *Der Mimus*，企图证明，到处漫游的希腊滑稽剧演员也到过印度。他举出了印度的 napathya（化妆室）等于希腊的 postszenium；印度的"幕"字 yavanikā 意思是"希腊的"，等于希腊罗马的 siparium，它把舞台与化妆室隔开；印度的 sūtradhara（舞台监督）等于希腊罗马的 anchimimus；印度的丑角（vidūsaka）等于希腊罗马的 sannis。Reich 还说，古代世界上除了希腊外没有戏剧。但是，很多学者都反对 Reich 的理论。Winternitz 说，对于这个问题，既无法肯定，也无法否定。他甚至说，这个问题可能永远也解决不了。

五

中国戏剧的产生同印度和希腊一样，也与宗教活动有关。中国戏剧虽然有极长的历史，可是到今天真正有水平的中国戏剧史还没有出现。几部专史和一些中国文学史讲到戏剧的部分，都不能完全令人满意。倒是五六十年前的王国维的《宋元戏曲考》到今天还没有失去其重要意义。我在下面就根据这一部书极其简略地谈一谈中国戏剧发生和演变的情况。

王国维说："歌舞之兴，其始于古之巫乎？……巫之事神，必用歌舞。"一语就说中了要害。他接着又说到俳优之兴远在巫之后。优多以侏儒为之。他引《说文》："优，调戏也。"可见优同印度剧中的丑角一样，主要任务就是调笑，就是插科打诨。巫与优之别在于，巫以乐神，优以乐人；巫以歌舞为主，而优则以调谑为主；巫以女为之，而优则以男为之。由此可见，俳优以歌舞调谑为事，自汉以后则间演故事。其合歌舞以演一事者，始于北齐（550－577年）。这是中国戏剧发展史上的一个新阶段。

这里值得注意的是，王国维说："盖魏、齐、周三朝皆以外族入主中国，其与西域诸国交通频繁，龟兹、天竺、康国、安国等乐皆于此时入中国，而龟兹乐则自隋唐以来相承用之，以迄于今。此时外国戏剧当与之俱入中国，如《旧唐书·音乐志》所载拨头一戏，其最著之例也。"这个意见非常值得重视。我们现在讲的《弥勒会见记剧本》就有可能是这样传入中国内地的。

六

一个国家、一个民族戏剧发展的动力，自以内因为主，但外因也决不可低估。中国戏剧（主要是指汉人的戏剧）的发展也是如此。动力有历时的传统，又有并时的外来影响，二者交错，起了作用，斯有新发展。

在这里，外因有很多可能，决不止一端。在这些外来的影响中，印度的最为突出。从印度来，又有两种可能：一海路，二陆路。从海路来的可能不能说没有，但即使有，在最早的时期，也微乎其微。这个问题我在这里不谈，我只谈陆路。

陆路当然要经过丝绸之路，先到新疆，然后再经过河西走廊，传入内地。《史记·大宛传》就已经有"安息以黎轩善眩人献于汉"的记载。张衡《西京赋》等文章中也有西域歌舞的描绘。北凉玄始十四年（425年）七月，西域贡吞刀、嚼火、秘幻奇伎于沮渠蒙逊。南北朝时期，北方魏、齐、周三朝，从地理上，从人种上都有接受印度戏剧的方便之处。根据学者们的考证，当时河西走廊既有从中亚来的粟特人，即昭武九姓胡，又有土著的月氏人。北魏时有曹婆罗门受龟兹琵琶于商人，世传其业，至孙曹妙达，尤为北齐文宣帝高洋（550-560年）所重，尝自击胡鼓以和之。到了唐朝，曹氏音乐家还有一些。在这里，商人擅长琵琶很值得注意。古时候，走丝绸之路的人不外三种：一是朝廷使节，二是宗教僧侣，三是负贩商人。我们可能会认为商人只不过是为了赚钱，原来也有风雅商人，善弹琵琶。《朝野佥载》载："每岁商胡祈福，烹猪羊，琵琶鼓笛，酣歌醉舞。"这也证明了同一件事。至于中国民间诗歌以至唐宋词、元曲，都有不少带西域色彩的曲牌名字，什么"菩萨蛮"之类，这是尽人皆知的事实。

总之，通过河西走廊，西域的（其中也包括印度）歌舞杂伎进入中国内地。像《弥勒会见记剧本》这样的源于印度的戏剧传入中国内地是完全可以想象的。至于传入的是吐火罗文，还是回鹘文，那就很难说。也许二者都不是，而是通过一种在二者之外的文字，现在还无法确定。在这里空白点很多，也许将来有新材料发现，可以解决这个问题。

现在我再归纳起来，把上面讲的印度戏剧的特点同中国戏剧的特点对比一下：

1. 韵文、散文杂糅，二者相同，在中国是道白与歌唱相结合；

2. 梵文、俗语杂糅，中国戏剧从表面上看不出来；但是倘仔细品评，至少在京剧中员外一类的官员与小丑的话是不相同的；

3. 剧中各幕时间和地点随意变换，二者相同；

4. 有丑角，二者相同；

5. 印剧有开场献诗，中国剧有跳加官，性质相同；

6. 结尾大团圆，二者基本相同，中国剧间有悲剧结尾者；

7. 舞台，印剧方形，长方形或三角形，中国剧大抵方形。

在Winternitz归纳的七个特点之外，我想再加上一项：

8. 歌舞结合以演一事，二者相同。

中国戏剧有极悠久的发展的历史，各地剧种亦多不同。以上归纳的几点，只能说大体如此，对京剧和昆曲来讲，是完全适合的。

我在上面分六大项论述了通过《弥勒会见记剧本》所看到的中印戏剧的相互关系。我在这里想再补充一点意见。《弥剧》是一个宗教剧，其特点与一般戏剧稍有不同，比如，剧中没有丑角，就是一个引人瞩目的特异之处。

我在上面的叙述中提出来的问题，要比我已经解决了的问题多得多。我认为，这不是一件坏事。我一向觉得，胡适之先生的两句话：大胆的假设，小心的求证，是完全正确的。自然科学和社会科学，概莫能外。假设不大胆不行，求证不小心也不行。只有二者紧密结合，才是治学的正道。目前我先大胆地提出假设，以后再小心地去求证。

最后，我还想替别人提出一个可能提出的问题：研究《弥勒会见记剧本》这样的题目有什么意义呢？我认为，意义很大。这种研究属于文化交流的范畴。我大胆地说一句：人类文化一萌芽。就有互相学习，也就是交流的活动。到了后来，一部人类文化史证明了一件事实：没有文化交流，就没有人类文化史。文化交流是人类文化发展的动力。

1988年11月7日

说“嚏喷”

在中国民间，小孩子一打嚏喷，有点古风的大人往往说：“长命百岁！”我原以为，这不过是中国一个地方，甚至只是中国北方的风俗。后来到了德国，在那里，大人或者小孩一打嚏喷，旁边的人就连忙说“Gesundheit（健康）！”我才知道，这种风俗不限于中国。但是也没有想得更远。

前几年，读清魏源的《海国图志》卷三十四《小西洋·南利未加国》引《职方外纪》：

> 更有一种在利未亚之南，名马拿莫大巴者，国土最多，皆愚蠢（此山牙腊土蛮见阿迈司尼国志中）……亦知天地有主，但视其王若神灵，亦以为天地之主，凡阴阳旱涝，皆往祈之。王若偶一喷涕，举朝皆高声应诺，又举国皆高声应诺，大可笑也。

案南利未加国，即南部非洲。阿迈司尼国，即埃塞俄比亚。在这里，国王一打嚏喷，举朝和举国皆大声应诺。这里没有说明，朝臣和人民嘴里说些什么话，也可能是健康长寿之类的话吧。总之，对国王打嚏喷非常重视，决不能置之不理。我只是想知道，如果国王患了伤风，嚏喷打个不停，难道大臣和全国人民就停止工作，一心一意地“高声应诺”吗？

不管怎样，专就打嚏喷而论，我的眼界又大大地开阔了，从亚洲开阔到欧洲，又从欧洲开阔到非洲，纵横数万里一句话，当之无愧了。

然而事情还没有结束。我后来读佛典的律部，又在其中发现了有关的材料。我在下面引上几段：

《四分律》卷五十三：

> 时世尊嚏，诸比丘咒愿言：“长寿！”诸比丘、比丘尼、优婆塞、优婆夷亦言：“长寿！”大众遂便闹乱。佛言：“不应尔！”时有居士嚏，诸比丘畏慎不敢言：“长寿！”居士皆讥嫌言：“我等嚏，诸比丘不咒愿‘长寿!’”诸比丘白佛。佛言：“听咒愿：‘长寿！’”（《大正大藏经》，卷22，960b）

《十诵律》卷三十八：

> 佛在刍摩国与大比丘僧说五阴法，所谓：色、受、想、行、识。尔时佛嚏。遍五百比丘一时同声言：“老寿!”佛语诸比丘：“以汝等言老寿故，便得老寿耶？”“不也，世尊!”佛言：“从今不得称老寿。称老寿者得突吉罗。”（同上书，卷23，274b）

《根本萨婆多部律摄》卷十三：

大者嚏[1]时，小云："畔睇！"小者若嚏，大云："阿路祇！"若不言者，俱得恶作。然不应云："愿得长命！"若俗老母及莫诃罗愿长寿者，道时无犯。（同上书，卷24，599b）

《根本说一切有部毗奈耶杂事》卷十：

于时世尊忽然嚏喷。时大世主乔答弥而白佛言："唯愿世尊寿命长远，住过劫数。"其五百苾刍尼闻大世主说此语时，咸即同声如世主所愿。……尔时世尊告大世主乔答弥苾刍尼曰："汝今与一切众生作大障碍。由汝斯语，五百苾刍尼及地上空中乃至梵天，闻汝此说。佛处不应如是恭敬，如是恭敬者，不名为善。"大世主曰："大德世尊！云何于如来处申其恭敬得名为善？"佛言："乔答弥！于如来处应作是语：'愿佛及僧久住于世，常为和合，犹如水乳，于大师教令得光显。'乔答弥！若作如是恭敬无上正等觉者，是名善礼。"（同上书、卷，248a-b）

是故，苾刍若他嚏时不应言："长寿！"若故言者，得越法罪。（同上书、卷，249a）

后于异时，佛为大众宣说法要，时老苾刍在众外坐。旧妻忽来，闻夫嚏喷。诸苾刍等无有一人愿言："长寿！"其妻见已，心生不忍，便以左手握土，绕苾刍头向外而弃，咒愿："长寿！"时诸苾刍共观其事。妻前捉臂，恶

> 口骂詈，告言：“圣子！仁今何故于怨仇内而为出家？此逝多林常有五百青衣药叉，由我咒愿，令汝长寿。若不尔者，定被药叉吸其精气。不应住此，宜可归家！”即牵共去。（同上书、卷，249bc）

引用《大正大藏经》就到此为止。

佛门本是清净之地，不意为了一个小小的嚏喷，竟引起了如此大的风波。连佛爷也不得不出面干预。但是，佛爷的指示也有矛盾之处，不知僧伽如何执行。

此外，从老和尚旧妻的行动中，我们可以看到，打嚏喷，如果别人不立即祝愿：“长寿！”则会被药叉吸去精气，离开人间。这真是性命交关，哪能不认真对待！禳解之法就是用手握土，绕着打嚏喷者的脑袋向外投去。可见这本是初民的一种禁忌。

打嚏喷本来是人类最常见的极其微末的小事，不意佛典竟也郑重记载。印度佛典几乎都不是出自释迦牟尼本人。但是佛典中的律至少都是一二千年前的产物。如此说来，这种风俗不但纵横数万里，而且也上下数千年，真不能不令人惊异了。

我想在这里再补充一点资料。我在上面提到，德国人在别人打嚏喷时说：“Gesundheit!”没有想到，Gesundheit这个词竟也为英国人所借用，而且正好是在别人打嚏喷时来使用。（参阅郑易里：《英华大词典》，修订第二版）英国人当然并不缺少表示“健康”的词儿，为什么在为打嚏喷者祝愿时（此外在祝酒时也借用）单单从德文借用这个词儿呢？其中蛛丝马迹颇耐人寻味。至少它也表示，英国人也有这样一种风俗。

几年前读饶宗颐先生的《居延简术数耳鸣目瞤解》(《选堂集林·史林》,上册,第295-299页),里面讲到《汉书·艺文志》杂占家有《嚏耳鸣杂占》,《隋书》卷三十四《经籍志》五行类《杂占梦书》一卷下有夹注:"梁有……《嚏书》、《耳鸣书》、《目瞤书》各一卷。"现在这些书都已佚失,详细内容已不清楚。所谓《嚏书》一定是讲打嚏喷的,但不知如何讲法。是否也有"长命百岁"一类的话,不得而知。饶先生还讲到,古代希腊、罗马均有以打嚏喷为预占之事。如此看来,这一定是一种流行于全世界的风俗。从民俗学上一定可以得到解释。可惜我目前手头资料不够,无从探索。另外,我猜想,巴利文三藏的律中也一定有关于和尚打嚏喷的规定,也同样由于资料匮乏,探索无由。这一切都留待将来去做吧。

1989年9月30日

注释:

1　此为"嚏"字误写,下同。

从中印文化关系谈到中国梵文的研究

中国立国几千年，在历史上同许多别的民族都发生过关系。仔细分析起来，这关系非常复杂。有的民族同我们发生过战争，有的同我们来往贸易过，有的派过使臣到中国来，有时候我们也派使臣到别的国家去。说到同中国发生关系的民族的种类和数目，我们只知道很多，到现在还没能研究清楚究竟有多少，他们究竟是些什么人。在这样复杂的民族里，这样复杂的关系里，有一个民族同我们发生的关系比较单纯，但时间却延长得最久，影响也最大，这个民族就是印度，同我们发生的只是文化关系。

我说是关系比较单纯，是只就关系的种类说的。因为印度几乎同我们只发生过文化关系，所以我说是单纯。但在这单纯的文化关系里，头绪却异常的复杂。想把这头绪弄清楚，绝不是这样一篇短文就可以办得到的。即使我们写上几册厚的专著，也依然只能谈一个大概。所以我在下面只能把几项最重要的粗略地说一下：

第一，宗教方面的关系。有些人说，中国人的宗教观念非常淡薄。在上古的时候，中国人当然也有他们自己的信仰，也创造了许多很美的神话。但像许多民族那样有具体的宗教，中国则望尘莫及。我觉得这话非常有道理。到了汉朝，中国才渐渐创造了一个宗教，就是后来的道教。但由于种种原因，道教在中国的影响和势力始终不太大。真正影响了中国文化的各方面，社会的各阶层，把宗教意识带给中国人的是从印度输入到中国来的佛教。这是尽人皆知的事情，用不着我在这里再详细讨论。我现在只想提出一点来说一说，也许有很多人还不知道。我上面说到道教是中国自己创造的宗教，但现在的道教却已经不能说是纯粹中国的了。在最初，道教里的成分或者还纯粹一点。自从佛教输入以后，一般人都震惊于佛教哲学的深奥、幻想的丰富，于是佛教不久就风靡一时。道教徒看了，当然觉得很恐慌，佛教对他们简直是一个很大的威胁。他们为了自己的信仰，立刻起来对佛教加以攻击。他们不惜用种种方法，造种种谣言，但结果却没有用，佛教仍是一天天扩大起来。他们看了用武力不行，于是变更了战略，同佛教讲交情，认亲戚，他们说他们的祖宗老子出关没有回来，原来到印度去了，在印度摇身一变，就变成释迦牟尼如来佛。道教同佛教的教主原来只是一个人。他们想把佛教徒攀成亲戚，但佛教徒方面却没有什么反响。他们根本没有意思认这门新亲戚。道教徒没了办法，就从佛经里面偷东西。道藏里的《真诰》，就有好多条是从《四十二章经》偷来的。他们甚至还进一步地把他们的神政府按照佛教的格式改组了一下，结果就成了现在的道教。归纳起来我们可以说，中国两个大宗教，一个是直接来自印度，一个也受了印度的影响。可以想见，印度对中国宗教影响之大了。

第二，哲学方面的关系。宗教同哲学有时候很难分得开，尤其是在印度。随了佛教，印度的哲学也流传到中国来。在汉魏六朝时代，印度的哲学思想在中国还没有太大的影响。到了宋朝这影响才显著起来。我们都知道，宋朝是所谓理学时代。有名的大思想家像程子朱子都自认是孔子的信徒，得了孔子的正传。倘若当时有人告诉他们，他们的哲学受了佛家的影响，他们一定勃然大怒。他们都以道统自任，都是拼命排斥异端，想在死后到圣庙里去吃冷猪肉的，怎能受了佛家的影响呢？但事实却是非常冷酷的。他们的哲学里真正有佛家的成分，这是每个现代学者都会承认的。他们在少年的时候都曾研究过佛典，后来虽然转了方向，但在有意与无意之间却仍然受了佛典的影响。也许他们自己也并非不知道，只是不好意思直说而已。无论怎样，印度哲学思想在中国思想里生了根，这是任何人也不能否认的了。

第三，文学方面的影响。在世界所有的民族中间，印度民族大概可以算是最富于幻想的了。就由于他们有这本领，所以产生在印度的寓言和童话非常多，这些寓言和童话从印度出发，走遍了世界，也到了中国来，而且给幻想很贫乏的中国文学带来很多的新材料。在长篇小说方面，我只想举两个例子，一个是《西游记》，一个是《封神榜》。《西游记》许多妖怪的故事来自印度固然是尽人皆知的了，连孙悟空也不是土产的猴王，他的前身大概就是印度长篇史诗《罗摩衍那》里的那个猴子。《封神榜》里许多想入非非的斗法的故事也都不是我们中国人可以创造出来的，来源也同样是印度。在短篇小说方面。我只想提醒大家看唐人的短篇小说。在唐人的短篇小说里；有的简直直抄印度的故事，有的故事虽然是中国的，但里面却杂入了很多的印度成分，像王度的《古镜记》，沈既济的《枕中记》，沈亚之的《秦梦记》都是。一个人的灵魂可以离开躯体出来游行，狐狸变成太太，还有幻术等等都是在中国短篇小说里极常见的事情，这些也是受外来的影响。再说到戏，印度古代的戏剧也曾影响到中国戏剧，可惜在这方面的研究还太不充分。详情如何还有待于将来的研究来说明。

第四,医学方面的关系。现在中国的旧医学,我们自称为“国医”。有些国粹家看到欧洲医学的势力一天天大起来,我们的本位文化眼看渐渐失掉了光彩,恐怕会有一天全部消灭,他们于是大声疾呼,要提倡“国医”。我对这样唐吉诃德式的英雄向来是有敬意的,但我却觉得这“国医”的“国”字有问题。因为佛教输入以前的中国医学是什么样子,现在我们不十分清楚,神农老人家白白尝过百草,可惜没留下著作,让后人无从猜起。现在一般人认为的“国医”却确实不是国货,它的来源也多半是印度。我们平常只知道,我们从印度译过来许多佛经,其实除了佛典以外,还有许多别的书也翻译了过来。现在这些书虽然都已经失传了,但在《隋书·经籍志》里还可以找到关于这方面的记载。譬如龙树菩萨药方、西域诸仙所说药方、西录波罗仙人方、西域名医所集要方、婆罗门诸仙药方、婆罗门药方、耆婆所述仙人命论方、乾陀利治鬼方,等等,来源都是印度。连歧伯经的歧伯似乎都不是中国人名。所以中国现在的“国医”实在只是印度国的医。我并不是“长他人志气,灭自家威风”,我只叙述事实。事实是这样,我也只好这样说了。

第五,语言方面的关系。在语言的发展上,确有两种在性质上绝对不相同的语言而可以互相影响的。阿拉伯文同波斯文就是个好例子,中国文同梵文也属于这一类。我并不是说梵文影响了中文的文法构造——这当然也并非绝不可能,但这种例子究竟很少。我们顶多也不过可以说,由于佛经的翻译,中国文的句法多少受了点影响,受影响最明显而例子也最多的就是字汇方面。

换句话说，就是中文从梵文里直接地或间接地借过来许多字。有些字是大家一看就知道是假借字的，譬如佛、菩萨、沙门、比丘、僧之类，用不着我们再来多说。但也有些字，我们已经不知道它是外来的假借字了。譬如玻璃、琉璃之类。山东俗语里的“一刹”也是梵文字，就是刹那的缩写。这两种例子我们都可以举出很多很多来，我预备另写文章来讨论这问题，这里不再赘述了。

第六，雕塑方面的关系。在这里，我先要把话说回去，说到古代的希腊。我们都知道，希腊人在雕塑方面的成功是世界上任何民族都赶不上的。由于亚历山大大帝的东征，希腊雕塑艺术也传到东方来，同印度艺术混合了，成了所谓犍陀罗艺术。这犍陀罗艺术经过中亚又传到中国来，在中国佛像的雕塑上留下很深的影响。这影响表现得最清楚的地方就是如来佛头上的发纹，这发纹同希腊阿保罗头上的发纹差不多。此外当然在别的地方也可以看得出来，我们不能一一详叙了。

上面我总共举出了六种关系，我并不是说，此外就没有了，但因限于篇幅，只能举其大端谈谈而已。仅就这六项也就已经可以看出来中印文化关系是怎样密切，还可以看出来，中印文化发生关系，中国只是接受印度的影响，几乎没有影响印度。我们简直可以说，要想了解中国文化，最少应该了解从印度传出来的佛教思想。要想了解佛教思想，最少应懂得梵文。但我们中国对梵文的研究是怎样呢？一千多年以前中国也曾出过玄奘那样伟大的学者，深通梵文，但以后却继起无人，连有名的高僧在解释音译梵字的时候都出了不少的笑话。到现在竟有无知妄人公然主张学佛经当以中译本为主，我真不知道应该说什么好了。我们再看欧美各国和日本的学者，他们是在怎样努力去研究梵文，他们的成绩是怎样的辉煌，我们真该自愧。他们同印度并没有什么密切的文化关系，但为了求知起见，他们仍然去研究。反观我们中国，同印度的文化关系既然是像我上面说的那样密切，但可惜竟很少有人注意到这个问题。我们现在看到了，就应该起来去做，让玄奘大师的精神在我们身上复活起来。

人同此心，心同此理*

我对民间文学，包括中国的和外国的，只有兴趣，而无研究。兴趣从哪里来的呢？现在追忆起来，恐怕还是来自德国学者称之为比较文学史的这一门学科。我读梵文《五卷书》，同时也读了本发伊对这一部书的研究文章，他在全世界的民间文学作品中追踪《五卷书》(阿拉伯文叫《卡里来与笛木乃》)中故事传播的情况。结论是，《五卷书》里面的故事几乎传遍了欧亚大陆，甚至传到了非洲。这一个发现虽然谈不上是惊人的发现，但至少也是一个非常有启发性、非常重要的发现。因此也就引起了我的兴趣，研究了一下《五卷书》对中国文学的影响。

但是对东南亚民间文学，我却是所知甚少。最近读了许友年同志译的《印度尼西亚民间故事》，得到了很多知识。现在又读到梁立基等同志的《东南亚民间故事选》，进一步加深了我对东南亚民间文学的理解。在感激之余，我谨向全国读者，特别是研究民间文艺和比较文学的同志们推荐这两本书。

我对《东南亚民间故事选》特别感兴趣之处是它同中国民间文学的关系。关于这一点，在本书的《后记》中有比较详细的说明。这充分说明，中国民间文艺与东南亚地区民间文学关系之密切。我在这里不再细谈。

---

* 本文是为《东南亚民间故事选》(梁立基编译)所写的序。

我常常想，民间故事看起来非常简单，实际上它却是一个民族智慧或者更确切一点说是集体智慧的结晶。这里面包含着一个民族的聪明才智、经验积累、处世待人的哲学、趋吉避凶的世故，有时也难免有点狡猾的成分。但是总起来看，其意义是积极的，是应该肯定的、值得不同民族互相学习。

事实上，世界各国人民，不同的民族，不管地理距离多么远，文化背景多么不同，在民间故事方面却总是互相学习的。这些故事可能有一些是各自互不相谋，独立创造的。但这种情况不会太多，绝大部分是互相学习的。中国古代有两句话："人同此心，心同此理。"用到这里来，也是恰当的。

也许还会有一些同志提出一个问题：现在的世界已经完全不同于古代的世界，交通便利，科学发达，各国社会在不同的形式下都有了进步，以前由于对自然界和社会不能完全理解，不能完全控制，因此在人民群众中才产生了一些幻想，幻想能克服在现实生活中克服不了的自然现象，特别是灾难，这些幻想，在寓言和童话的形成中曾起过作用；在民间故事的形成中也曾起过些作用。在社会方面，这种情况更多一些。因为在现实中解决不了，所以才幻想出一些故事，来抑强扶弱伸张正义。现在既然情况已经基本变了，民间故事还有什么作用呢？这种疑问初看似乎很有道理，但是从民间故事在各国仍然受到欢迎这件事实来看，说明民间故事还是能满足人们的要求，即使不再幻想有什么灵方妙计来控制自然；有什么奇人奇迹来抑强扶弱，至少还能给人们提供艺术享受。民间故事中表现出来的某一些机智，至今对人们还会有启发性，让人读了以后，会心一笑，怡情悦意。

我在《五卷书》序言中有过一句话:“《五卷书》里有很大一部分故事是讲弱者战胜强者的。”在东南亚民间故事中，也有这种倾向，这是很自然的：这是人民的共同心愿。但是我在这里必须说明几句，什么叫“弱者”？什么叫“强者”？什么样的“弱者”才能战胜“强者”？我们说的“弱者”是指初起的、有生命力的，在人类社会中就是代表历史发展潮流的最初还显得柔弱的“弱者”，而决不是曾经一度是“强者”，但在自然界中违反自然规律、在人类社会中违反历史发展潮流，从而变成了“弱者”，这样的弱者注定是要被消灭的，决不会战胜强者。历史上的反动派都属于这一类，各国人民在民间故事中所表达的弱者战胜强者的心情，只有这样来解释才是正确的。

总之，对民间故事，不管是哪一个国家的，可说的话还多得很。我这样一个对民间故事算是外行，至少是半外行的人，最好就说到此处为止。我虽然讲不出多少理论，至少还能明辨好坏，评价内容，自己之所爱，愿与人共享之。所以最后我再向全国人民，其中包括儿童、青年、中年和老年，郑重地推荐这一本书。

1984年3月11日

外国文学研究应当有中国特色

十一届三中全会以来，我国的外国文学研究者砸掉身上的枷锁，解放思想，重新焕发出青春活力，取得了巨大的前所未有的成绩。这一点是有目共睹的事实。

但是，我们的成绩是不是已经十分令人满意了呢？我认为，还不是的。总起来看，我们的水平还是不够高的。我们的研究工作中还存在着不少的问题，在文艺理论的教学和研究等方面都有问题。最近有不少同志提出了方法论的问题，这是提得非常正确的。我们确实翻译了大量的外国作品，古代的、中世纪的、近代的、当代的都有。但是我们的理论工作，我们的评论工作，还流于一般化，理论上没有什么突出的建树。往往是书翻译完了，而译者对他所译的作品的真正意义还说不清楚；即使勉强写出了前言或者后记，企图解释作品的内容，也往往流于简单化、公式化，给人的印象是没有搔着痒处。

要想改变这种局面，我认为，关键问题在于必须从理论的研究上加以突破。想在理论研究上有所突破，必须先在方法论上有所突破。过去几乎所有学科的历史都证明了一个事实：许多新的发明创造，许多新的学科之所以能够出现，往往都是以新的研究方法为前提。过去看不到的东西，有了新方法就能够看到；过去看得比较肤浅的东西，有了新方法，就能看到更深的层次，看到内在的规律性。我们必须努力掌握新的科学研究方法。

我们的国家领导人提出了建立有中国特色的社会主义，这意见已经普遍地为全国广大人民所接受。我们是不是可以提出要建立有中国特色的外国文学研究工作呢？我认为，是可以的，而且是必要的。我们中华人民共和国研究外国文学，决不能拾人牙慧，更不能鹦鹉学舌；这样做，外国文学研究者和读者都是决不能同意的。

想要建立有中国特色的外国文学研究，按照我的肤浅看法，至少应该有三个前提或者基础：第一，必须突出理论的研究，特别是马克思主义文艺理论的研究。我们是社会主义国家，要讲理论，必须以马克思主义，也就是辩证唯物主义和历史唯物主义为准绳，为基础，这是不容违反的。第二，必须在方法论上努力求新。第三，必须实行鲁迅先生提出来的拿来主义，做到古为今用，外为中用，以我为主。凡是对建设四化、建设两个文明、发展社会生产力有用的东西，对我们外国文学研究者来说，就是对发展社会主义新文艺有用的外国东西，我们就拿来，决不含糊；凡是没有用的，我们就扬弃，也决不含糊。

世界所有国家研究外国文学，都或多或少有自己的理论作为指导，不强调理论研究的是非常少的，只是强调的方式有所不同而已。我们中国强调理论研究又有什么奇怪呢？但是在这里的关键是，怎样才能表现出中国的特色？现在欧美各国的外国文学研究确实是有理论的。他们的文艺理论派别很多，名家不少，风起云涌。蔚成大观。看上去五花八门，热闹非凡，但是不管他们争得多么激烈，分歧如何严重，这些理论的来源只是一个，这就是自古希腊罗马起一直蔓延到今天的文艺理论传统，这就是他们的共同来源，而且是仅有的一个来源。

但是世界上的文艺理论，决不止那样一家。评论一部文学作品、一件艺术成品的角度决不仅仅只有那样一个，评论的方法也决不会仅仅只有那样一种。人类的文学活动是极其复杂的，不承认这一点，就是不承认事实。各民族的文学创作，既有特性，也有共性，文艺理论也是如此。在古希腊，产生文学作品的环境不同于欧洲以外的国家，因而文学作品也不同于这些国家。但是，既然都是人类的文学作品，其中必有共同之处，也就是共性。与此相联系的文艺理论，也必然有特性，又有共性。文学活动是一种审美活动，不管哪一个国家的文学作品，必须能给人以美的享受，里面可以包括伦理价值，也可以不包括，简单的美的享受也能陶冶人的性灵，提高人的精神境界，使人永远向上。即使是悲剧，也不例外，它也能"净化"人的灵魂。决没有哪个国家，哪个民族的文艺理论主张给人以丑的厌恶。正如同吃饭一样，各民族都有自己独特的口味，却决没有专爱吃腐烂发臭的东西的民族。"口之于味，有同嗜焉"，就是这个意思。但是对于这个美的本质，则有很多不同的解释，分析这个美有不同的方式。从这个角度上来看，世界上应该有评论、分析文学作品的不同方法和不同的角度；应该有许多不同的流派或传统。据我的看法，除了希腊、罗马以来的传统以外，还有中国一家，印度一家。世界上文艺理论能独立成为体系的，除了马克思主义以外，只有自希腊罗马以来的欧美体系、中国体系和印度体系。此外，不管世界上还有多少国家，不管这些国家的文化水平多么高，谈到文艺理论的独立体系，它们却是没有的。这是事实。可惜这个事实，过去似乎还没有人提过，现在提出了人们也不见得都承认，遂使欧美体系垄断一切。好像一谈文艺理论，就只此一家，别无分号。欧美学者心安理得，别的国家也多盲从，真理隐而不彰，学术探讨受到阻碍，岂不大可惜哉。

总而言之，在如今的世界上，真正有独立性的评论文艺作品的方法或者角度，就只有这四家。我们今天讲中国特色，就要以马克思主义为出发点，以中国文艺理论为基础，融欧美、中国、印度文艺理论于一炉，融会贯通，把自有人类以来评论文艺所有的角度，所有的方法，都加以比较、分析，潜心默思，找出一个新的角度，一个新的方法。从方法论上来讲，也可以叫做比较研究吧。我们融会贯通的基础就是上面说到的文艺理论中的共性，它们的特殊性在另一种形式下也可以起积极的作用。如果能做到这步，难道不是外国文学研究中的一个空前的突破吗？

必须承认，这其中是有极大的困难的。即以中国文艺理论而论，源远流长，极富特色，名著如林，作者如雨。但是使用的术语却有点不易捉摸。古代的先不必说了，从三国魏“文学的自觉时代”起，术语越来越多，表达的内容越来越深刻、越细致。曹丕的“文以气为主”的“气”字；刘勰的“道”与“神”，还有“风骨”；钟嵘《诗品》的“滋味”，“文已尽而意有余”；唐司空图的“不着一字，尽得风流”；宋严羽《沧浪诗话》的“羚羊挂角，无迹可求”，“空中之音，象中之色，水中之月，镜中之象”；清王渔洋的“神韵说”，翁方纲的“肌理说”，袁子才的“性灵说”，直至王国维的“境界”、“隔与不隔”等等。此外，还有数不清的术语和理论，我在这里不一一列举。这充分说明，中国的文艺理论确实有一个评论文艺作品的独特的角度，独特的方法，只有中国人才有的角度和方法。这些术语和理论对中国的专家来说，一看就懂，也确能体会其中含义，但是要他用比较精确的明白易懂的语言表达出来，往往说不出。这些术语给人一个印象，一个极其生动的印象，这是好的。要把这个印象加以分析，说说清楚，则力不从心，说不出来。这不能不说是一点不足之处。

我认为，我们的任务是要通过分析比较再加上对文艺心理学的深入研究，把中国、印度、欧洲三个地区文艺理论产生的历史过程，以及审美活动的理论和历史，加以比较和分析，然后才能逐渐把中国的文艺理论的一些术语，用比较明确的语言，说个清楚。把中国文艺理论体系的特点说个清楚，这个工作并不容易。我常举一个例子，谢灵运的“池塘生春草，园柳变鸣禽”。第一句“池塘生春草”，历来认为是名句，我也认为是名句。但是为什么是名句呢？这恐怕很难说得清楚。把这一句话译成世界上任何别的语言，都难被认为是名句。我再举一个例子，清代诗人黄仲则的“全家都在风声里，九月寒衣未剪裁”，这也被认为是名句。但是如果译成外国语言，则它的内容就会显得平淡无奇。为什么只在汉语中是名句而在别的语言中就很难说是这样呢？这里面牵涉到很多文艺理论问题。牵涉到中国独有的文艺欣赏评价的标准，牵涉到中国的语言特点。但是我们必须尝试着把它说清楚。一个人说不清楚，就集思广益，大家来做这个工作。一时说不清楚，就准备用更长的时间，锲而不舍，由近及远，积少成多，我们终有说清楚的一天。听说有的同志主张维持中国的术语，用不着说清楚。这种意见的分歧，我不准备在这里讨论。

印度文艺理论同中国一样，也是源远流长的，内容也是异常的丰富，它既不同于欧洲传统，也不同于中国，可以在世界上成为一个独立的体系。可惜从全世界范围来看，印度文艺理论还没有得到应有的地位。研究的人还不够多。在中国也一样。只有极少数的同志注意到了，作了一些介绍，但也是很不够的。我们今后必须给印度文艺理论以应有的地位。我们必须认真加以研究。印度文艺理论也有一套自己的术语，同中国的术语一样，不大容易捉摸。要想用梵文以外的语言来说清楚，也还要进行一番比较研究。

还有一个问题，我想在这里讲一讲。当前世界一些国家的五花八门的新理论，什么结构主义，什么心理分析，什么新批评派，什么现代主义，后现代主义，接受美学，等等。我们究竟应该怎样对待呢？第一我们要认真研究，加以分析。如果有精华的话就加以吸收，一概拒绝是不对的。第二我们也不能一概接受，拜倒在它们的脚下。我常常听到一些人，特别是比较年轻的人，津津乐道地欣赏这些令人目眩的主义，说它们是多么细致，多么深刻，多么周到，又是多么全面。总之是好得不得了。有人甚至这样说，欧美有这样的理论，说“欧洲中心”难道还不是当之无愧吗？我不大同意这种看法。上面已经谈到过，我赞成鲁迅的“拿来主义”。但是在拿来以前，必须认真加以分析，有营养的就拿来，有毒的就扬弃，一定要为我所用。我觉得这是唯一正确的态度。其他外国的东西是这样，文艺理论也是这样。

能做到我上面说的这一些，我认为，我们就能在研究外国文学方面建立起我们自己的理论体系，从而提高外国文学的研究水平，有中国特色的外国文学研究就能够形成。这不但在中国，而且在世界上也能独树一帜，大放异彩。

1984 年 11 月 23 日

东方文学研究的范围和特点*

在这里，我想谈两个问题：一个是“东方文学的范围”，一个是“东方文学的特点——内容和发展规律”。

东方文学的范围

要讲东方文学史，首先要问：什么是东方文学？如果这个概念弄不清楚，这一部书就会失掉可靠的基础。

可是偏偏这一个貌似简单的问题实际上并不简单。过去似乎还没有人认真考虑过这个问题。大家都说东方文学，习以为常，没有引起什么疑问。我在下面先就这个问题提出一些个人的看法，供大家参考。

既然称为“东方”，当然就是一个地理概念。从整个地球来看，我国和本书中讲到的国家都处于东半球，称之为“东方”，无疑是完全正确的。可是处于东半球的并不只是这一些国家，为什么单单这一些国家算是“东方”呢？

因此还必须进一步加以探讨。

我感觉到，在全世界，在中国，所谓“东方”，有一个历史演变过程。专就中国而论，古代所谓“东方”纯粹是一个地理概念。以中国为中心，在西边的称为西方，在东边的称为东方。拿印度

---

* 本文是《简明东方文学史》（季羡林主编）的绪论，该书由北京大学出版社1986年出版。

来作例子，在几千年的长时间内，在中国人心目中，印度属于西方。大家都知道，在佛教信徒眼里，印度是西方极乐世界。唐代高僧玄奘到印度去取经。描写这个故事的长篇神怪小说就叫《西游记》。类似的例子多得举不胜举。

这种情况沿袭下来，很少变动。只是随着中外交通的加强，以及地理知识的扩大，区分越来越细致了。到了明朝初叶，人们对东西方的概念渐趋细致，不像以前那样笼统了。

中国以南大洋中的许多国家，过去统称之为“海南”、“南海”或者“南洋”。此时这些名称很少用了，而把南亚和东南亚国家分为“东洋”和“西洋”。《明史》卷三二三《婆罗传》说：“婆罗（Borneo）又名文莱（Brunei），东洋尽处，西洋所自起也。”这里把东西洋区分得非常清楚。举世闻名的郑和下西洋的壮举，明明白白地说明是下西洋。他所经过的地方，实际上已经越出了上面提到海南、南海或者南洋的范围，而是包括了印度、阿拉伯国家以及非洲东部在内。所有这些国家和地区都属于西洋的范围。跟着郑和出使当翻译的几个人都写了游记。马欢写的叫《瀛涯胜览》，费信写的叫《星槎胜览》；巩珍写的就叫《西洋番国志》，鲜明地标出“西洋”二字。其后，在明代还有一些书，比如黄省曾的《西洋朝贡典录》，也标明是“西洋”。最值得注意的是万历年间张燮著的《东西洋考》这一部书。他详细地区分了东洋和西洋。“西洋列国”有下列诸地：占城、暹罗、下港、柬埔寨、大泥、旧港、麻六甲、哑齐、彭亨、柔佛、丁机宜、思吉港、文郎马神、迟闷等等。“东洋列国”包含下列诸地：吕宋、苏禄、猫里务、沙瑶呐哔啴、美洛居、文莱等等。在这里，实际上是以文莱（婆罗洲）为东西洋的分界线。

张燮的“西洋”比郑和的要小些，这里不包括印度、阿拉伯国家等，更不包括东非，大概是以从前的海南、南海或南洋为限。

到了明末，情况又有了改变。此时，地理知识进一步扩大，海外交通更加频繁。从欧洲来的耶稣会教士称欧罗巴、葡萄牙为大西洋，称印度、卧亚（果阿 Goa）为小西洋。西洋的范围扩大了。

到此为止，所谓东方和西方是以中国为基点而确定的。是“中国中心论”。

到了近代，就中国来说，就是1840年鸦片战争以后，情况有了根本性的改变。在此之前，西方殖民主义国家已开始东侵。在一二百年的时间内，几乎整个亚洲都受到殖民主义者，后来是帝国主义者的压迫与剥削。此时，不仅中国和亚洲其他国家的人地理视野空前扩大，而且观察的角度也迥乎不同。所谓东方和西方就不再以中国为基点，而以欧洲为基点，成了“欧洲中心论”了。到了这时候，不但中国，日本和朝鲜等国算是东方，连以前我们中国人认为是西方的印度、阿拉伯国家，包括非洲在内，都成为东方了。

事情还没有到此为止。殖民主义和帝国主义的侵略改变了东方和西方的涵义，由一个地理概念改变为一个政治概念。列宁在很多文章和讲话里使用的“东方各国”或“东方人民”这些词儿中就有明白无误的政治涵义，在《在东部各民族共产党组织第二次代表大会上的报告》中，列宁说：“这个革命（指社会主义革命——羡林注）将是受帝国主义压迫的一切殖民地国家和一切附属国反对国际帝国主义的战争。”“东方的人民群众将作为独立的斗争参加者和新生活的创造者起来奋斗，因为东方亿万人民都是一些不独立的、没有平等权利的民族，至今都是帝国主义对外政策的掠夺对象，是资本主义文化和文明的养料。”(《列宁全集》，第三十卷，人民出版社1957年版，第137页)在这里，东方人民明显地有了政治涵义，他们是被压迫的、不独立的、没有平等权利的帝国主义的剥削对象。在列宁的其他文章里，在斯大林的一些文章里，东方都有这个涵义。

在上面极其简略的叙述里，我们可以看到，东方的概念有一个历史发展过程，决不是一成不变的。今天我们讲东方文学史就是指这个历史发展的结果的东方概念。其中既有地理概念，也有政治概念，二者不能偏废。

在这里，还必须顺便交代一个问题：按照上述的概念，中国毫无疑问地属于东方，现在这里讲东方文学史，为什么单单缺少中国呢？其中并没有深文奥义，只不过约定俗成而已。我们现在在中国讲什么东方文学史，东方历史，东方什么，什么，一般都不讲中国。因为，第一，对中国的文学史，中国的历史等等，我们都有专门课程，时间长，内容丰富，我们都十分清楚；第二，勉强在东方文学史、东方历史等等里面来讲，遵照篇幅的比例，只能简略地来讲，费力而不讨好，毫无用处。我们这一部《简明东方文学史》中不包括中国文学史，其理由就是如此。但是，在下面，有时候又讲到中国文学；那是在讲其他国家的文学与中国文学的关系时讲的，同我上面讲的不是一个范畴，理由明晰，用不着再在这里想方设法去加以解释了。

东方文学的特点——内容和发展规律

所谓特点或者内容决定于两个条件：一个是一个民族或者一个地区的许多民族的共同的心理素质；一个是文学的表达工具，语言文字。斯大林给民族下定义时说："人们在历史上形成的一个有共同语言、共同地域、共同经济生活以及表现在共同文化上的共同心理素质的稳定的共同体。"（《斯大林全集》，第二卷，人民出版社1953年版，第294页）这里明确地说明了文化与心理素质的关系。我们讲共同的心理素质，必然要讲到文化。文化是这种心理素质的最重要的表现形式。至于语言文字这样的表达工具更显而易见地是一个民族文学的特点。对于这两个条件我在下面分别加以叙述。

先谈心理素质与文化的问题。

在过去几千年的文明史上，全世界各个民族，在不同的地域和不同的时间内，各自创造出水平不一、内容悬殊的文化。这是一个历史事实，不容否认。哪一个民族也无权垄断整个文明的创造。对于人类文化源流区分的研究，历来都有人或深或浅地进行过探讨与研究。但是至今还没有形成一致的看法。英国历史学家汤因比（Arnold J. Toynbee）在这方面做了比较细致的工作。他把整个人类历史划分为二十一个文明。这二十一个文明并非同时同地出现，其间也有一些授受渊源关系。后来有人试图把二十一个文明组合归并，把总的数目减少。这些工作是有意义的；但是仍然是仁者见仁，智者见智，无法定于一尊。

根据我个人的看法，人类历史上的文化可以归并为四大文化体系。在这里，我先讲一讲，什么叫做“文化体系”。我觉得，一个民族或若干民族发展的文化延续时间长、又没有中断、影响比较大、基础比较统一而稳固、色彩比较鲜明、能形成独立的体系就叫做“文化体系”。拿这个标准来衡量，在五光十色的、错综复杂的世界文化中，共有四个文化体系：

一、中国文化体系；

二、印度文化体系；

三、波斯、阿拉伯伊斯兰文化体系；

四、欧洲文化体系。

这四个体系都是古老的、对世界产生了巨大影响的文化体系。拿东方和西方的尺度来看，前三者属于东方，最后一个属于西方。还有必要再解释几句。有人可能说，埃及和巴比伦的文化也是非常古老而又有影响的，为什么不能单独列为文化体系？我认为，这两地的古代文化久已中断。阿拉伯伊斯兰文化继承了它们的一些东西，因此可以归入这个文化体系。同样，美国可以归入欧洲文化体系，不能成为独立的文化体系。

这样形成的文化体系是一个客观存在，不是哪一个人凭主观想象捏造出来的。我们也并不是说，哪一个体系比哪一个优越、高明。我们反对那种民族自大狂，认为唯独自己是文化的创造者，是“天之骄子”，其他民族都是受惠者。因为这不符合实际情况。

东方的三个文化体系之间有什么差异之点，又有什么共同之处呢？过去的论者往往集中精力谈东西文化之比较，专谈东方文化者少。有人主张，东方的是精神文明，西方的是物质文明，似亦简单而笼统，好像还没有搔着痒处。中国的严复详细地分析了东西文化之差异。他说:“中之人好古而忽今,西之人力今以胜古。中之人以一治一乱、一盛一衰为天行人事之自然;西之人以日进无疆,既盛不可复衰,既治不可复乱,为学术政化之极则。……中国最重三纲,而西人首明平等;中国亲亲,而西人尚贤;中国以孝治天下,而西人以公治天下;中国尊主,而西人隆民;中国贵一道而同风,而西人喜党居而州处;中国多忌讳,而西人众讥评。其于财用也,中国重节流,而西人重开源;中国追淳朴,而西人求欢虞。其接物也,中国美谦屈,而西人多发舒;中国尚节文,而西人乐简易。其于为学也,中国夸多识,而西人尊新知。其于祸灾也,中国委天数,而西人恃人力。”(《论世变之亟》)这样的对比,细致而真切,但好像过于支离破碎,缺少一点提纲挈领的东西。中国近代还有一些学者谈到东西文化的差异,这里不一一赘述了。

在三个东方文化体系之间也是有差异的。我在这里只谈中国与印度的差异。中印两国已经有了几千年的文化交流的历史。过去中国有不少的人已经注意到两国间的差异。我只举一个例子。宋赞宁《高僧传》,卷二十七,《释含光传》,《系》中说:“又夫西域者,佛法之根干也。东夏者,传来之枝叶也。世所知者,知枝叶,不知根干;而不知枝叶殖土,亦根生干长矣。尼拘律陀树是也。盖东人之敏利何以知耶?秦人好略,验其言少而解多也。西域之人淳朴,何以知乎?天竺好繁,证其言重而后悟也。由是观之,西域之人利在乎念性,东人利在乎解性也。”(《大正大藏经》,卷50,879c)在这里,“西域之人”指的是印度人,“秦人”和“东人”指的是中国人,赞宁是从文体和思维方式来看中国同印度的差异。

到了本世纪二十年代，又有人讨论东西文化及其哲学的问题。这里的“西”有时指的是印度。这是历史上以中国为中心确定的方位，不是后来以欧洲为中心而确定的东与西的概念。这个问题我在上面本文的第一部分中已经详细讨论过了。

上面谈的是差异之处。但是，与差异并存的还有共同之处。这共同之处是从哪里来的呢？就一个民族来说，它来自共同的心理素质，就一个文化体系内的若干民族来说，它来自各个民族的共同的心理素质，再加上民族之间的相互影响。东方三大文化体系之间的共同之处，在过去表现得不十分鲜明。到了近代殖民主义和帝国主义肆虐之后，东方国家几乎都处在被压迫、被剥削的地位，政治造成的共同之处就十分突出而强烈了。

我在上面曾经谈到，文化体系的基础统一而稳固。但是，这只是相对而言。每一个民族的文化经常不断地变动和发展，经常不断地接受外来的影响，即所谓文化交流。每一个文化体系也是如此。在东方三大文化体系之间，交流活动是经常的。每一个文化体系都是既接受，又给予，从而丰富了自己，增添了发展活力。文化交流是推动世界文化发展的一个基本动力。哪一个文化体系也不可能是封闭式的。封闭式的文化是没有发展前途的。

根据我上面讲的文化体系的发展情况或者规律，我现在谈一谈一个民族的文化发展规律。我觉得，一个民族的文化发展约略可以分为三个步骤：第一，以本民族的共同的心理素质为基础，根据逐渐形成的文化特点，独立发展。第二，接受外来的影响，在一个大的文化体系内进行文化交流；大的文化体系以外的影响有时也会渗入。第三，形成一个以本民族的文化为基础、外来文化为补充的文化混合体或者汇合体。这三个步骤只是大体上如此，也决不是毕其功于一役。这种发展是错综复杂的、犬牙交错的，而且发展也决不会永远停止在某一个阶段，而是继续向前进行的，永远如此。

到此为止，我主要讲的是有关文化和文化交流的问题，我现在讲一讲文学的问题。文学是文化的重要表现形式，文学的发展规律不能脱离文化的发展规律。因此，一个国家、一个民族的文学的发展也可以分为三个步骤：第一，根据本国、本民族的情况独立发展。在这里，民间文学起很大的作用，有很多新的东西往往先在民间流行，然后纳入正统文学的发展轨道。第二，受到本文化体系内其他国家、民族文学的影响。本文化体系以外的影响也时时侵人。第三，形成以本国、本民族文学发展特点为基础的、或多或少涂上外来文学色彩的新的文学。同文化汇合一样，文学的相互交流和影响也是异常复杂的。这三个步骤只是一个大体上的轮廓而已。

同文化一样，不同国家和民族文学之间既有共性，也有个性。共性是受人类共同的思维规律所制约的。个性则表现在差异方面。在这一方面，古今中外已经有不少的人作过一些观察。我在这里只举一个例子。德国伟大诗人歌德对东方文学，其中包括中国文学，非常喜爱。1827年1月31日，他同爱克曼谈话，谈到他自己正在读一本“中国传奇”（可能是《风月好逑传》）。于是以此为话题，歌德阐发了他对中国文学的看法，他说：

中国人在思想、行为和情感方面几乎和我们一样，使我们很快就感到他们是我们的同类人，只是在他们那里一切都比我们这里更明朗，更纯洁，也更合乎道德。在他们那里，一切都是可以理解的，平易近人的，没有强烈的情欲和飞腾动荡的诗兴，因此和我写的《赫尔曼与窦绿台》以及英国理查生写的小说有很多类似的地方。他们还有一个特点，人和大自然是生活在一起的。你经常听到金鱼在池子里跳跃，鸟儿在枝头歌唱不停，白天总是阳光灿烂，夜晚也总是月白风清。……还有许多典故都涉及道德和礼仪。正是这种在一切方面保持严格的节制，使得中国维持到几千年之久，而且还会长存下去。

歌德接着讲到法国诗人贝朗瑞，他说：

中国诗人那样彻底遵守道德，而现代法国第一流诗人却正相反，这不是极可注意吗？

最后歌德说：

所以我喜欢环视四周的外国民族情况，我也劝每个人都这么办。民族文学在现代算不了很大的一回事，世界文学的时代已快来临了。（《歌德谈话录》，朱光潜译，1978年，第112页）

歌德在这里既提到中国同西方的共同之点，也提到差异之点。他的想法很值得重视。他提出的世界文学的概念，已经越来越多地为文学的发展所证实，它受到全世界研究文学的学者们极其热烈的重视，是理所当然的了。

我在上面讲的是文学、文化和民族的共同心理素质等等问题，这是决定一国的文学特点的第一个条件。第二个条件是文学的表达工具，语言文字。我现在就谈谈这个问题。

我常常感觉到，内容与形式的矛盾是推进文学发展的动力。所谓内容，是指与民族的共同心理素质有联系的思想感情。所谓形式，是指表达这种思想感情的工具，语言文字。随时反映客观环境的思想感情决定语言文字的发展。为了具体地说明我的想法，我举中国文字的发展作一个例子。在远古的时候，中国人同世界上其他国家的人一样，思想、感情、感觉都比较单纯；因为那时候的客观环境就是比较单纯的。在这时候，具体地讲，在周代前期以前，表达思想感情的文学工具是诗歌，主要是四言诗。但是，随着社会的进化，客观环境日益多样化、复杂化。人们的感觉、思想、感情也随之而越来越复杂，越来越细致。表现在语言文字方面，词汇越来越丰富，语法结构越来越复杂和细致。简短的诗歌不够用了，诗句向着长的方向发展，文学题材和体裁也增添了新的形式，比如说赋。散文文体逐渐出现，既能记事，又能抒情。诗歌的句子越来越长，由四言而五言，由五言而七言。这只是一个大体的发展倾向，字数有少于此数者，也有多于此数者。诗歌的题材和体裁也越来越丰富：绝句、律诗、古诗一一出现。后来又出现了小说，由短篇而长篇。戏剧大概是古已有之的，只是剧本没有流传下来，宋元以后乃大发展。诗歌中的词也是兴起得比较晚的。在所有的这些变化中，中国民间文学起了巨大作用。外来的影响也不能忽视。最早的是印度来的影响，到了近代，则是西方的影响。眼前流行全国的诗歌、小说、戏剧，就内容来说，表达的是中国现代人民的思想；然就形式而论，与其说是继承了中国固有的传统，毋宁说是模仿了西方的传统了。

举一反三，在文学发展方面，内容与形式的关系，以及形式所起的作用，在其他国家大体上也就是这个样子。

在形式方面，也就是语言文字方面，最能表现一个国家文学特点的是诗歌的格律。这是因为，格律与语言文字密切相联。诗歌必须有格律，而格律的产生则源于人类生理和心理的共同要求。在现代，有人主张诗歌不要格律，我不在这里讨论这个问题。文学艺术最忌平板单调。如果只有一个音，则根本没有音乐。文学要求有节奏，而格律所表达的正是节奏与变化。文学也要求有统一，一些国家诗歌中的押韵的办法，表达的就是这种统一。变化与统一错综结合，就形成了诗歌。表示变化的手段，格律，因语言文字之不同而不同。汉文有四声，所以用平仄来表示变化，表示节奏。过去有非常少的诗句全句完全用平声，或完全用仄声。这只能算是文字游戏，偶一为之而已。平仄表示的主要是声音的高低，但是其中也有长短的因素。平声长，仄声短，这是人所共知的现象。

为了把问题说得更清楚、更具体起见，我在这里选出几个东方国家，举一些例子来谈诗歌的格律。首先还是中国，专谈中国汉诗的格律。汉诗格律的重要特点就是平仄，这一点刚才已经谈过。这个特点起源颇早。到了唐代，由于诗歌的体裁已经具备，格律也渐趋定型。在当时以及以后，诗歌分为两大类：今体诗和古体诗。今体诗又分为两大类：律诗和绝句。律诗又有五律和七律之分。五言律诗的平仄有四个句型，四个句型又化为四种平仄格式。我只举一种，以见一斑，即首句仄起仄收式：

仄⃝仄平平仄，平平仄仄平△。
平⃝平平仄仄，仄⃝从仄平平△。
仄⃝仄平平仄，平平仄仄平△。
平⃝平平仄仄，仄⃝仄仄平平△。

○表示可平可仄，△表示韵。

七言律诗的平仄也有四个句型，也化为四种平仄格式。我举一种：首句平起平收式：

平⃝平仄⃝仄仄平平△，仄⃝仄平平仄仄平△。
仄⃝仄平⃝平平仄仄，平⃝平仄⃝仄仄平平△。
平⃝平仄⃝仄平平仄，仄⃝仄平平仄仄平△。
仄⃝仄平⃝平平仄仄，平⃝平仄⃝仄仄平平△。

绝句分为五绝和七绝。五言绝句是五言律诗的一半，所以也有四种平仄格式。我举一种：首句仄起仄收式：

仄⃝仄平平仄，平平仄仄平△。

(平)平平仄仄，(仄)仄仄平平△。

七言绝句是七言律诗的一半，也有四种平仄格式。我举一种：首句平起平收式：

(平)平(仄)仄仄平平△，(仄)仄平平仄仄平△。
(仄)仄(平)平平仄仄，(平)平(仄)仄仄平平△。

古体诗也讲究平仄，不过与今体诗大不相同。就五言、七言的三字脚来说，有下列四种格式：

仄平仄；
仄仄仄；
平仄平；
平平平。（以上都据王力《诗词格律概要》）

我们看，中国汉诗的格律好像是异常地错综复杂。但是，只要把握住原则，把握住纲，则纲举目张，完全有规律可循，一点也不错乱。这个原则就是创造节奏，创造变化，避免平板单调。这是一切文艺的基本要求。而创造的办法就是：一句之中平仄错综协调，一首之内，平仄互相配合。

中国汉诗的格律大体上就是这个样子。

我再举一个与汉文在语法结构方面处于南北极情况的梵文来作例子。梵文是音节字母。只有长短，没有四声，无法用平仄来表达节奏，只能利用音节的长短来表达，极少数用音节瞬间的数目。前者术语叫vrtta，后者叫Jāti。梵文诗歌每一偈有四个音步。音步相同的，术语叫Samavrtta；音步间隔相同的，术语叫ardhasamavrtta；音步不相同的，术语叫visamavrtta。这三者都属于vrtta范围。

samavrtta按每个音步音节数目不同而分为许多类。音节数目最少的是每音步四个。格式如下，一指长元音，V指短元音：

— — — —

每音步五个音节的，格式如下：

— V V — —

每音步六个音节的，有四种格式，第一种是：

— — V V — —

其余从略。最著名的、使用最广的诗体叫输洛迦（śloka），每音步八个音节。共有多种格式，第一种按照《罗摩衍那》的说法应该是：

— V — — V — — V V V — — V — V —
— — V V V — — V V V — — V — V —

《罗摩衍那》中的这一偈（1.2.14），与格律书上的规定并不协调。姑录之，以供参考。

每音步有九个以上的音节的例子不再列举。按规定，音步可以长到有九百九十九个音节。这显然是印度的夸张，完全不能信的。

ardhasamavrtta的音步奇数相同，偶数相同。共有六种不同形式，第一种是：

奇数V V V V V V — V — V —

偶数V V V V — V V — V — V —

其余从略。

visamavrtta的音步各不相同。格式是：

第一音步V V — V — V V V — V

第二音步V V V V V — V — V —

第三音步— V V V V V V — V V —

第四音步V V — V — V V V — V — V

在以音节瞬间的数目为标准的Jāti中，最常见的叫āryā。在这里，短元音算一个数目，长元音算两个数目。其格式是：

第一音步有十二个音节瞬间

第二音步有十八个音节瞬间

第三音步有十二个音节瞬间

第四音步有十五个音节瞬间

梵文诗歌的格律大体如此。看上去五花八门，错综复杂；但是隐藏在背后的基本原则却是异常地简单：利用音节长短、音节瞬间数目的多少，来创造节奏，创造变化，避免平板，摆脱单调，如此而已。

在中国和印度在语法结构方面一个南极、一个北极之间，东方国家语言系属不同，因而表达节奏的方法也不同。我在这里只能选择其中的几个国家简略地加以介绍。

伊朗（波斯） 波斯语属于印欧语系，同梵文一样。在文化发展方面，可以分为两大阶段，以伊斯兰化为界限。两个阶段既有更新，又有继承，不能截然分开。在诗歌格律方面，情况完全相同。伊朗人采用了阿拉伯文十六种韵律中的六种。韵律体系叫做Aruz。Aruz的原则大体上是：

1. 主要以长短音节错综排列，形成不同的韵律。这一点与梵文相似。

2. 每一行诗有一定的“顿”数，上下行“顿”数一致。

3. 叶尾韵，每行最后一个元音一致。

举菲尔多西的《王书》为例。这里的韵律叫做“莫特卡列伯”，即上下两行为一联，每行四“顿”，前三“顿”各为三音节，一短两长，后一“顿”为二音节。其格式如下：

V — — IV — — IV — — IV —

V — — IV — — IV — — IV —

（根据张鸿年同志提供的材料）

缅甸 缅甸古体诗约有七八十种，每种又各有不少变化。大体上可分为五大类：三行短诗、折体诗、连韵诗、四言诗、混体诗。其中以四言诗为最基本的诗体，其他大多从此衍变而成。

缅甸有六十四韵之说。每一韵，元音、声调、符号三者均同；同元音但符号不同者韵也不同。现代不少诗人突破这种限制，凡同声者即可押韵，这一点与中国相同。

缅语发音分四声，按照原名，可直译为：升、降、低、止。前三者的调值是22、51、553；第四声极短促。我们一般称之为：低平、高降、高平、短促四个声调。按照缅甸的说法，前三者各有十八韵，最后一个有十韵，合共六十四韵。第一声又称起声，后三者合称伏声。为了使人们易于了解，我们有人译为平、仄。

四言诗的基本押韵格式是：

```
— — — —
      1
— — — —
    1
— — — —
  1   2
— — — —
    2
— — — —
  2   3
— — — —
```

		3	
—	—	—	—
	3		4
—	—	—	—
	4		5
—	—	—	—
		5	
—	—	—	—
5			6
—	—	—	—
6			
—	—	—	—

1、2、3是常规三谐韵法

4是常规妖笑韵法

5是特殊三谐韵法

6是特殊首尾韵法

这种斜错式押韵换韵办法是缅甸各诗体的常用办法。

有的诗分成二、三、四段，不仅每段内有固定的斜错式押韵格式。每段最后一字或押同一韵，或分为上下两部分分押两韵。有些长篇叙事诗段数颇多，也是这样在若干段尾押同一韵。每句字数有规定；但是，除四言诗外，不少诗体句中虚字可不计算在字数之内，比较灵活。有的对平仄的应用也有细致规定。（根据李谋同志提供的资料）

缅文属于藏缅语系，与汉文接近，所以诗歌格律也有类似之处。

越南 越南早期采用汉文诗体。十三世纪初，越南民族文字——字喃逐渐被应用推广，产生了韩律。韩律实际上是用字喃创作的唐律诗，要求与中国律诗相似，七言八句要求很严。十五世纪又创造出六八诗体、双七六八诗体。

六八诗体　六八字句相间组成，句式韵律如下：

第一句　平平仄仄平平（起韵㊀）
第二句　平平仄仄平平（叶韵㊀）仄平（另起韵㊁）
第三句　平平仄仄平平（叶韵㊁）
第四句　平平仄仄平平（叶韵㊁）仄平（另起韵）

这样周而复始地运用平仄韵，一三五不论，二四六分明，诗句长短不限，比韩律诗自由。

双七六八诗体，与六八体基本相同，但在每六八字句前，加两个七字句(实为汉诗的七言诗)。其格式是：

第一句　平仄仄平平仄仄（起韵㊀）
第二句　平平平仄仄（叶韵㊀）平平（另起韵㊁）
第三句　平平仄仄平平（叶韵㊁）
第四句　平平仄仄平平（叶前韵㊁）仄平（另起韵㊂）

每四句为一节，算是一个段落；如继续写下去，则第五句应为七字句，这一句的第五个字和第四句的末字叶韵；第七个字则另起韵，以下照此类推。

《金云翘传》是六八体诗的典范。《宫怨吟曲》是双七六八体的杰作。

字喃改成拉丁化越南语（现用文字）后，分辨平仄很容易，因为每一个字上都有声调符号。不带符号和带“—”这样符号的字为平声，带“，”“の”“~”“·”这四种符号的字为仄声。（根据卢蔚秋同志提供的资料）

诗歌格律就介绍到这里。上面的介绍，对国家不求全，对内容也不求全。目的只不过是想给大家一点具体的形象而已。

从这些介绍中，我们可以看到，诗歌的格律与语言密切相联；语言不同，表达格律的方法也就不同。但是，一种语言的特点不仅仅表现在诗歌的格律上，在语法结构方面也能明显地表露出来。我现在再拿汉文和梵文来作例子，加以对比阐释。

汉语没有形态变化，这有其不利之处。语法受到影响，越古越不精密。但是，用在文学创作上，特点是诗歌上，也可能成为优点。中外都有人主张：诗贵朦胧，如果说透了，反而会失掉许多东西，失去一种诗歌的独特的美。我举两个例子。元代有一首著名的曲：

> 枯藤、老树、昏鸦，小桥、流水、人家，古道、西风、瘦马，夕阳西下，断肠人在天涯。

还有两句著名的诗。

鸡声、茅店、月，人迹、板桥、霜。

在这两个例子中，几乎只有名词，没有动词。元曲中的“夕阳西下，断肠人在天涯”，算是有动词的，其余则只有罗列着一大堆事物，几乎都是大自然中的东西。它们之间的关系怎样呢？没有任何说明。它们同人的关系怎样呢，也没有任何暗示。这很像是两幅画，但是与画也不相同。在画上，即使是静物吧，物的位置是清楚的，物与物之间的关系也是清楚的。但在这两个例子里，却只有事物，而无关系。事物的位置，事物之间的关系，都要由读者去安排，读者的想象有绝对的自由，愿意怎样安排都行。在这里，读者的人生经历，他们的知识水平，起着作用。每个人对这些事物的安排都同别人不同。但是，这一首曲、两句诗的感染力对每个人都不会降低。一般说来，汉文诗让读者也来创造，不仅作者创造。读者读汉文诗比读任何语言的诗时创造力都更有活动余地。因而汉文诗对他们也更具有魅力，具有吸引力。

与汉文正相反的是梵文。梵文是现在世界上所有语言中形态变化最复杂的语言。名词变格、动词变位。几乎每一个字都带着一条标志形态变化的尾巴。因此，在句子中词序是无关重要的。一个字摆在什么地方都不会失去控制，造成混乱。读一首梵文诗，读者再创造的活动几乎没有用武之地了。应该创造的东西，作者都创造了。汉文诗中那种朦胧之美当然不会存在了。梵文诗也会有自己的技巧，有自己制造意境的手段；但是，同汉文比起来，那是另外一种技巧，另外一种手段。我在这里并不是想评判汉梵优劣。我只是想指出，一个民族、一个国家文学的特点也取决于语言的特点。

我在上面讲了决定文学特点的第二个条件：表达工具——语言文字。我着重讲了表达格律的不同方法和语法结构的差异。到此为止，决定文学特点的两个条件都讲完了。

我现在再比较具体地讲一讲一个民族或一个国家文学发展的规律。文化发展的规律和文学发展的规律，我在上面都讲过了。但是我只画了一个粗线条的轮廓。我现在选择几个国家或地区，稍微详细一点地加以阐释。

第一个是印度文学

印度语言种类繁多，文学的种类也因之而繁多。我在这里只讲印欧语系语言的文学的发展规律，其余从略。

以民族的共同心理素质为基础，以特殊的语言文字为表达手段，印度人民逐渐形成了自己独有的文学传统。最古的文学作品是四部《吠陀》。接着是两大史诗。然后是佛教巴利语文学和古典梵文文学。发展下去就是古代俗语文学、中世语言的文学，最后是近代语言的文学。发展的总趋势是：从诗歌到散文，从简单朴素的文体到复杂繁缛的文体。文学作品中表现出来的思想、感情、感觉，越来越细致；表达手段越来越精密。印度人民的这个文学传统，什么时候也没有完全是“国货”过，它总是随时吸收外来的影响，连表达手段——语言文字本身也是如此。梵文字母中的那一系列顶音：ṭ ṭh ḍ ḍh ṇ，印欧语系原始语言中就没有，很可能是从达罗毗荼语系中接受过来的。至于文学作品的思想内容更是如此。它随时吸收外来的影响，最初是古代波斯和古代希腊的影响。伊斯兰教传入印度以后，则接受这个新文化的影响。到了近代，欧洲文学的影响更为强烈。最初是英国文学的影响占垄断地位。其后德、法、俄以及北欧文学也传入印度。印度十九世纪以来的长篇小说和短篇小说，以及戏剧和诗歌，从形式上来看，几乎与欧洲无异，同东方其他国家一样，是欧洲文学影响的一统天下了。同时，印度文学也输出印度，传至欧洲。东方各国文学也蒙受其影响。印度几千年文学发展的情况大体上就是这个样子。

第二是西亚非洲文学

本地区原有的文化传统，来源比较复杂。在伊斯兰化以前，埃及有极古的文化，后来中断了。在两河流域，有古代亚述和巴比伦文化。后来也中断了。阿拉伯许多国家就在这个地区兴起。他们的古代文化继承了上述两个传统，又吸收了古代希腊和印度文化的某一些成分，繁荣滋长，文学、艺术、医药、科技，昌明一时，形成了阿拉伯的新文化。随着伊斯兰教的传布，阿拉伯文化在亚洲和非洲传播开来，起了很大的影响。又通过西班牙传入欧洲。许多古代希腊的著作，通过阿拉伯人的保存与介绍，为中古时代的欧洲所珍视。文学的发展完全与文化的发展相适应。阿拉伯文学既继承，也发展；既接受外来影响，也把影响扩大到域外。印度古代许多文学作品通过阿拉伯人的介绍，传遍世界，最著名的是印度的《五卷书》，到了阿拉伯变成了《卡里来和笛木乃》，传遍亚、欧、非三洲，产生了巨大的影响。在伊朗和阿富汗，原有的文化属于印欧体系。伊斯兰化以后，产生了新的文化和文学。整个阿拉伯地区，伊朗和阿富汗等地，到了近代，同东方其他国家一样，受到了欧洲文化和文学的影响，形成了以伊斯兰文化为基础的、又融入欧洲文化的新的文学。

第三是南亚与东南亚文学

这个地区的十几个国家，不同程度地都有自己的古老的文化和文学传统，表现形式是诗歌的口头流行的民间传说和神话。到了中古时期，东方三大文化体系都或先或后、或强或弱地传进这个地区，发生了影响。中国文化波及的地区包括越南、老挝、柬埔寨，以及泰国、缅甸、马来西亚、印度尼西亚、菲律宾等国。中国的一些古典文学作品陆续译为当地的语言，或者被当地华裔改写成本地的语言，流行民间。印度文化体系，最初以宗教的形式传入斯里兰卡、缅甸、泰国、印度尼西亚、柬埔寨等国。婆罗门教(后来的印度教)，小乘佛教和大乘佛教都先后传进来了。有的地方是大乘佛教先传入，跟着来了小乘，最终把大乘挤掉。印度两大史诗和梵文古典文学也传了进来。两大史诗的影响更为普及。在印度尼西亚满者伯夷文化发达时期，两大史诗译为古爪哇文，影响了这个千岛之国的文学和艺术的创造。两大史诗传播地区包括整个南亚和东南亚。古典梵文文学也几乎影响了整个地区。差不多与此同时，伊斯兰宗教和文化也传了进来。伊斯兰教成为这个地区中一些国家的国教。东方三大文化体系在这个地区，交光互影，错综复杂。到了近代，西方殖民主义侵入。整个地区统统受到了欧洲文化和文学的影响，被拖入了“世界文学”的范围。

第四是日本文学

日本有自己的古老的文化和文学传统，最初没有文字。四、五世纪以后，使用汉字。五世纪中叶，开始使用汉字作音符，记录日本语音。六世纪佛教由中国传入。六、七世纪，圣德太子提倡佛教，奖励儒术。奈良时期(710—794年)大力吸收中国文化，包括科技和人文科学在内。630—894年间，派遣唐使十九次，其中有十二次到了中国。贵族写汉文和汉诗。1000年前后，紫式部著《源氏物语》，在世界上这是一部很早的长篇小说。镰仓时期（十二世纪起）出现了一些描述战争的小说，行文中夹杂着汉语词汇，成为以后日本文语的先驱。用假名写的东西也多起来了。特别值得一提的是日本诗歌。除了用汉文写诗以外，用日文写的诗歌最著名的是俳句。在形式上与汉诗没有相通之处。表达格律的手段也有些特殊。但是，在内容方面，则与中国诗歌颇有共同之处，都受到佛教禅宗的影响。中国古代一些文艺理论家提出了“境象”说，讲什么“采奇于象外”、“味外之旨”、“象外之象、景外之景”等等，要求诗人能做到“羚羊挂角，无迹可求”。有的还讲什么“不着一字，尽得风流”。这些东西西方人很难理解。但是，中国人和日本人却一看就懂。日本的俳句最能表现这种意境。

总之，日本文学的发展始终没有离开文化交流。在古代和中世，汉文成分和印度成分纷然杂陈。但是，不管外来影响多么大，最终还是同本地文化融合起来，成为有独特风格的日本文化和文学。只是到了明治维新以后，欧洲文学涌进日本，文学创作和文艺理论都受到影响。从文学体裁上来看，同欧洲和亚洲其他国家完全一样，都属于“世界文学”的范畴了。

我在上面尝试着对东方四个国家或地区的文学发展理出了一个似乎是规律性的东西。尽管这四个国家或地区自然环境、社会发展、历史长短都不相同，决定文学特点的两个条件——心理素质和语言文字也不一样，但是在文学发展方面却表现出共同的现象——与文化发展相适应的三个阶段的发展。这算不算规律呢？我不敢说，姑妄言之而已。至于每一个国家文学发展的具体情况，请看下面的比较详细的叙述。

这就算是绪论。

文学的经与纬*

相对而言，在世界文化发达的国家中，中国比较文学的研究起步算是晚的。有的学者认为，鲁迅的《摩罗诗力说》是滥觞，这可以成为一家言。但是一旦起步，我们的先辈学者在这个领域里就不断追求，不断探索，作出了许多出色的贡献。即使还没有使用比较文学这个名词，其实质是相同的。

五六十年以前，我国的爱国诗人和学者，又是民主斗士的闻一多先生写过一篇文章:《女神之地方色彩》，他在文中提出了，新诗应该是“中西艺术结婚后产生的宁馨儿”，“一切的艺术应该是时代的经线，同地方纬线所编织成的一匹锦”。这说法实在是形象生动，比喻确切。这可以说是我国比较文学史上的一篇重要文章。

我个人体会到，任何国家任何时代的文学（文化的一个重要组成部分）都包含着两方面的因素：民族性和时代性。代表民族性的民族文学传统是历时形成的，这是锦上的南北方向的直线，可以算是经，代表时代性的是民族文学随时代而异的现代化，这是共时形成的，这是锦上的东西方向的纬。经与纬，民族性与时代性相结合就产生出了每一个时代的新文学。从广义的文化交流方面来看，这种现象更为突出。

闻一多先生在几十年前提出来的这个主张，至今看起来仍

---

* 本文是《中西比较文学教程》（乐黛云主编）的序言。该书1988年由高等教育出版社出版。

然虎虎有生气。我们现在在文化范围内做工作的指导思想仍然与此相似。当然，今天的世界已非五六十年前的世界，我们中国的社会也已非五六十年前的社会，我们对文化和文学的理解更深了，要求更高了，而且又有了新的内容，这是不言自明的。

我说上面这些话有什么意义呢？我的意思无非是强调比较文学（比较文化学的一个重要组成部分）在我们今天社会主义建设中的重要意义。我曾多次着重提出我们研究比较文学决不是为研究而研究（为研究而研究也不能一概抹煞），我们的研究是为创造新中国的新文学服务的，为加强各民族之间的理解服务的，为整个人类走向大同之域的理想服务的。

这只是我个人的一些看法。我自己认为是正确的，别人的看法怎样，我说不出。不管怎样，一个事实决不容忽视：在我国，比较文学的研究正在蓬蓬勃勃地展开。专著和论文日益增多，中老年人，青年学者，对比较文学的兴趣日益增强。国际上对我们的研究成果的评价，日益提高，一个万紫千红繁花似锦的景象正在形成，即使大家的想法和动机同我的不完全一样，但是总有相同之处吧。否则怎样来解释我说的这个现象呢？

在繁荣发达的同时，大家也都认为，我们决不能停留在目前的阶段上踏步不前。我们必须前进。我个人认为，从中国过去几年比较文学研究发展的历史来看，现在是一个关键时刻。前几年主要在广度方面做工作，大声疾呼，唤起大家的注意，成立学会，编纂杂志，召开研讨会，举办学习班，这些都是非常必要的。没有这些广度方面的工作，就不会有今天繁荣的局面。现在既然局面已经打开，再停留在现在这个水平上，就会限制学者的积极性，影响将来的发展。我们必须在深度方面下工夫，与继续宣传鼓动的同时，埋头苦干，踏踏实实做一些系统的介绍工作和深入的研究工作。现在广大读者，特别是青年研究者所迫切期望的正是这样的工作。乐黛云等同志的《中西比较文学教程》，正是在这方面的努力的标志之一。这一部书，有广度，有深度，个人努力与集体协作相结合，情况介绍与深入探讨相统一。作者是一批中青年学者，他们治学的态度是谨严的，他们过去在比较文学研究方面取得的成绩有目共睹。他们决不固步自封，但又不盲目趋时。我相信，他们这一部书会得到读者的欢迎和正确评价。因此，我乐意发表上面的一些意见，就算是序言。

1987年10月

比较文学随谈

××同志：

你想让我谈一谈文艺理论的比较研究问题。这是一个大问题，我自己只懂得一些皮毛，只能谈一点我的看法。

我最近读了几篇介绍我国古代诗人的文章。文章中对诗人评价时所使用的词句引起了我的注意。比如对孟浩然，文章作者说："自然浑成，而意境清迥，韵致流溢。"对韦应物："风格婉丽，音调流美。"对骆宾王："格高韵美，词华朗耀。"对张九龄："缠绵超旷，各有独至"，"五言诗情致深婉，蕴藉自然。"我们对这些词句并不生疏。古人已经这样使用了。比如杜甫说："清新庾开府，俊逸鲍参军"；白居易说，韦应物的诗"其五言诗又高雅闲淡"；王渔洋说："韦苏州古淡，柳柳州峻洁。"

这一些词句我们懂不懂呢？稍稍涉猎过古典文学的人都会觉得，自己是懂得的，我自己也不例外，其中好像一点也没有什么难懂的地方。但是，如果有人不客气地将我们一军：请你用现代的、科学的、明白的、确切的语言给我解释一下吧！我想，恐怕我们一下子就被缴了械，甚至张口结舌，什么也说不出，如果勉强解释一番。恐怕也是费上极大的力气，反复讲解，最终还是丈二和尚，摸不着头脑。

这是什么原因呢？难道我们古代的文艺理论就是这样不清不楚、一塌糊涂吗？不是的，绝对不是的，我坚决否认这种说法。

多少年以来，我有一个想法：从全世界文学艺术的历史来看，文艺理论真能持之有故言之成理，确有创见而又能自成体系的，只有三个地方：一个是中国，一个是印度，一个是从古代希腊、罗马一直到今天欧洲国家的所在广大地区。就其思想方法和表达形式来看，中国好像是偏于综合，西方好像偏于分析。印度从表面上来看，好像也偏重分析，比如大乘佛教不厌其详不厌其繁地去分析所谓名相；但是，据我看，这种分析，深度是有的，却缺少逻辑又凌乱重复，头绪不清，与西方搞的分析截然不同。中国的综合方式，使用一些生动的形容词，绘形绘色，给人以暗示，资人以联想，供人以全貌，甚至给人以艺术享受，还能表现出深度；但有时流于迷离模糊，好像是神龙，见首不见尾，让人不得要领。古代文艺批评家使用的一些术语，比如“神韵”、“性灵”、“境界”、“隔与不隔”、“本色天成”、“羚羊挂角，无迹可求”等等，我们一看就懂，一深思就糊涂，一想译成外文就不知所措。

怎么解决这个矛盾呢？我觉得，只有一个办法，那就是，加强文艺理论的比较研究。这里面包含着至少四个方面的学习：首先是学习马克思主义的文艺理论，普列汉诺夫论文艺的文章应该归这一类。其次是学习中国古代的文论，《文心雕龙》、《诗品》等等一直到《随园诗话》和《人间词话》等等都归这一类，特别要注意那些卷帙浩繁的诗话和文集中的一些文章。再次是欧洲自古代希腊、罗马以来的各种文艺理论，从柏拉图和亚里士多德起，经过罗马的贺拉斯，德国的黑格尔、歌德、席勒、莱辛、海涅等等，英国和法国的文艺理论家，一直到近代的李普斯、克鲁契、卢卡其等等，都要读上一点。最后是你研究的那个国家的文艺理论。除了这四项以外，还要学一点心理学，特别是文艺心理学，学一点艺术史，学一点有关的自然科学。知识面越广越好。

我一向有一个想法：审美同吃饭是两种不同性质的活动，但也有共同之处，这就是，对于二者，不同时代不同民族口味是不一样的。可是在这个不一样中却又有一样的情况。中国旧话所谓“人同此心，心同此理”，讲的就是这个意思。如果完全一样，那就用不着比较。如果完全不一样，则无从比较。只有介乎一样与不一样之间，比较方法才能应用得上。我上面讲过的四个方面的文艺理论，就属于最后这个范畴，它们是可以比较的。我们对它们要仔细分析研究，特别是前三个方面的能自成体系的文艺理论，更是我们分析研究的主要对象。我们要看一看其间同在何处，异在何处，表达的内容如何，表达的方式如何，深思熟虑，简练揣摩，逐渐摸索出一些线索，逐渐找到一些规律，逐渐能使用明确的、科学的语言把这些线索和规律表达出来。经过这样反反复复的、十分艰苦的探索，我们古代文论中那些术语，在我们口中，在我们笔下，也就会逐渐明确，不再那么扑朔迷离了。这是我的想法，也是我的希望，我认为也是我们努力的目标。

这个问题要想说得十分清楚，决非三言两语所能做到的，我也没有那个水平。上面只是我个人的一些看法，必然有不周到的地方。愚者千虑，必有一得，谨提出来供你参考。

1982年6月28日

比较文学与文化交流*

比较文学的研究属于文化交流的范畴。我们过去对文化交流的重要意义认识不够，对比较文学的重要意义认识更差。其实认识两者的重要意义并不十分困难。只要稍一观察，稍一思索，其意义就豁然自明。

自从有了人类社会以来，世界上各民族、各国家、各地区就在不断地进行着文化交流。今天，普天之下，没有哪一个国家或民族的文化完全是“国货”，一点也没有受外来的影响。远的不必讲了，看一看目前我们国家的情况：我们吃的、喝的、乘的、坐的、听的、看的，哪一件不是文化交流的结果？离开了文化交流，我们简直没法生活，我们的一切都是无法想象的。我并不是说，我们自己的东西一点都没有了。我们民族固有的东西依然存在，它是文化交流的基础。它不但影响国内，而且也影响国外。这才叫做交流，否则不成了单流了吗？

谈到文学的交流，情况并无二致。比较文学所要探索的正是文学方面的文化交流。

文学方面的交流在中国已经产生了极其巨大的影响。没有这方面的交流，就决不会有五四时期的新文学运动；没有五四时期的新文学运动，也就不会有三十年代的文学和今天的社会主义

---

* 本文是《中国比较文学年鉴》（1986）的前言。该卷年鉴由杨周翰、乐黛云主编，张文定编纂，北京大学出版社1987年出版。

新文学。我们中国的作家从古代起就习惯于一方面创造，一方面借鉴。到了近代，特别是五四以后，在借鉴方面的广度与深度都大大地加强。今后我们在借鉴方面决不会，也不应该削弱与缩减，而只能更加增强与扩大。这是完全可以断言的。

研究比较文学，最主要的目的就是给我们的借鉴活动找出一些可遵循的规律，达到事半功倍的目的。我们常说，有比较才能有鉴别。通过不同文学的比较，可以从理论上提高我们对外国文学的认识：不同文学之间相同之处何在？不同之处又何在？产生这些同与异的关键何在？从技巧到内容，都可以进行对比。从对比中吸取对我们有用的东西，从而丰富和发展我们社会主义的新文学。从影响研究和平行研究中得出来的切实可靠的理论，又可以帮助我们对人类共同思维规律加深认识。

人们不是常常谈论比较文学的中国学派吗？什么叫“中国学派”呢？我认为，至少有两个特点，这两个特点都同我上面讲的那几层意思是密切相关的。第一个特点是，以我为主，以中国为主，决定“拿来”或者扬弃。我们决不无端地吸收外国东西；我们也决不无端地摒弃外国东西。只要对我们有用，我们就拿来，否则就扬弃。这一点“功利主义”，我看是必须讲的。第二个特点是，把东方文学，特别是中国文学，纳入比较的轨道，以纠正过去欧洲中心论的偏颇。没有东方文学，所谓比较文学就是不完整的比较文学。这样比较出来的结果也必然是不完整的，不完全符合实际情况的。比来比去，反正比不出什么名堂来，对本门学科的发展起阻滞作用，为我们所不取。除了这两个特点以外，还可以举出一些特点。我看这两个已经够了，用不着再举了。

我现在是给《中国比较文学年鉴》写前言，上面讲的这一些话同前言有什么关系呢？我认为，关系非常密切,《年鉴》所体现的精神正是我上面讲的这一些。张文定同志编纂的这一部《年鉴》既总结了过去的经验，又讲述了今天的情况，同时还预示将来的道路。这可以说是空前的壮举，值得我们祝贺。中国学派的轮廓已经影影绰绰地表现在这一部《年鉴》中。我相信，它会受到国内外的关心此道的学者们的欢迎。

目前,从全国范围来看,比较文学的研究势头是令人鼓舞的。研究比较文学这一种文化交流的形式，正是我们社会主义文化建设所迫切需要的。它必将影响我们新文学创造的各个方面，促进我们社会主义新文学的发展。比较文学这一股骀荡的春风将绿遍神州大地。

1986年4月2日

广通声气　博采众长*

比较文学今天已经成为世界显学。这是学术发展的必然结果，是很自然的事情。

最近十几年以来，我国和我们山东对比较文学的研究，日益重视，并且已经取得了令人瞩目的成绩。这是顺乎世界潮流、合乎学术发展规律之举，值得我们欣慰。

但是，在发展过程中还有没有不足之处呢？实事求是、心平气和论之，应该说还是有的。我并没有把所有的比较文学的文章全部读遍。仅就我阅览所及，我觉得，有些学者把比较文学看得过于简单，写出来的文章不够深入，缺少新的见解。表面上看起来，文章数目不少，似乎是一片兴旺发达的气象。仔细品评，实际情况并非如此。根据我个人肤浅的看法，中国的比较文学，在表面繁荣的掩盖下，正处在一个十字路口，空泛无涯涘，每个人根据自己的理解，写出十分不同的文章，统统装入比较文学这个筐子里。这不利于中国比较文学的发展。在欣慰之余，我又有点忧虑了。

救之之方，只有一条：广通声气，努力学习。所谓广通声气，指的是同国内外、省内外的同行学者加强联系，互通信息，互通有无，切莫坐井观天，闭关自守。要学人之长，避人之短。既接受，

---

* 本文是《走向世界文学的桥梁》（刘波主编）一书的序。该书1990年6月由山东文艺出版社出版。

也给予。博采众长，必有所得。所谓努力学习，首先指的是要学习文艺理论。我个人认为，中国古代文艺理论，印度古代文艺理论，西方古今的文艺理论，是人类文艺理论的三大体系。我们都应该下功夫努力学习，“采得百花成蜜后”，必有所得。只有做到这一步，我们中国的比较文学才能真正有所突破，真正出现新气象，才能真正立足于世界比较文学之林，从而形成我们大家所期望的比较文学的中国学派。

作为比较文学的一个没有成就的老兵，一个忠诚的比较文学的拉拉队员，作为山东比较文学界的一员，我愧无建树，幸有赤诚，野叟献曝，老生常谈。愿与我省同仁们共勉之。是为序。

1990年1月17日

谈梵文纯文学的翻译

在中国，从梵文翻译过来的书籍真可以说是汗牛充栋，但这差不多全是佛教经典，纯文学几乎没有一本。这原因其实很简单，每个人一想就可以知道。我在这里并不想谈这个问题。我所要谈的是，除了佛教经典以外，纯文学的书籍也应该翻译。

为什么应该翻译呢？这话说起来很长，我们也可从长远处说起罢。我们随便读一本用近代欧洲语言写成的论文学和文学批评的书，只要提到古代文学，著者就把古代希腊拉丁文学抬出来，大捧一阵，从四面八方来看，简直无一处不美，无一处不合乎理想。他们却用自己的幻想创造出许多理想的标准，用幻想把这些标准装进这些文学里去，然后再用幻想把这些标准从这些文学发现出来。于是世界上除了古代的希腊罗马以外就再没有别国有好的文学。

在他们自己制成的象牙之塔里，这些文学家和批评家本来可以安静地住下去，但竟有些叛徒不甘心给这些象牙之塔的影子来牢牢地压住，他们偏要从象牙之塔的顶上看出去。德国的诗王歌德就是其中的一个。他看到了东方，尤其是印度。

歌德平常对东方文学就很感到兴趣。他的著名的诗集 Westöstlicher Diwan（1819）就是这兴趣极好的表现。他对梵文文学更非常爱好。他自己虽然不懂梵文，但所能得到的译本他都读。他的最伟大的作品 Faust 在开头的结构上就受到印度诗圣迦梨达奢（Kalidasa）的剧本《舍君达罗》（*Sakuntala*）的影响。

艾克曼（Ekermann）在他谈话录里记过这样一段：

> 星期三。1827年4月25日
>
> 同歌德吃饭，还有Lassen博士，Schlegel今天又到宫里赴宴去了。Lassen谈到很多关于印度诗的事情。
>
> 歌德似乎很感兴趣，这可以补充他在这方面不十分完整的知识。

迦梨达奢的长篇叙情诗《云使》（*Meghadūta*）由H. H. Wilson在1813年译成英文，这个译本歌德也读过。在高兴之余他把这书寄给他的朋友Knebel，并且还有诗影射这事情：

> 还有*Meghadūta*，这《云使》。
> 谁不高兴把它送给他的知心人呢！
> （Und Meghadūta den Wolkengesandten
> Wer schicktihn nicht gerne zu Seelenverwandten!）

在德国，第二个对梵文文学发生了很大兴趣的诗人就是T. Rüchert。他不像歌德一样只能读译本，他自己就是一个很好的东方学者，他深通梵文。他从梵文里译过许多诗。世界第一长篇史诗*Mahabharata*里面著名的Nala和Damayanti的恋爱故事就是由他译成德文的。

我上面举了两个例子，表示欧洲那些文学家和批评家造成的象牙之塔并不能把一切人的眼光都完全遮住。仍然有人要看出来的，而且他们还就真看到了好的东西。在中国从来就没有人造成这样的象牙之塔，我们同产生这样瑰丽雄伟的文学的印度又是近邻，但来往了二十年，纯文学却始终没有介绍过来。这不能不算是怪事。其实我们也不能怪那些高僧们。他们跋山涉水，横过大漠，九死一生到印度是去求真经去的。这些凡人们看来很美的文学，在他们看来也许一钱不值，他们哪里又会有时间来翻译这些东西呢？

在近代，第一个注意梵文纯文学的和尚是苏曼殊。这也毫不足怪，因为曼殊自己恐怕就是多一半是诗人，少一半是和尚。在乙酉年四月他从日本给他的朋友诗人刘三一封信里说：

> 弟每日为梵学会婆罗门僧传译二时半。梵文师弥君，印度博学者也。东来两月，弟与交游，为益良多。尝属共译梵诗《云使》一篇。《云使》乃梵土诗圣迦梨达奢所著长篇叙事诗，如此土离骚者，奈弟日中不能多用心，异日或能勉译之也。

以后再也没有下文，恐怕终于没有译成罢！

前几天我在一个杂志上看到过一个《云使》的翻译。译者的名字似乎是王维克，杂志似乎是《人世间》，是从法文转译的。我拿来同梵文对过几首。两者之间简直是风马牛不相及。倘若不是上面明明写着是《云使》的译本的话，我实在看不出来。最近又听说有人把《舍君达罗》从英文译了出来。我虽然还没有看到译文，但我相信，这一定不会好的。

这样的翻译我们不要，虽然我们很需要梵文纯文学的译本。我一向反对转译。原因我已经在另外一篇文章里谈过(《谈翻译》)。尤其是梵文纯文学的作品我觉得更不能转译。因为就文法说,梵文是世界上最复杂的文字。无论用哪种文字译都不能把原来的文法构造反映出来。除了文法上的复杂以外,梵文的纯文学还有一种神秘的美,也是世界上的任何文字里找不到的。譬如我们读《云使》,虽然我们面前摆着的只是印上黑字的白纸,但我们的心却随了这《云使》飘动在太空里,我们仿佛看到绚烂的花色,嗅到芬芳的香气。我们即使直接从梵文里译,也万难把这色彩与香气传达过来,何况转译呢?

所以我所希望的是从梵文里直接译过来的译本。这虽然很不容易,但我们却一定要做,而且据我所知道的,现在已经有人在那里做。金克木先生译过许多优美的梵文诗,吴晓铃先生据说译了几个梵文剧本。金吴两先生都是精通梵文的学者,金先生是诗人,吴先生是戏曲专家,他们的译本不用说一定会很完善的。在印度文化关系史上,他们可以说是开了一个新纪元。以前我们中国的高僧们翻译过许多佛典,现在我们又有人来翻译梵文的纯文学了。我希望印度诗圣迦梨达奢的瑰丽的诗篇不久就在中国家喻户诵,像莎士比亚、歌德的诗篇一样。

1947年12月28日北京大学

后记:

这篇短文里面提到的《云使》,我自己以前有意翻译过,但自己的兴趣离纯文学越来越远,没法强迫自己,所以就一直没有动手。我诚恳的希望,其他弄梵文的朋友来做这工作。

1948年1月19日羡林记